W0345393

Robert Gernhardt · Gedichte

ROBERT
GERNHARDT

GEDICHTE

1954–94

HAFFMANS VERLAG

Alle Rechte vorbehalten
Copyright © 1996 by
Haffmans Verlag AG Zürich
Satz: Gaby Michel, Gießen
Herstellung: Offizin Andersen Nexö, Leipzig
ISBN 3 251 00331 3

INHALT

VIER GEDICHTE AUS SCHUL- UND STUDIENZEIT

1954/56, 1961

AUF DEN LATEINLEHRER OTTO KAMPE

Er ist wie Crassus sehr gerissen
und so beredt wie Cicero.
Wie Maecen ist er kunstbeflissen,
ein Wüstenfuchs wie Scipio.

Lukullus gleicht er als Genießer
am immer wohlgefüllten Tisch,
und gleich Ovid, dem Feind der Spießer,
so ist auch er kein kleiner Fisch.

Wie Tacitus ist er Erzähler.
Wie Seneca sucht er das Wahre.
Er hat wie Cato keine Fehler
und so wie Caesar keine Haare.

IM TRAKL-TON (HERBST)

Die Pendel brauner Uhren nicken leise.
Der Abendmond verläßt sein bleiches Bett.
Ein Jäger einsam bei dem Hasel steht.
Die schwarzen Vögel ziehen leichte Kreise.

Gewaltig schlingt der Schlund der Nacht.
Die Häuser wehren sich mit spitzen Zähnen.
Verblaßte Hände, die den Schlaf ersehnen,
Vielleicht, daß in dem Rohr ein Windstoß lacht.

In engen Stuben blinde Kinder singen.
Im nahen Flusse treibt ein toter Hund.
Die Nebel steigen keusch aus feuchtem Grund
Und lassen ein verwehtes Weinen klingen.

RETROSPEKTAKEL

Bilanz zu ziehen ist leider unmöglich.
Wie Heraklit schon sagte: Panta rhei.
So auch der Fluß entgrenzter Fragmente.
Faktenragout. Reminiszenzenbrei.

Wohin man sieht: Zerbrochne Konturen.
Eiris sazun idisi.
Habe nun, ach, ich kann nicht anders.
Nicht mitzuhassen, mitzulie.

Stefan George. Kohlenhydrate.
Die Schule soll ihnen ja fürs Leben
Tacitus. Vererbungsgesetze.
Entscheidende Bildungsgrundlagen geben.

Oswald, Gottfried, Eniwetok.
Sie tragen die Verantwortung als Hüter
L'art pure lard. Verbrennungsmotoren.
Der westlichen Kultur und ihrer Güter.

Man geben mir einen festen Punkt!
Der Archimedes hatte gut reden.
Tolle, legge, Kausalgesetze.
Gott ist tot. Lasset uns beten.

Konfusion der Ambivalenzen:
Wann treffen die alle wieder zusamm'?
Tomorrow and tomorrow and tomorrow.
Im Dunkel die Brücke. Und nirgends ein Damm.

Doch dann am Ende von dreizehn Jahren:
Reifezeugnis. Bildungsgang.
Na sehn Sie! Also doch was geschafft!
Je nun. Ei doch. Habt Dank. Habt Dank!

U-BAHN THIELPLATZ–HALLESCHES TOR

So gelb sie außen prunkt, so rot ist sie von innen.
Das Dunkel schaut herein, doch drinnen ist es licht.
Umher ist alles schwarz. Im Innern voll Gesicht,
Das blicklos schaut, verstumpft, mit abgestorbnen Sinnen.

Hör auf des Ratterns Schall. Es trägt dich schnell von hinnen.
Der Heidelberger Platz – du achtest seiner nicht –
liegt schon so weit zurück. Wenn eine Stimme spricht
»Kurfürstenstraße«, dann spürst du die Zeit verrinnen.

Nun öffnet sich der Schlund. Der Tunnel ist zuende.
Du wähnst die Sonn' zu sehn und siehst doch dunkle Nacht,
In der ein Regen stäubt auf glänzendes Gewände.

Die Fensterhöhlen schwarz. Die abgebröckelt Pracht.
Das Stuckgesims zerstört. Torträger ohne Hände.
Dein Herze wird zu Eis, dieweil dein Mund noch
lacht...

HAU-GEDICHTE

1966

TRINKLIED AUF DIE OKTOBERREVOLUTION

Hoch die Tassen,
Hoch die Gläser!
Preist in frohem Sängerton,
Was wir jetzt besingen wollen:
Die Oktoberrevolution.
Trallallalla, Trallallalla,
die Oktoberrevolution.

Hoch die Becher,
Trinkt auf Lenin!
Er verdient der Treuen Lohn,
Denn er war der Initiator
Der Oktoberrevolution.
Trallallalla, etc.

Hoch die Kelche
Für den Trotzki!
Er zerbrach die Reaktion.
Und erstritt in heißem Kampfe
Die Oktoberrevolution.
Trallallalla, etc.

Stimmt mit ein,
Ihr edlen Sänger!
Bald weiß es die Erde schon,
Daß die Zukunft ihr gehört:
Der Oktoberrevolution.
Trallallalla, etc.

TIERWELT – WUNDERWELT

Die BETTENEULE im Plumeau
wird ihres Lebens nicht mehr froh.
Wenn sie ein leises Quietschen hört,
dann ist sie durch und durch verstört.
Und flüsternd sagt sie ihrer Brut:
»Dat geit nit gut, dat geit nit gut!«

Der HABICHT fraß die WANDERRATTE,
nachdem er sie geschändet hatte.

Der KRAGENBÄR in seinem Kragen
weiß nichts vom Singen und vom Sagen.
Nie sang er auch nur einen Ton.
Von Sängern dacht' er voller Hohn,
und angesichts des Sternenlichts
da blieb er stumm und sagte nichts.
Er sang nicht auf der Maienflur,
bei Diskussionen schwieg er nur.
Wie anders Goethe, Kant und Benn,
die weniger Verschwiegenen!
Sie ehret heute Flott und Heer,
Vom KRAGENBÄR spricht niemand mehr.

Das SCHNABELTIER, das SCHNABELTIER
vollzieht den Schritt vom Ich zum Wir.
Es spricht nicht mehr nur noch von sich,
es sagt nicht mehr: »Dies Bier will ich!«
Es sagt: »Dies Bier,
das wollen wir!
Wir wollen es, das SCHNABELTIER!«

FRAGE

Kann man nach zwei verlorenen Kriegen,
Nach blutigen Schlachten, schrecklichen Siegen,

Nach all dem Morden, all dem Vernichten,
Kann man nach diesen Zeiten noch dichten?

Die Antwort kann nur folgende sein:
Dreimal NEIN!

AUCH EINE KOSMOGONIE

Einst, so sprach der Vatsayana,
War die Erde, war das Weltall,
Waren selbst die tausend Sterne
Gar nicht da. Statt dessen gab es
Eine ungeheure Leere,
Endlos weit, unglaublich dunkel,
Da geschah es.
Dunkel ballte sich zusammen,
Leere stürzte in ein Zentrum,
Und aus riesengroßen Wehen
Schleuderte die Unmaterie ein gestreiftes Pfauenei.
Ei ward und das Ei zerplatzte,
Aus ihm schoß ein gelbes Leuchten,
Schoß das erste Weltenhuhn.
Dieses Huhn begann zu kratzen,
Scharrt' zusammen Nichts und Leere,
Schob sie unter seinen Sterz und
Setzt' sich drauf und brütet', brütet'

Brütet' Tage, Wochen, Monde
Brütet' jahrmillionenlang,
Bis es seine Pflicht beendet
Und ein schwarzes, kleines Männlein
Naß noch aus den Schalen schlüpfte.
Dieses Männlein, dessen Name
Georg Phillip Seume war,
(Gregor Wertheim sagen andre, doch sie können's
Nicht begründen, gleichviel, dieses Männlein nun)
Schuf dann alles, was wir sehen
Schuf das Wasser, schuf die Erde,
Bäume, Plätze, Pflanzen, Gabeln,
Schuf den Punkt und schuf den Würfel,
Schuf die Berge, schuf die Vögel,
Schuf die Menschen, schuf das Wetter,
Schuf die Häuser, schuf den Strich,
Schuf das Reh, schuf dich und mich,
EHRE SEINEM NAMEN.

EIN ERLEBNIS SWIFTS

Swift, schon älter,
ging am Strand entlang, was er gern tat.
Da trat ein Mädchen vor ihn hin.
»Ich bin eine Zigeunerin«,
sprach sie mit schriller Stimme.
Der Wind, der rauschte durch das Gras,
doch Swift hörte nicht auf ihn.
»Du bist ein Maler«, sprach das Kind,
»dein Name, der ist Harald,
und du wirst 90 Jahr alt.«

Sie sprang davon und lachte hell,
Swift sah ihr sinnend nach.
»Von dem, was du mir da erzählt,
war alles töricht und verfehlt,
da hat aber auch kein Wort gestimmt«,
sagte er mehr zu sich als zur Entschwundenen.
Und er ging weiter.

DAS KNEBELLIED

Der zweite Teil ist wie mit geknebeltem Munde zu sprechen

»Gib mir den Säbel, liebes Kind,
Und sag mir, wo die Knebel sind.
Denn heute, heute geht's drauf und dran,
Die Türken, die Türken greifen an!«

So sprach der Bursch und zog aus mit Hurrah.
Erst nach siebzehn Stunden war er wieder da:

»Zhieh mhir dhem Sähbl ausm Bhauch,
Dhem Khnbll ausm Mhundhe auuch.
Dhnem cheuthecheuthe ghinghs
dhraumfumddrhram,
Dhie Thürrkm, dhie Thürrrkm ghriffm ahmh!«

DAS LIED DER MEERE

Die Nordsee rauscht das alte Lied:
»Ich bin so matt, ich bin so müd.«

Die Ostsee murmelt ihren Sang:
»Mir ist so weh, mir ist so bang!«

Und leise singt der Kattegat:
»Ich bin so müd, ich bin so matt.«

Ihm antwortet die Zuidersee:
»Mir ist so bang, mir ist so weh.«

HOMMAGE À NIETZSCHE

Ein kantiger Kopf
Augen
Die ewig flatterten
Sein Mund öffnete sich nicht leicht.
»Wer viel einst zu verkünden hat...«
Kein Plauderer
Nur selten tanzte er.
So saß er in Kehlmanns Ballhaus.
»Die Bergziegen bei Basel haben eine Art
von Stein zu Stein zu springen,
daß einem schlecht werden kann«
Sagte er gern
Und: »Die Lagerfähigkeit dieses Biers
ist unbegrenzt«
Oder: »Macht es wie die Eieruhr,

zählt die heitren Stunden nur.«
Kein Drama
Kein Roman
Nur diese Sprüche.
Kaum etwas schriftlich hinterlassen.
Und doch:
Wer einmal
Sei es im Urlaub
Sei es zu Hause einen solchen Spruch gehört hat,
wird ihn
So schnell nicht vergessen.

GEDICHTE AUS BESTERNTE ERNTE

1976

»Viel schon ist getan,
mehr noch bleibt zu tun«,
sprach der Wasserhahn
zu dem Wasserhuhn.

DAS GLEICHNIS

Wie wenn da einer, und er hielte
ein frühgereiftes Kind, das schielte,
hoch in den Himmel und er bäte:
»Du hörst jetzt auf den Namen Käthe!« –
Wär' dieser nicht dem Elch vergleichbar,
der tief im Sumpf und unerreichbar
nach Wurzeln, Halmen, Stauden sucht
und dabei stumm den Tag verflucht,
an dem er dieser Erde Licht...
Nein? Nicht vergleichbar? Na, dann nicht!

KLEINES LIED

Bin ich auch arm
Bin ich doch dumm
Bin ich auch schief
Bin ich doch krumm
Bin ich auch blind
Bin ich doch taub
Bin ich auch Fleisch
Werd ich doch Staub.

EIN ABSCHIED

»Vater, lieber Vater mein,
willst du meine Mutter sein?«

Verlegen fährt sich
der Bub durch den Schopf
und schaut auf den Vater,
doch der schüttelt den Kopf,
blickt in das Licht,
das im Fenster sich bricht,
und spricht:

»Mein Kind, was du da von dir gibst
klingt im Detail zwar allerliebst,
jedoch im großen Ganzen –«

Musik erklingt,
der Knabe winkt:
»Komm Vater, laß uns tanzen!«

Vier Stunden später. Leer ist der Saal.
Der Vater hat müde zum hohen Portal
die Schritte gelenkt
und denkt,
den Blick auf den schlafenden Buben gesenkt:

»Ich hab's erwogen, hab' geschwankt,
hätt' gern erfüllt, was er verlangt,
es war nicht drin.
Was er wahrscheinlich erst begreift,
wenn er vom Knaben zum Weibe gereift,
leb wohl, Katrin!«

Und behutsam setzt er
das Kind in den Schnee
und geht in die Nacht,
die hereinbrechende…

WORTE ZU BILDERN

Zu Pieter Breughels Bild »Bauernhochzeit«

Zum Schrei'n,
wie er die Fläche füllt,
die von Figuren überquillt,
von Leuten groß und klein –
zum Schrei'n!

Zu Leonardo da Vincis »Mona Lisa«

Zum Brüll'n,
wie manches lange Jahr
er vor der Leinwand tätig war,
anstatt sie zu zerknüll'n –
zum Brüll'n!

Zu Dürers Handzeichnungen

Zum Heul'n,
wie viele tausend Blatt
er blindlings vollgezeichnet hat
mit Männern, Frauen, Eul'n –
zum Heul'n!

Zu Erwin Krautnicks Gemälde »Meine Oma«

Gekonnt,
wie er die Oma bringt,
die bäuchlings »La Paloma« singt,
von letzten Strahlen übersonnt –
gekonnt!

DER ABSCHIEDSBRIEF DES WELTUMSEGLERS HEINRICH HEIMAZ AN SEINE NEBENFRAU

Liebe Erna, mach es gut,
im Kühlschrank liegt ein alter Hut,
den kannst Du dir vielleicht kochen,
das reicht für ein paar Wochen.
Daneben steht noch etwas Eis,
das mach dir auf dem Ofen heiß,
würz es mit frischem Majoran,
tu zwei, drei Pfund Gemüse dran,
schmeck es mit Chili-Soße ab
und gieß es dann auf Puschls Grab.
Iß bitte auch vom Vollkornbrot
und mach den letzten Käse tot.
Zuguterletzt ein kleiner Trost,
in der Wanne hat's noch Most,
ich aber bin jetzt lieber still,
weil ich die Welt umsegeln will,
In Liebe, Dein Weltumsegler Heinrich
Heimaz.

»KINDER, WIE DIE ZEIT VERGEHT!«

Fragment einer zeitkritischen Revue

CHOR: Kinder, wie die Zeit vergeht!
Wie eilig sich die Erde dreht!
Wie rasch der Bach zum Flusse fließt!
Wie schnell sich der ins Meer ergießt!
Wir alle finden keine Ruh –
Schnabbeldibabbeldibabdiduu!
VORSINGER: Wie spricht der Papst die Heil'gen heilig?
CHOR: Eilig, eilig!
VORSINGER: Und ist ein solches Tun verzeihlich?
CHOR: Freilich, freilich!
ALLE: Denn Tempo, Tempo,
ist das Gebot –
wer nicht hastet und hetzt,
der gilt schon als tot!

Bei den letzten Worten tritt ein als Direktor verkleideter Schauspieler auf die Bühne.

DIREKTOR: Verflucht, daß ich nur diesen Chor fand!
Ich suche dringend meinen Vorstand!
Denn heute winkt mir ein Geschäft,
und wenn der Vorstand jetzt verschläft,
dann gehen Geld und Zinsen
in die Binsen.
CHOR: In die Binsen!

Von rechts kommt der Vorstand unausgeschlafen und unrasiert auf die Bühne. Einige Herren ziehen sich noch während des Auftritts an.

DIREKTOR: Na, ein bißchen dalli, meine Herren!
Oder glauben Sie etwa, daß ich meine Zeit
gestohlen habe?
VORSTANDSVORSITZENDER: Ja!

DIREKTOR: Meine Herr'n, das wollt ich wissen.
Nun sind Sie alle rausgeschmissen!
Der Vorstand tritt unter allen Anzeichen des Entsetzens ab.
VORSTANDSVORSITZENDER: Mitleid, Herr Direktor bitte!
Mitleid lenke deine Schritte!
Meine Worte tun mir leid,
schuld dran war die Müdigkeit –
gestern blieb ich lange wach,
sah in den Karteien nach,
korrigierte die Bestände
und erwarb ein Schießgelände...
DIREKTOR: Ein Schießgelände – wo?
VORSTANDSVORSITZENDER: Direkt am Berner Zoo!
DIREKTOR: Na Mensch, das ist ja prima,
ich muß sofort nach Lima,
denn grad um dies Gelände
bemühn sich viele Hände.
In ihm verbirgt sich, wie ich weiß,
eine Quelle, die ist heiß.
Jetzt fehlt es nur an Rohren,
die gibt es in Peru,
und dann gehn wir ans Bohren.
CHOR: Schnabbeldibabbeldibabdiduu!

Soweit das Fragment. Kurz sei noch der Fortgang der Handlung skizziert: Der Direktor fliegt mit seinem Vorstand nach Peru, wo seine unruhige Art den Peruanern jedoch derart auf die Nerven geht, daß sie die Verhandlungen um das Röhrengeschäft abbrechen und schreiend aus dem Zimmer laufen. Das Rennen macht denn auch der Konkurrent des Direktors, der sicher nicht zufällig Mr. A. Usgeglichen heißt.

Verbittert versucht der Direktor, es seinem Konkurrenten gleichzutun, ja, ihn an Ruhe und Ausgeglichenheit noch zu übertreffen. Diesen Vorsatz setzt er jedoch mit einem solchen Lärm in die Tat um, daß der Vorstand beschließt, den Direktor durch eine Gewaltkur zu heilen. Die Vorstandsmitglieder verkleiden sich als Hausiererweiblein und klingeln an der Tür des Direktors, um ihm einen Sack voll Ruhe zu verkaufen. Der Direktor fällt auf den Schwindel herein und tauscht sein Stammkapital an der Firma gegen den Sack ein. Als er ihn öffnet, ist er – leer. Darauf geben sich die Hausiererweiblein zu erkennen und entlassen den Direktor. Der jedoch fühlt sich das erste Mal in seinem Leben sorgenfrei und ausgeglichen und stimmt lachend in den Schlußchor mit ein: »Ruhe kann man sich nicht kaufen, darauf laßt uns einen schlucken!« In den Schlußwirbel mischt sich auch Mr. A. Usgeglichen, der sich als ein Herr Deus aus Machina entpuppt.

WUNSCH UND WIRKLICHKEIT

Man müßte doch, man sollte mal,
zum Beispiel durch den Sitzungssaal
ganz pudelnackt, wie Gott uns schuf,
hindurchzieh'n und dann mit dem Ruf
»Jetzt ist's uns gleich! Jetzt ist's egal!« –
Man sollte doch, man müßte mal…

Man sollte doch, man müßte jetzt,
ist erst das Schamgefühl verletzt,
dann könnt' man doch, ich mein', es wär'
schön, wenn wer schriee: »Weiber her!
Sonst sind wir unglaublich vergrätzt!« –
Man müßte mal, man sollte jetzt...

Man müßte doch, man sollte gleich,
und, wenn sie dann so pfirsichweich,
so ganz erwartend vor uns steh'n,
dann brüll'n: »Laßt ihr euch wieder geh'n?
Tut Buße! Dirnen! Auf die Knie!«
Man müßte mal – und tut's doch nie...

ZOO-IMPRESSIONEN

Wie traurig dieser Wolf
in dem Gehege!
Wie schrecklich,
daß er steht!
Wie furchtbar,
wenn er läge!

Erdmännchen huschen
durch die Nacht,
mit schrillem Schrei
gen Osten.
Unstete Fahrt,
gebt acht, gebt acht,
gleich rauscht ihr
an den Pfosten!

Verrat, Verrat,
ein Loch im Draht!
Und da schon wieder eines!
Zur Hilf! Herbei!
Gleich sind sie frei,
die Graugans und ihr Kleines!

Am Pferch steht »Zebu«.
In dem Pferch,
da steht ein Rind, ein weißes.
Das mag ich nicht.
Das nächste Mal
lock' ich es an und beiß' es.

Brüllt nur, Löwen,
fletscht die Zähne!
Faucht nur,
schüttelt eure Mähne!
Macht nur weiter so,
ihr schafft es
und bekommt was Raubtierhaftes.

Ach Kronenkranich, plärr nicht so!
Du bist doch nicht allein im Zoo!

DER UNTERGANG VON HALBERSTADT

Durch Halberstadt eilt ein Geschrei,
die Bürgerschaft rennt schnell herbei.
Was geht da vor?

Die Wasserwaage ist kaputt,
und in den Wannen steigt die Flut.
Wie soll das enden?

»Ihr lieben Bürger, hört mich an,
nur eines uns noch retten kann!«
Wer ist der Redner?

Des Bürgermeisters Töchterlein,
kein and'rer kann so lauthals schrei'n.
Weiß sie die Rettung?

»Bringt mir ein ausgewachs'nes Kalb
und fragt mich nicht Wieso? Weshalb?«
Schon steht es vor ihr.

»Dies Kalb soll ausgewachsen sein?
Das ist entschieden viel zu klein!«
Schon bringt man das nächste.

»Mein Gott, bald trifft uns unser Los,
auch dies ist nicht genügend groß.«
Da kommt schon das dritte.

Ein Kalb, das in die Wolken reicht
und dessen Rist die Sterne streicht –
bringt es die Rettung?

»Maria, welch ein Riesentier!
Ich fürchte mich! Nur weg von hier!«
So schreit die Jungfrau.

Und schaudernd jagt sie querfeldein
und alle Bürger hinterdrein.
Leer ist das Städtchen.

Das Wasser steigt, das Wasser quillt,
bald ist die ganze Stadt erfüllt
von lautem Brausen.

Die Wasserwaage und den Dom
ergreift der Fluten wilder Strom,
um nur zwei Beispiele zu nennen.

Doch da! Horch auf! Ein Horn erklingt!
Ein Reiter durch die Wellen springt!
Was soll denn das schon wieder?

»Wo bist du, Ilse?« schreit er laut.
»Wo bist du bleiche, schöne Braut?«
Ja, wo ist sie?

Das ist des Reiters letztes Wort,
ein Wirbelsturm, der reißt ihn fort
nach Burgdorf an der Iller.

Von Halberstadt ist nichts zu seh'n.
Das Wasser fließt, die Winde weh'n –
ist alles ausgestorben?

Nein. Aus den Wellen ragt ein Kalb,
das Aug so weh, das Fell so falb –
sprich nur, was hast du?

»Ich trage Schuld an all dem Leid.
Ich trat die Wasserwaage breit.
Jetzt will ich sühnen.«

Und damit schläft es stehend ein,
trotz Sturmgebraus und Mövenschrei'n
Wie friedlich es aussieht!

Wer dieses Lied gedichtet hat?
Ein Jäger war's aus Halberstadt.
Doch das nur am Rande.

DIE BRÜCKEMALER

Drei Dialoge

»Grüß Gott, mein lieber Heckel,[1]
was hab'n Sie da im Säckel?«
»Im Säckel, lieber Mueller,[2]
da steckt mein Lieblingsfüller!«

»Sag'n Sie mal, Herr Pechstein,[3]
dies Braun da soll ein Blech sein?«
»Jawohl, ein Blech, Herr Nolde,[4]
war, was ich malen wollte.«

»Hör'n Sie mal Herr Schmidt,[5]
als ich durch Rottluff ritt« –
»Was war da, lieber Kirchner?«[6]
»Da traf ich Georg Birchner.«[7]

1 Erich Heckel, 1883–1970.
2 Otto Mueller, 1884–1930, auch »Zigeuner-Müller« genannt.
3 Max Pechstein, 1881–1955.
4 Emil Nolde, eigentlich Hansen, 1867–1965.
5 Karl Schmidt-Rottluff, eigentlich Schmidt, geboren in Rottluff bei Chemnitz, 1884–1976.
6 Ernst Ludwig Kirchner, 1880–1938.
7 Hier irrt Kirchner. Er meint wohl Georg Büchner, Dichter, 1813–1837, den er jedoch kaum in Rottluff gesehen haben kann. Möglicherweise liegt eine Verwechslung mit Georg Thomalla, Schauspieler, 1913, vor.

GEBET

Lieber Gott, nimm es hin,
daß ich was Besond'res bin.
Und gib ruhig einmal zu,
daß ich klüger bin als du.
Preise künftig meinen Namen,
denn sonst setzt es etwas. Amen.

KURZES WIEDERSEHN AUF DEM FLUGHAFEN

»Mensch Erwin! Lange nicht geseh'n!
Wie geht's?« »Mein Gott, wie soll's schon geh'n –
man schlägt sich durch als Aufsichtsrat,
der auch sein Teil zu tragen hat.«

»Du Aufsichtsrat? Mach mal 'nen Punkt!
Ich denke, du bist Forstadjunkt!?«
»Das war ich, lieber Werner, war ich,
doch diese Zeiten waren haarig:

Frühmorgens, wenn die Hähne krähten,
mußt' ich schon mit den Hasen beten,
kaum daß die Zeit zum Frühstück reichte,
kam drauf der Dachs zur Ohrenbeichte,

war die vorbei, da war auch schon
bei Igels heil'ge Kommunion,
und damit war's noch nicht genug...«
»Du. Erwin...« »Ja?« »Ich glaub', mein Flug...«

»Klar, Werner. Tschüss. Ach ja, was macht...«
»Marie? Die hab' ich durchgebracht.
Und zwar in – Mensch, ich muß jetzt geh'n!«
»Tschau, Werner!« »Erwin! Wiederseh'n!«

DIE WETTERWENDISCHE

»Du, Heiner...« »Ja?« »Mir fällt grad ein,
ich wäre gern ein Warzenschwein!«
»Ein Warzenschwein? Mein liebes Kind –«
»Nein, Heiner, diese Schweine sind

für mich der Inbegriff des Schweins:
Mit sich und mit dem Kosmos eins,
so streifen sie durch's Unterholz.
Ihr Herz ist gut, ihr Wesen stolz,

ihr Auge schaut so klar und rein:
Ach wär' ich nur –« »Ein Warzenschwein?«
»Ja, Heiner, ja und nochmals ja!
Jedoch...« »Jedoch?« »Seit ich mal sah,

wie diese Tiere wirklich sind,
voll Warzen und den Kopf voll Grind,
steht für mich fest, ich wäre lieber...«
»Kein Warzenschwein?« »O nein. Ein Biber!«

RÖMISCHE ELEGIE

»Hochwürden...« »Ja, mein Kind, was ist?«
»Ich habe heut den Papst geküßt.«
»Den Papst?« »Jawohl den Papst aus Rom.
Wir gingen durch den Petersdom,

da sprach er seltsam aufgeregt:
›Hat dich schon jemand flachgelegt?‹«
»Sprich weiter, Kind...« »Ich sagte ›Nein‹,
da schrie der Papst: ›Wer war das Schwein?‹

Ich sagte: ›Niemand!‹ Darauf er:
›Aha... Soso... Ist klar... Ach der!
Der hat mir grade noch gefehlt...‹«
»Und dann?« »Dann schwieg er erst gequält...«

»Und dann, mein Kind?« »Dann sah er starr
auf meinen Mund, der rötlich war,
und voller Zähne, wie Ihr wißt...«
»Und dann?« »Dann hab' ich ihn geküßt...«

»Du hast den Papst?« »Ich habe ihn.«
»Und er?« »Hat wie am Spieß geschrien!«
»Na immerhin. Ein schwacher Trost.«
»Zum Wohl, Hochwürden!« »Mädel, Prost!«

WARUM WAR HERR SCHLEGEL SO KREGEL?

Drei Versuche einer Antwort

1. Versuch

Herrn Schlegel war, als ob wer riefe,
und zwar die Worte »Briefe, Briefe!«
Worauf er aus der Haustür ging,
woselbst er einen Brief empfing,
den er in einem Zug erbrach,
womit er völlig richtig lag.

Denn in dem Brief schrieb ihm Herr Fichte:
»Ich schick' Dir heut noch meine Nichte,
die sollst Du, mag sie noch so maulen,
an drei verschied'nen Stellen kraulen.
Dafür erhältst Du 50 Mark,
mein guter Freund, ich hoffe stark« –
In diesem Tonfall ging es weiter,
das stimmte den Herrn Schlegel heiter.

2. Versuch

Herr Schlegel liebte es, sich Zahlen
und Ziffern auf das Bein zu malen,
das er dann en passant entblößte,
was stets ein Streitgespräch auslöste.
So lobte Goethe diese Sitte,
im Gegensatz zu Schiller, dritte
enthielten sich der Stellungnahmen,
und andre, vorzugsweise Damen,
betasteten mit flinken Händen
die Zahlen auf des Dichters Lenden,
so daß Herr Schlegel Jahr um Jahr
der Mittelpunkt der Feiern war.

3. Versuch

Herr Schlegel kam – aus welchem Grund
auch immer – einst nach Öresund,
fand dort sehr schnell ein Bierlokal
und sprach zu sich: »Na schau'n wir mal,
ob unser alter Freund Novalis
nicht ebenfalls in diesem Saal is'!«
Und richtig! Denn wer stand am Tresen?
Na, das ist ein Hallo gewesen!

War das ein Jubeln, das ein Winken,
ein Schwatzen, Scherzen, Juchzen, Trinken –
sogar die kühlen Dänen staunten
beim Anblick dieser Gutgelaunten.

DREH ES, O SEELE

Die Stirn so feucht,
das Aug so fahl,
so kenn ich ihn,
den Grönlandwal.

Im Nordmeer, da
ist er zuhaus,
er kommt nie aus
dem Wasser raus.

Und holt man ihn,
so sagt er knapp:
»Ihr schaufelt mir
das trockne Grab.«

Das Meer ist tief,
die Welt ist schlecht,
wie ihr's auch dreht –
der Wal hat recht.

EIN SCHÜTTELREIM[1]

»Ich will Gerlinde Stanken[2] frei'n!«
sprach wütend Graf von Frankenstein.
»Darum brauch' ich den Krankenschein,
sonst reiß ich alle Schrankenk[3] ein!«

1 Mit Fußnoten
2 Gerlinde Stanken: die Tochter Ludwig Stankens
3 Schrankenk: volkstümlich für Schranken

BALLADE VOM GEMACH

Am Hof von Jekaterinenburg
da gab es ein Gemach,
drin ging der Fürst Trubetzkoy
seinen Gelüsten nach, juchhei,
seinen Gelüsten nach.

Im Zimmer stand ein Spiegel
und eine kleine Bank,
darunter saß ein Igel,
der war zwei Meter lang, bestimmt,
der war zwei Meter lang.

Die Wände war'n aus Marmor
mit kleinen Löchlein drin.
Und wer die Löchlein prüfte,
erriet gleich ihren Sinn, auf Ehr,
erriet gleich ihren Sinn.

Dann gab es noch ein Becken,
das weich gepolstert war,
zu ganz bestimmten Zwecken,
drin konnt man wunderbar, ihr wißt,
drin konnt man wunderbar.

Das allerschärfste aber
vom ganzen Mobiliar,
war jener Kandelaber,
der ganz aus Seife war, o Gott,
der ganz aus Seife war.

Das Zimmer war verhangen
bei Tag und auch bei Nacht,
damit kein Mensch erspähe
was drin der Fürst grad macht, versteht,
was drin der Fürst grad macht.

Das reizte ein Freifräulein,
ein unerfahren Ding,
das wollte gerne wissen,
was da wohl vor sich ging, mon dieu,
was da wohl vor sich ging.

Beim Ball, da stahl sie listig
des Fürsten Schlüsselbund
und lief damit zum Zimmer
noch in derselben Stund, so war's,
noch in derselben Stund.

Der Fürst, nur wenig später,
entdeckte den Verlust,
und wer dahinter steckte,
hat er sogleich gewußt, sofort,
hat er sogleich gewußt.

So eilig wie er konnte
lief er zu dem Gemach,
wo grade jenes Fräulein
das gold'ne Schloß erbrach, begreift!
das gold'ne Schloß erbrach.

»Mein Fräulein, Ihr wollt wissen,
was mag im Zimmer sein?«
sprach er mit falschem Lächeln,
»So tretet doch herein, mein Kind,
so tretet doch herein!«

Nichts half dem armen Mädchen,
sie mußte ins Gemach.
Und zitternd vor Erregung
schritt rasch der Fürst ihr nach, potzblitz,
schritt rasch der Fürst ihr nach.

Erst morgens in der Frühe
ließ er sie wieder geh'n
sie tat es nur mit Mühe,
sie konnte kaum noch steh'n, wie das?
sie konnte kaum noch steh'n.

Die Schultern voller Seife,
den Hals so seltsam krumm,
den Rücken voller Stacheln,
so schleppte sie sich stumm ins Bett,
so schleppte sie sich stumm.

Doch wer sie einmal fragte
»Wie war's?«, dann schwieg sie matt,
nur's Strahlen ihrer Augen
verriet, wie's ihr gefallen, hört!
wie's ihr gefallen hat.

Seit dieser Nacht da lief sie
stets Fürst Trubetzkoy nach.
Doch wie sie's auch versuchte,
sie kam nicht ins Gemach, nie mehr,
kam nie mehr ins Gemach.

Saß nur noch vor der Türe
und lauschte weh und bang
dem seltsam schönen Schnaufen,
das aus dem Zimmer drang, so süß,
das aus dem Zimmer drang.

Wenn drinnen vor dem Spiegel
wohl an dem Beckenrand
der Fürst oder der Igel
eins von den Löchlein fand, wer weiß,
eins von den Löchlein fand.

Vielleicht war's auch ganz anders.
Drum schweig ich lieber still.
Weil niemand, der darin war,
etwas verraten will, kein Wort,
drum bin ich lieber stumm, was soll's?
drum bin ich endlich still.

KLEINE ERLEBNISSE GROSSER MÄNNER

Kant

Eines Tages geschah es Kant,
daß er keine Worte fand.

Stundenlang hielt der den Mund,
und er schwieg nicht ohne Grund.

Ihm fiel absolut nichts ein,
drum ließ er das Sprechen sein.

Erst als man zum Essen rief,
wurd' er wieder kreativ,

und er sprach die schönen Worte:
»Gibt es hinterher noch Torte?«

Bismarck

Als Bismarck eines Nachts erwachte,
da stand ein Hund auf seinem Bett,
und als er den entgeistert fragte,
was er auf ihm zu suchen hätt',
da sprach der Hund, er hab' sich in der Tür,
es tät' ihm leid, er könne nichts dafür,
da hab' er sich – und nun schwieg er verwirrt–,
»Geirrt«, ergänzte Bismarck barsch, »geirrt!«

Steiner

Steiner sprach zu Thomas Mann:
»Zieh dir mal dies Leibchen an!«
Darauf sagte Mann zu Steiner:
»Hast du's auch 'ne Nummer kleiner?«

Kafka sprach zu Rudolf Steiner:
»Von euch Jungs versteht mich keiner!«
Darauf sagte Steiner: »Franz,
ich versteh' dich voll und ganz!«

Steiner sprach zu Hermann Hesse:
»Nenn mir sieben Alpenpässe!«
Darauf fragte Hesse Steiner:
»Sag mal Rudolf, reicht nicht einer?«

POMM FRITZ

Ein humoristischer Gedichtzyklus

1

Pomm Fritz gab seinen LebensLAUF
schon um die Mitte vierzig auf.
Begründend dies sprach er: »Ich steh'
mehr auf 'nem geruhsamen LebensGEH.«

2

Pomm Fritz sammelt RINGELnattern,
wo er sie nur kann ergattern.
Dann entfernt er gar nicht pingel-
ig die ganzen Ringel,
läßt die Nattern nackend hocken,
macht aus jenen Ringeln Socken,
nennt sie RINGELSOCKEN drum
und verdient sich dumm und krumm.

3

Pomm Fritz sieht an einem Brunnen
einen nachdenklichen HUNNEN.
Lockend tut das Wasser winken,
gerne würd' der Hunne trinken,
doch da ihm der Becher fehlt,
schweigt das Schlitzaug erst gequält,
bis er plötzlich lauthals lacht
und es wie ein Hündchen macht.
Dann, nach langem Schlappschlappschlapp,
reitet er gen Osten ab.
Pomm Fritz jedoch bemerkt als guter Christ:
»Ein ›HUNNENEINFALL‹, der zu loben ist.«

4
Pomm Fritz trat einst einer Fee
vollrohr auf den großen ZEH.
Seitdem trägt sie den Fuß, den steifen,
geschmückt mit einem ZEHBRAstreifen.

REITERGEDICHT

»Sag mal, Reiter!« »Ja, was ist?«
»Wie kommt's, daß du alleine bist?
Wo ist dein Pferd?«

»Ja, das ist so...« »Verrat es nur!«
»Der Gaul macht grad das Abitur –«
»Auch nicht verkehrt.«

ANIMALEROTICA

Der NASENBÄR sprach zu der Bärin:
»Ich will dich jetzt was Schönes lehren!«
Worauf er ihr ins Weiche griff
und dazu »La Paloma« pfiff.

Die DÄCHSIN sprach zum Dachsen:
»Mann, bist du gut gewachsen!«
Der Dachs, der lächelte verhalten,
denn er hielt nichts von seiner Alten.

Der Förster, der grad Möhren dörrte
und dabei ein Röhren hörte,
sprach: »Wer den HIRSCH beim Röhren stört,
der eben in den Föhren röhrt,
dem schlag' ich meine Möhren
achtkantig um die Ohren.«

Der BÄR schaut seinen Ziesemann
nie ohne stille Demut an.

Der MOPS hat seinen Zeugungstrieb
ganz schrecklich gern und furchtbar lieb.

Das Vorspiel nahm den HENGST so mit,
daß er geschwächt zu Boden glitt.

Der WAL vollzieht den Liebesakt
zumeist im Wasser. Und stets nackt.

Zu Nachtzeit faßt der KORMORAN
zu gern die Kormoranin an,
die dieses, wenn auch ungern, duldet,
da sie ihm zwei Mark fünfzig schuldet.

Der KRAGENBÄR der holt sich munter
einen nach dem andern runter.

Der PELIKAN steht wie gelähmt,
nie hat ihn jemand so beschämt,
wie jener feiste Kolibri,
der ihn des Pubertierens zieh.

In Köln, da können sich die DOHLEN
selbst auf dem Dom ein Liebchen holen.

Zum Adler sprach die GABELWEIHE,
daß sie auf seinen Nabel speie,
nähm' er nicht sofort seinen Schnabel
aus ihrer frischgekämmten Gabel.

Im Kurbordell von Königstein
ist jeden Samstag Tanz.
Dort treten sieben MÄUSCHEN
ohn' Unterlaß und Päuschen
der Katze auf den Schwaha,
der Katze auf den Schwanz.

ICH ÜBER MICH

ICH WEISS...

Ich weiß ein Blümlein rosenrot
besetzt mit grünen Blättchen,
ich roll' es gern in eitel Samt
und rauch's als Zigarettchen –
Das
gibt mir derartig den Rest,
daß es sich nicht beschreiben läßt.

ICH SPRACH...

Ich sprach nachts: Es werde Licht!
Aber heller wurd' es nicht.

Ich sprach: Wasser werde Wein!
Doch das Wasser ließ dies sein.

Ich sprach: Lahmer, du kannst gehn!
Doch er blieb auf Krücken stehn.

Da ward auch dem Dümmsten klar,
daß ich nicht der Heiland war.

Was ich...

Was ich noch zu sagen habe,
steht auf einem andern Blatt.
Öffnet es an meinem Grabe,
wenn man mich beerdigt hat.

Bitte, öffnet es nicht früher.
Öffnet es erst, wenn ich sterbe.
Denn bis dahin soll geheim sein,
wem ich Helgoland vererbe.

DIALOG ZWISCHEN DEM DICHTER UND STRALSUND

Dichter:	Hafenstadt im Abendlicht!
Stralsund	(liegt still da und rührt sich nicht)
Dichter:	Perle an der Ostsee Strand!
Stralsund	(denkt): Halt doch den Rand!
Dichter:	Niemals will ich von dir lassen!
Stralsund	(brummelt): Nicht zu fassen!
Dichter:	Ich erkläre frei und frank...
Stralsund	(schreit): Mach mich nicht krank!
Dichter:	Gott, ist diese Stadt nervös!
Stralsund	(schweigt und schaut nur bös)
Dichter:	(lacht beim Weggang schrill)
Stralsund	(übergibt sich still)

VERGEBLICHES VORHABEN

Ich schrieb' so gern ein Berggedicht
mit Pauken und Trompeten,
von Gletschern, Klamm und Firnenlicht
und der vom Wind verwehten
Bergbäu'rin, die ich einmal traf,
als sie die Jodler säugte,
die Erwin, der Lawinengraf,
nachts auf den Almen zeugte,
dann, wenn die Gräfin wie gewohnt
das Matterhorn bemalte,
indes ein weit entfernter Mond
sein fahles Licht verstrahlte –
das alles schrieb' ich gerne hin,
doch muß ich's leider lassen.
In Worten gäb' das keinen Sinn;
wie sagt man doch im Engadin? –:
»'s ischt vérbal nicht zu fassen.«

ANNO 24

1924. Über Deutschland lastet der Reimzwang. Reimzwingherrn sorgen dafür, daß er unerbittlich eingehalten wird. Da treffen sich auf einer der belebten Straßen der Kölner Innenstadt Harry und Ulla…

SIE: Sag mal, Schatz, wie kommt die Rose
eigentlich an deine Hose?
ER: Hör mal, Liebling, sei so nett,
sag nicht Hose zum Jackett!

SIE: Also gut, wie kommt der Anker
eigentlich an deinen Janker?
ER: Dieser Anker ist 'ne Rose!
SIE: Und was sucht sie auf der Hose?
ER: Diese Hose ist ein Janker!
SIE: Und was soll dann dieser Anker?
ER: Eine Rose ist kein Anker!
SIE: Eine Hose ist kein Janker!
ER: Gottseidank, das klärt die Lage –
SIE: Bleibt nur eine letzte Frage –
ER: Eine Frage – bitte ja?
SIE: Du – was haben wir denn da?
ER: Schatz, du siehst doch, eine Rose!
SIE: Und wie kommt die an die –
ER: Halt! Das mach' ich nicht länger mit!
SIE: Ich auch nicht!

Beide ziehen mit den Worten »Nieder mit dem Reimzwang« durch die belebten Straßen der Kölner Innenstadt. Begeistert schließen sich die Volksmassen ihnen an. Vereinzelte Rufe, wie »Der Reim muß bleim«, erstickt man im Keim. Die Reimzwingherrn flieh'n, und man läßt sie zieh'n. Der Siegeszug der Prosa beginnt, und wer das nicht glaubt, der spinnt.

LEHRMEISTERIN NATUR

Vom Efeu können wir viel lernen:
Er ist sehr grün und läuft spitz aus.
Er rankt rasch, und er ist vom Haus,
an dem er wächst, schwer zu entfernen.

Was uns der Efeu lehrt? Ich will es so umschreiben:
Das Grünsein lehrt er uns. Das rasche Ranken.
Den spitzen Auslauf und, um den Gedanken
noch abzurunden: auch das Haftenbleiben.

BEKENNTNIS

Ich leide an Versagensangst,
besonders, wenn ich dichte.
Die Angst, die machte mir bereits
manch schönen Reim zuschanden.

FÜNF VIERZEILER

Samt und Seide

Sprach der Samt zum Seide:
»Tu mir nichts zuleide!«
Drauf hat Seide diesem Samt
hastig eine reingeschrammt.

Bausch und Bogen

Der Bausch, der hat den Bogen
an dessen Ding gezogen.
Da lispelte der: »Bausch,
hör schofort damig ausch!«

Mann und Maus

Der Mann, der gab dem Maus
zwei Mark zuviel heraus.
Drauf redet' Maus den Mann
mit »Euer Gnaden« an.

Herr und Knecht

Der Herr rief: »Lieber Knecht,
mir ist entsetzlich schlecht!«
Da sprach der Knecht zum Herrn:
»Das hört man aber gern!«

Basis und Überbau

Die Basis sprach zum Überbau:
»Du bist ja heut schon wieder blau!«
Da sprach der Überbau zur Basis:
»Was is?«

O DU, DER DU

Einem Schreihals ins Stammbuch

O Schäfer, der du da im Wind
schreist, wo denn deine Schafe sind –:
Laß das Geschrei! Hör endlich auf!
Du Narr sitzt doch auf ihnen drauf!

An einen Arzt

O du, der du da die Kranken
heilst und ständig in Gedanken
deren Schlaftabletten frißt –:
Ahnst du denn in deinem Schlummer
etwas vom Patientenkummer,
der bei Nacht am größten ist?

An einen nördlichen Nachbarn

O Däne, der du deinen Deich
bäuchlings, einer Möve gleich,
auf der Dänin runterrauschst –:
Mußt du dabei immer »Ach« schrein,
muß denn immer so ein Krach sein,
wenn du Zärtlichkeiten tauschst?

An einen pyromanischen Butler

O Diener, der du dadurch dienst,
daß du dem Herrn das Bett verminst,
bedenke bei der Explosion –:
Wiegt denn die Freude kurzen Krachens
die Mühsal auf des Saubermachens?
Sie tut's? Ist gut. Ich schweig ja schon.

GEDICHTE AUS DER ›WELT IM SPIEGEL‹ (›WimS‹)

1971–75

LASS DAS, BASS!

»Niemals!« schrie der zweite
Baß,
als er jenen Passus las,
der besagte, daß für Gold
er den Alt beschlafen sollt.
»Alles tu' ich, will's die Pflicht –
doch dies Weib beschlaf' ich
nicht!«
rief er aus, »Da bin ich eigen!«
Nun, die Zukunft wird es zeigen,
ob er Wort hält. Hält er Wort,
muß er fort von diesem Ort.
Denn am Staatstheater Bremen
muß sich auf den Alt bequemen,
wer an dieser Bühne singt,
was ihm ja auch Geld einbringt.
Nichts für ungut, zweiter Baß,
lies dies durch und merk dir das.

EIN SPANNENDER MOMENT IM LEBEN VON SULTAN SELIM

»Mein Sultan!« sprach der Großwesir,
»wie hältst du's mit den Frauen?«
»Den Frau'n? Ich mag sie, wenn sie mir
nicht in die Stiefel schauen.«

»Nicht in die Stiefel? Ei, sagt an,
wann schauten sie denn darein?«
»Nun, eig'ntlich nie, jedoch einmal,
es war am Golf von Bahrain...«

»Am Golf von Barein? Sprecht, was war?«
»Da ging ich einmal baden –«
»Gewiß, und dann?« »Da war ein Weib,
das dacht', es könnt' mir schaden,

Indem sie meinen Stiefel griff
und flugs in ihn –« »Sie schaute?«
»O nein, die Wachen packten sie.
Sie starb, bevor es graute.«

»So sah kein Weib?« »Nein, keine sah.«
»Gottlob. 's wär auch vermessen!«
»Bei Gott, das wär's.« »Doch auf den Schreck –«
»Genau. Folgt mir zum Essen!«

WENN DIE MUTTER MIT DEM SOHNE

»Was ist dir Mutter?«
»Mir ist schlecht!«
»Ha, Mutter, das geschieht dir recht!
Seit der Professor Hindemith
das Wort in jene Rinde schnitt –«
»Sag welches Wort, mein lieber Sohn?«
»Nach welches wohl? Du weißt ja schon!«
»Ach ja, ich weiß, ich weiß, ich weiß!«
»Na also. Bon. Erst baust du Scheiß...«

»Ja, ja! Ich habe Scheiß gebaut!
Ich sag's mit Nachdruck, ich sag's laut:
Daß ich mit dem Gesinde stritt,
bis der Professor Hindemith
kopfüber von der Linde glitt
und eilends in die Pinte ritt –«

»Halt, Mutter!«
»Ja, mein Sohn, was ist?«
»Ach Mutter! Red' nicht so 'nen Mist!«
»Ich rede Mist? Ich baue Scheiß!«
»Ja, Mutter, ja! Ich weiß! Ich weiß!«
»Du weißt?! Doch still! Ich höre Schritte!«
»Ist's Vater?«
»Ja! Nun schweige bitte!«
»Klar, Mutter!«
»Danke dir, mein Kind!
Du weißt ja, wie wir Mütter sind...«
»Ach ja, ich weiß, ich weiß, ich weiß!
Ihr baut nur Mist!«
»Nein, Herbert, Scheiß!«

EIN BRIEF DES WALZERKÖNIGS AN SEINEN GEIGENBAUER

Mit diesem Brief sei angezeigt:
Ich hab ein Leben lang gegeigt,
Ich kann nicht mehr.

Es geht so sehr bergab mit mir,
Mir wird schon nach dem 10. Bier
Die Geige schwer.

Das macht,
Das Ding wiegt 100 Pfund,
Und das hat seinen guten Grund,
Nun hör mal zu:

Die Geige ist aus Stahlbeton,
Der Bogen aus Zement,
Die Wirbel sind aus Marmorstein,
Und schuld daran bist du.

Du hast die Geige so gebaut,
Du hast mir die Musik versaut,
So sieht's mal aus.

Und schaust du noch mal
bei mir rein,
Dann werde ich laut »Pfuscher«
schrein.
Jawohl. Dein Johann Strauß.

LOHENGRIN '74

»Du Else!« »Erwin, was soll sein?«
»Ich glaub', ich dringe in dich ein!«
»Du Erwin!« »Else, ja, was ist?«
»Weißt du genau, daß du es bist?«

Diese Worte lösten in Erwin eine beträchtliche Erschütterung aus. Was? Sie zweifelte daran, daß er in sie eindrang? Wer aber sollte sonst in sie eindringen? Barsch sagte er daher:

»Ja, i c h bin in dich eingedrungen,
das hätt' ich mir gern ausbedungen.
Denn dräng' ein andrer in dich ein,
könnt' i c h nicht der Eindringling sein!«

So hatte es Else ja nun auch wieder nicht gemeint! Und, um Erwins Wut zu dämpfen, flüsterte sie begütigend: »Man wird ja wohl noch mal fragen dürfen!« Doch damit war sie bei Erwin an den Falschen geraten, denn der schrie:

»Weib, rede nur mit Engelszungen!
Zur Strafe wird jetzt rausgedrungen!
Wo ist mein Stock? Wo ist mein Hut?«
»Ach Erwin!« »Else! Mach es gut!«

Und ohne sie eines weiteren Blickes zu würdigen, ging er. »Nie sollst du mich befragen ...«

GEDICHT ÜBER DEN MENSCHEN
(mit Trompetenbegleitung)

Man hört so oft
»Der Mensch ist gut«
(Tuut)
Jedoch, wenn ich

die Menschen seh'
(Tätää)
dann scheint mir das,
was ich da sah
(Traraa)
das reine Gegenteil
von »gut«!
(Tätää... äh... Tuut!)

DIE ENTDECKUNG

Wir haben heut die Frau entdeckt
und zwar als Sexualobjekt,
das war in Wanne-Eickel.

Wir faßten sie sofort ans Knie,
das, wie wir meinten, danach schrie,
dann freilich wurd' es heikel.

Denn plötzlich sprach die Frau: »Ich bin
ein Mensch wie ihr, mit Herz und Sinn,
mit Seele und Gefühlen.

Bin nicht nur Knie, bin nicht nur Brust,
bin nicht nur da, der Männer Lust
zu lindern und zu kühlen!«

Mein Gott – sie hatte ja so recht!
Was war'n wir lüstern, war'n wir schlecht!
Wir gingen schwer betroffen.

Wir schlichen stumm die Straße lang,
bis wir in einem Bierausschank
uns hemmungslos besoffen.

Im Anschluß daran ging es schnell
ins nächstgelegene Bordell.
Und da war Polen offen…

KLAGE DES BETTES

O, o, o, ich armes Bett!
O, was muß ich leiden
unter diesen beiden!
Dies Getümmel, dies Gebalze
hingen mir schon längst zum Halse
raus, hätt' ich nur einen,
doch ich habe leider keinen.
O, wenn ich nur einen hätt'!
O, o, o, ich armes Bett!

GEDICHTE AUS WÖRTERSEE

1981

Sonne und Mond sind mein einziger Verkehr.
Vielleicht noch das Feuer,
vielleicht noch das Meer.

Alfred Mombert

Die Große Menge wird mich nie begreifen,
die Pfeifen.

R. G.

Als Ausnahmen merk dir genau:
der Milchmann, doch *die* Eierfrau.

Volksmund

I VERTRAUTE LAUTE

KOMM, ERSTES WORT

Komm, erstes Wort,
langersehntes,
Geschenk du der Götter, die
den Dichter bedenken mit
herrlichen alten Weinen
wie dem von Castiglioncelli
und mit
herrlichen ersten Worten
wie
»Komm, erstes Wort.«

SCHWANENGESANG

Was wollen die Schwäne uns sagen?
Wir leben und schweben
wir kreisen und weisen
wir finden und binden
wir ketten und retten
wir halten und walten
wir schlichten und richten
wir sind überhaupt ganz tolle Vögel –
das wollen die Schwäne uns sagen.

PARIS OJAJA

Oja! Auch ich war in Parih
Oja! Ich sah den Luver
Oja! Ich hörte an der Sehn
die Wifdegohle-Rufer

Oja! Ich kenn' die Tüllerien
Oja! Das Schöhdepohme
Oja! Ich ging von Notterdam
a pjeh zum Plahs Wangdohme

Oja! Ich war in Sackerköhr
Oja! Auf dem Mongmatter
Oja! Ich traf am Mongpahnass
den Dichter Schang Poll Satter

Oja! Ich kenne mein Parih.
Mäh wih!

EIN SEPTEMBERNACHMITTAG IN DER HEIDE

Immer wieder zieht der alte
Schäfer an der Weidenflöte
Immer wieder

Immer wieder hofft er sehnlichst
endlich einen Ton zu hören
Immer wieder

Immer wieder sagt sein Weib ihm
blasen müsse er, nicht ziehen
Immer wieder

Immer wieder winkt der Alte
kreischend ab und zieht aufs neue
Immer wieder

DRINGLICHE ANFRAGE

Wer hat ein Alibi für mich?
Ich brauche eins für morgen,
da soll ich es um 12 Uhr 10
der Königin besorgen.

Die Königin ist klein und rund,
der König groß und eckig.
Dem, den sein Mißtraun auch nur streift,
geht es entsetzlich dreckig.

Um 12 Uhr 10 bin ich bestellt.
Ich trau' mich gar nicht, hinzugehn.
Es sei, ich hätt' ein Alibi.
Wer sah mich morgen, 12 Uhr 10?

DOCH DA IST NOCH EIN FALTER

Ein Couplet

Und da wirste geborn
und da fühlste dich klein
und da ließest du alles am liebsten gleich sein
und sagtest »Tschüß Alte, tschüß Alter« –
doch dann sind da die Falter.
Und denen krabbelste nach,
denn die sind so schön bunt,
und...

Und nu biste schon größer
und nu liebste schon wen
und die, die du liebst, will nich mit dir gehn
und du sagst dir: »Mach Schluß jetzt, Mensch Walter!«
doch dann ist da der Falter.
Und dem rennste nach,
denn der ist so schön bunt,
und...

Und denn biste ein Mann
und denn läuft es nicht so
und denn biste oft traurig und nur sehr selten froh
und denn blätterste schon mal im Psalter –
doch da ist noch ein Falter.
Und dem gehste nach,
denn der ist so schön bunt,
und...

Und dann wird dein Haar grau
und dann fühlste dich alt
und dann siehste sie plötzlich, diese Gestalt
und du fragst dich: »Wo kommt die Gestalt her?
Mensch, die ist doch kein Falter!«
Und dann folgst du ihr doch
mit verstummendem Mund
und...

FOLGEN DER TRUNKSUCHT

Seht ihn an, den Texter.
Trinkt er nicht, dann wächst er.
Mißt nur einen halben Meter –
weshalb, das erklär ich später.

Seht ihn an, den Schreiner.
Trinkt er, wird er kleiner.
Schaut, wie flink und frettchenhaft
er an seinem Brettchen schafft.

Seht ihn an, den Hummer.
Trinkt er, wird er dummer.
Hört, wie er durchs Nordmeer keift,
ob ihm wer die Scheren schleift.

Seht sie an, die Meise.
Trinkt sie, baut sie Scheiße.
Da! Grad rauscht ihr drittes Ei
wieder voll am Nest vorbei.

Seht ihn an, den Dichter.
Trinkt er, wird er schlichter.
Ach, schon fällt ihm gar kein Reim
auf das Reimwort »Reim« mehr eim.

DIE SACHE WILL'S

Ach was, es geht mir nicht um mich,
im Vordergrund steht nicht mein Ich,
es geht mir um die Sache.
Die Sache ist: Ich fühl mich krank,
ich brauche einen Besenschrank
und 99 Besen.
Sowie 200 Liter Klops
und 70 Kilometer Drops,
doch bitte handverlesen.
Auch hätt' ich gern die Kaiserkrone,
mit der will ich mich unten ohne
am Weihnachtstag dem Volke zeigen,
dazu soll'n 100 000 Geigen
das Lied vom treuen Piephahn spielen,
und alle soll'n gen Himmel schielen,
auf dem ganz groß geschrieben steht,
daß es mir wieder besser geht;
vorausgesetzt, ich krieg' das Zeug.
Aus diesem Grunde bitt' ich euch,
euch ordentlich ins Zeug zu legen.
Nicht wegen mir. Der Sache wegen.

DER MÖRDERMARDER

Der Mardermörder hockt vorm Bau,
der Marder ist vor Angst ganz blau.

Er weiß, daß ihm vor seinem Tod
die Qual der Mardermarter droht,

wenn er nicht kurzentschlossen handelt,
sich kühn zum Martermarder wandelt

und marternd dem entgegenspringt,
der mordend in sein Reich eindringt.

Gedacht, getan, er hüpft ans Licht,
der Mardermörder sieht das nicht,

da der sich, scheinbar unbemerkt,
grad für die Mardermarter stärkt.

Der Martermarder zählt bis vier,
der Mardermörder trinkt ein Bier.

Der Mardermörder beißt ins Brot,
der Mördermarder beißt ihn tot.

ERLEBNIS AUF EINER RHEINREISE

Fuhr durch's Rheinland, kam nach Kaub,
sah dort einen sitzen,
weinte der, fragt' ich: Warum?
Sagt' er, um sein Mützen.

Hatt' er gar kein Mützen auf,
fragte ich: Wie das denn?
Sagte er: Grad kam ein Pferd,
sah mein Mützen, fraß den.

Sagt' ich: Hier, nimm meinen Hut!
Sagt' er: Tut nichts nützen,
hilft mir doch kein Hut der Welt,
hilft mir nur mein Mützen.

Fragt' ich, ob ich's glauben sollt,
schrie er: Aber sicher!
Bist ja bloß Napoleon,
doch ich bin Marschall Blücher!

DER ATELIERBESUCH

Herrschaften, da wären wir,
das hier ist die Eingangstür.
Wenn Sie mir jetzt bitte folgen –
nein, Frau Spatz, das sind nicht Wolken,
das ist eine Hutablage.
Ja, das steht ganz außer Frage.
Bitte links zum Fenster sehn,

dort muß grad die Sonne stehn.
Doch, sie muß dort stehn, wenn nicht,
kommt der Maler vor Gericht.
Rechts dagegen steht ein Tisch,
der gemalt ist, sowie Fisch,
nicht gemalt. Nein, der ist echt.
Gell, Sie sind doch echt, Herr Hecht?
Bestens. Ferner haben wir
hier ein graues Zwergklavier,
rundherum mit Fell besetzt,
nein, es quiekt nicht. Wenn Sie jetzt –
doch, Sie haben recht, es quiekt!
Wissen Sie, woran das liegt?
Das Klavier ist eine Maus –
laßt doch mal die Maus hinaus!
Danke. Achtung! Hier geht's lang –
wir kommen jetzt zum Malvorgang!
Links der Maler, rechts das Bild,
oder umgekehrt, hier gilt
die bekannte Malerregel –
nein, Herr Ohff, der malt nicht Kegel,
der lasiert grad eine Zwiebel.
Doch, der Maler ist sensibel.
Schon das Lachen schöner Frauen
kann ihm seinen Strich versauen –
sehn Sie? Sehn Sie, wie er patzt?
Ja, jetzt patzt er und nun kratzt
er auch noch die Farbe runter,
davon wird es auch nicht bunter.
Was? Das Bild. Und unterlassen
Sie's, den Künstler anzufassen.
Da! Der Meister gibt ein Zeichen.
Gibt das Zeichen »Bitte weichen« –
ja! Er winkt uns mit den Zeh'n.

Stimmt. Die Zeh'n sind schwer zu sehn,
da sie sich – aus welchen Gründen
immer – vorn am Fuß befinden.
Also gut! Dann gehn wir mal;
denn in seiner Lust und Qual
muß der Künstler einsam bleiben.
Ja, das bitt' ich mitzuschreiben.
Gell? Wer nicht total vertiert ist,
schnallt, wie toll das formuliert ist.
So. Mir nach. Da wären wir.
Das hier ist die Ausgangstür.
Holde Herren, würd'ge Fraun –
ich empfehl' mich. Wiederschaun.

LIED

In dem Grase war ein Tier,
es saß dort, ich stand hier.
Ich ging langsam darauf zu,
fragte es: Wer bist dann du?
Bist du bräunlich
oder rot?
Bist lebendig
oder tot?
Bist ein Teufel
oder Gott?
Oder bist du ein Hase?

WIE TUN ES DIE ANDEREN?
Heute: Die Inselbewohner

Man tuts auf den Komoren
mit angelegten Ohren
Man tuts auf den Lofoten
mit schräggestellten Pfoten
Man tuts auf den Kykladen
mit abgespreizten Waden
Man tuts auf den Mollukken
genauso, nur im Ducken
Man tuts auf den Seychellen
an höchst versteckten Stellen
Man tuts auf den Kurilen
nach stundenlangem Zielen
Man tuts auf den Antillen
in Trance, wie wider Willen
Man tut es auf der Insel Juist
indem man durch den Schniepel niest.

BILDEN SIE MAL EINEN SATZ MIT…

visuell
Vi su ell die Sonne strahlt –
als würde sie dafür bezahlt.

pervers
Ja, meine Reime sind recht teuer:
per Vers bekomm' ich tausend Eier.

Minister
Aus welchem Mund dringt dies Geplärr?
»Min is ter Rachen«, spricht der Herr.

Metapher
Herr Kapitän, der Steuermann
hat grade lallend kundgetan,
er brächte jetzt das Schiff zum Sinken –
me taph er wirklich nicht mehr trinken.

Symbol
Herr Dschingis Khan, das tut man nicht,
daß man in fremdes Land einbricht.
Nu aber raus mit Ihren Horden –
Sie sym bol wahnsinnig geworden!

allegorisch
Nichts wird sich ändern hier auf Erden,
bevor nicht alle gorisch werden.

sensibel
Herr Ober! Bringt mir einen Kübel!
Mir wird von diesem Nonsens ibel!

VERGEBLICHES WÜNSCHEN

O wenn ich jubeln könnte wie ein Adler!
Jedoch – er jubelt nicht,
kann ja nur krächzen,
kann pfeifen, schreien, höchstens ächzen,
so, wie am steilen Berge ächzt der Radler –
o wenn ich jubeln könnte wie ein Adler.

O wenn ich jauchzen könnte wie ein Biber!
Jedoch – wann jauchzt der schon?
Kennt ja nur Nagen
und Stämmefäll'n und Stämme flußwärts tragen
zu Wassern trüb und immer trüber –
o wenn ich jauchzen könnte wie ein Biber.

O wenn ich singen könnte wie ein Zobel!
Jedoch – was soll der Wunsch?
Wer darf sich ihm vergleichen?
Wer könnte jemals seiner Stimme Glanz erreichen?
Wer singt wie er? So kühn und doch so nobel?
O wenn ich singen könnte wie ein Zobel!

VOM FUCHS UND DER GANS

Ich hab' den Tonfall noch im Ohr
mit dem der Fuchs die Gans beschwor,
ihm zuzuhören.

Er sprach sehr leise und sehr kühl,
als ängstige ihn das Gefühl,
sie zu verstören.

Er sagte sinngemäß, sein Schwanz
sei jener Teil, an dem er ganz
besonders hänge.

Das heißt, im Grunde hinge er,
der Schwanz, an ihm, ein Umstand, der
ihn nun bedränge.

Denn jemand stände auf dem Schwanz,
und darum frage er die Gans,
ob sie drauf stehe.

Ihm sei so. Und sie sei recht schwer;
weshalb er für den Vorschlag wär',
daß sie bald gehe.

Die Gans hielt stumm den Kopf gesenkt.
Sie wurde durch was abgelenkt,
das eßbar schien und rot war.

Sie biß wie träumerisch hinein
und wollte noch »Äh! Haare!« schrein
und schwieg, da sie schon tot war.

BITTE MITSINGEN

Weaner Lied

Der Herrgott muß a Weaner sein –
drauf wett i meinen Hut.
Und Jesus muß aus Grinzing sein,
drum schmeckt der Wein so gut.
Bloß – wos ist mit dem Heiljen Jeist?
I glaub fast, der ist zugereist!
  I bleib i, lieber Schatz,
  Du bleibst Du, lieber Schatz,
  aber Wien, lieber Schatz,
  Wien bleibt Graz, lieber Schatz etc.

Hamburger Lied

Das Kopftuch überm Hütchen
das Näselein so keck
am Hals ein rosa Bändchen
so geht er abends weg.
So geht er durch die Straßen
im letzten Sonnenstrahl
und wenn er dann hereinkommt
so ruft der ganze Saal:
  »Ahoi, ahoi Herr Kapitän!
  Lassen Sie sich endlich wieder einmal sehn?
  Ahoi, ahoi, Herr Kapitän!
  Solang es Sie gibt, kann die Welt nicht untergehn!«
  Etc.

Fünfzigerjahre Lied

Va bene, va bene
so sagt man in Sorrent
va bene, va bene
wenn's irgendwo mal brennt
va bene, va bene
und fällt mal einer hin
va bene, va bene
so sagt man in Turin.
Der Spanier sagt »Wiebitte«
»Nasdrawje« sagt der Däne
»Je t'aime« sagt der Brite –
doch wo sagt man »Va bene«?
Wo
Woo
Wooo
Va
Vaa
Vaaa
Va bene, va bene
so sagt man in Triest
va bene, va bene
hält wen ein Räuber fest
va bene, va bene
und wackelt mal der Dom
va bene, va bene
singt auch der Papst in Rom.

DAS SCHWEIGEN DER KISSEN

Zwei grüne Kissen auf der Bank,
die könnten so viel erzählen
von Liebe und Schwüren, von Streit und von Zank,
vom Küssen und vom Quälen.

Zwei grüne Kissen auf der Bank,
die schweigen, als gelt es ihr Leben.
Sie war'n einst so dick, und sie sind heut so schlank,
dem einen ist schlecht, und das andre ist krank,
gleich werden sie sich übergeben.

PLÄDOYER

Daß er die Kindlein zu sich rief,
daß er auf Wassers Wellen lief,
daß er den Teufel von sich stieß,
daß er die Sünder zu sich ließ,
daß er den Weg zum Heil beschrieb,
daß er als Heiland menschlich blieb –
ich heiße Hase, wenn das nicht
doch sehr für den Herrn Jesus spricht.

WAS ICH HEUT SAH

Drei kleine Frösche sah ich heut,
die warn mit dem Teufel im Bunde.
Die hüpften über die Mauer breit
und schrien aus einem Munde:

»Wir sind die Frösche der Dunkelnis,
äh, der Finsterheit, äh, des Lichts.
Das heißt doch Licht, wenn kein Tag mehr ist,
alles schwarz und niemand hört nichts?«

So haben die teuflischen Frösche gefragt,
sie waren sehr schrill und sehr klein.
Ich habe nur halblaut »Schnüss« gesagt,
da hörten sie auf zu schrein.

DIE ALLZUFRÖHLICHEN MÖNCHE

Die Riesentanne Theodor
stund justament vorm Klostertor.

»Auf«, sprach der Abt zu seinen Mannen,
»sie stört, wir tragen sie von dannen!«

»Das machen wir«, erscholl's im Chor,
doch wer nicht wich, war Theodor.

Trotz allem Rickeln, Ruckeln, Rackeln
kam Theo nicht einmal ins Wackeln.

»Genug«, sprach Bruder Jobst verlegen,
»auf unserm Vorsatz liegt kein Segen.«

»Genau«, sprach auch der Abt gequält,
»es soll nicht sein, die Sägen fehlt.«

Die Brüder schwiegen erst genant,
dann nahm ein Kichern überhand.

Ein Kichern, das sie nicht verließ,
obwohl der Abt sie schweigen hieß.

Sie kicherten in einer Tour,
bis auch der Papst davon erfuhr.

»Was hör' ich da?« sprach der erbost.
»Die Brüder sind wohl nicht bei Trost!

Das ist ja grad, als ob die Herren
statt Zister- Kicherzienser wären!«

Als unsre Mönche dieses hörten,
da kicherten sie nicht, sie röhrten.

Sie röhrten derart laut und lang,
daß es selbst Gott zu Ohren drang.

»Mein Gott«, rief der, »der Lärm empört mich,
das Rühren röhrt mich nicht, es stört mich!«

Kaum, daß er sich derart versprach,
als schon ein Riesenkrach losbrach.

Er stammte von der Brüder Schar,
die nun nicht mehr zu halten war.

Wildwiehernd zog die ganze Bande,
ein Bild des Schreckens, durch die Lande.

Und brüllte wohl noch heut herum,
wär sie nicht längst schon tot und stumm,

stumm, wie der Riese Theodor,
die Tonne vor dem Klostertor.

Äh – Tante. Tunte. Tinte. Titte –
doch was soll das Gelächter bitte?

Weh mir, welch greller Höllenchor
steigt aus der Erde Schoß hervor?

Mein Gott: Es sind die braunen Brüder
und – Hummel hilf! – sie röhren wieder!

RÄTSEL

»Da ist ein Baum,
ist immer grün,
wächst nicht in der Savanne.
Wächst da, wo Deutschlands Blumen blühn,
und winters auf ihm Kerzen glühn –
wie heißt der Baum?«

»Marianne?«

UMGANG MIT TIEREN

Im Blick des HASELHUHNS steckt stets
was Fragendes, ein »Na, wie geht's?«
Siehst du es, Mensch, zieh deinen Hut
und sag etwas. Zum Beispiel »Gut«.

Wenn dich ein HABICHT haßerfüllt
mit »Ha, nun hab ich dich« anbrüllt,
verwehre ihm mit leisem Lachen,
sich derart zum Gespött zu machen.

O Mensch, nennst du ein PFERD dein eigen,
versäum es nicht, auch draufzusteigen.
Tust du es nicht, vermeint die Mähre,
daß sie schon aus dem Schneider wäre.

WEILS SO SCHÖN WAR

Paulus schrieb an die Apatschen:
Ihr sollt nicht nach der Predigt klatschen.

Paulus schrieb an die Komantschen:
Erst kommt die Taufe, dann das Plantschen.

Paulus schrieb den Irokesen:
Euch schreib ich nichts, lernt erst mal lesen.

EIN VATER SPRICHT

Immer wenn ich Hause komm,
dreht es mir den Magen um.
Lieselott ist müdelein,
will jedoch nicht Betti gehn.
Peterle ist ogilafen,
muß ganz nötig lingelang.
Franzmann schreit, sein Hoppedie
habe hoppeheiter macht.
Grausend wend ich mich zur Kneipe,
ata ata, tinki tinki.

BILDEN SIE MAL NOCH EINEN SATZ MIT …

Garant
Der Hase trägt den Kopfverband,
seitdem er an die Wand garant.

Mandarin
Wir schafften uns den Beichtstuhl an,
weil man darin nett beichten kann.

Rudiment
Ach Lieschen, sei mal wieder froh,
der Rudi ment es doch nicht so!

Krise
Peter Pudding? So heißt du?
Ach, du kri se Tür nicht zu!

servil
Willst du dereinst in Frieden ruhn,
mußt du erst ser vil Gutes tun.

normal
He! Könnse mir mein Namen sagen?
Nein? Na, ich wollte nor mal fragen!

lesbisch
Und als die ersten Hörer grollten
und schon den Saal verlassen wollten,
da sprach der Dichter ungerührt:
»Ich les bisch euch der Arsch abfriert.«

ÖKUMENISCHER DIALOG

»Trinken ist ein Laster –
ist das klar, Herr Paster?«

»Alles klar, Herr Kaddinal –
dassselbe bidde nocheimmal!«

WER BIN ICH

Ich weiß nicht, wie ich wirklich heiß',
ich kenn' nur meinen Namen.
Und diesen trug bereits ein Greis,
einer meiner Ahnen.

Ein Mann, der Abel hieß, nein Kain,
nein Noah, nein Hans – Peter,
nein Leberecht, nein Franz, nein Hein,
nein Werner, doch da steht er
ja zufällig am Wegesrand –
Tag, Ahn, wie schön, daß ich dich fand!
Wie heißt du denn, mein Guter?
»Klaus – Duter«.
Ach ja? Dann heiß ich auch so.

AM TELEFON

Du, ich hab den Bus verpaßt
Du, ich komme später
Du, wenn Du mich gerne hast –
gib mir mal den Peter!

Peter, Du, der Bus fuhr ab
Du, ich steh am Hafen
Du, ich muß das mit dem Grab
nochmal überschlafen –

Doch! Na klar begrab ich Dich!
Aber heute geht's nicht.
Peter! Du! Verstehe mich!

Scheiße! Er versteht's nicht!

WAS DIE SPRACHE VERRÄT

Vier Silben – hämmernd, unmenschlich, kalt:
Großstadtasphalt

Drei schwebende, lebende Silben nur:
Waldesflur

Zwei Silben – forschend, bedeutungsvoll, froh:
Hallo

Einsilbig, hochfahrend, jählings und knapp:
Schrapp

PAARREIME IN ABSTEIGENDER LINIE

Von den Gästen

Was einer ist, was einer war,
beim Scheiden wird es offenbar.

Ruft er »Auf Nimmerwiedersehn«,
dann laß ihn frohen Herzens gehn.

Sagt er: »Lebt wohl, so leid mir's tut«,
dann sei mal lieber auf der Hut.

Tut er nur »Tschau, bis dann dann« brommen,
dann will das Arschloch wiederkommen.

Von der Ruhe

Du bist so fahrig und wärst gerne
ganz ruhig, guter Freund? Dann lerne:

Den Bereich der Dunkelheiten
immer heiter zu durchschreiten,

Das Erinnern, das Vergessen
stets zufrieden zu durchmessen,

Dich, sowie das Ich des Andern
muntern Sinnes zu durchwandern–:

Und du strahlst ne Ruhe aus,
die zieht dir die Schuhe aus.

Vom Leben

Dein Leben ist dir nur geliehn –
du sollst nicht daraus Vorteil ziehn.

Du sollst es ganz dem Andren weihn –
und der kannst nicht du selber sein.

Der Andre, das bin ich, mein Lieber –
nu komm schon mit den Kohlen rüber.

NOCH EIN RÄTSEL

»Ich hab was für dich,
rate mal was:
Mit ›G‹ fängt es an,
und es endet mit ›las‹,
und man kann daraus trinken –«

»Eine Gurke?«

II VORBILD UND NACHBILD

FRAGEN EINES LESENDEN BANKDIREKTORS

Der große Julius Cäsar eroberte Gallien –
was der alles um die Ohren hatte!
Lukullus bezwang die Thraker –
und dann hat er ja auch noch hervorragend gekocht!
Bischof Beutel baute den Kölner Dom –
das muß ein umheimlich dynamischer Geistlicher
gewesen sein!

Jedes Jahr ein Sieg –
wo ist eigentlich mein Terminkalender?
Alle zehn Jahre ein großer Mann –
wo mein Terminkalender ist?!
So viele Fragen –
Ach da ist er ja! Wenn man nicht *alles* selber macht!

NIMM UND LIES
Die drei Berufungen des Kirchenvaters Augustin

> Und sieh, da höre ich vom Nachbarhause her in singendem Tonfall, ich weiß nicht, ob eines Knaben oder eines Mädchens Stimme, die immer wieder sagt: »Nimm und lies, nimm und lies!« AUGUSTIN, BEKENNTNISSE

1. Berufung

In seinem Garten Augustin
malt grad Figuren in den Kies,
sehr pralle Weiber, nackt und schlimm –
da spricht ein feines Stimmchen: »Nimm
und lies.«

Verwirrt schaut um sich Augustin,
sieht dann in Höhe seines Knies
ein Buch auf runden Tisch gestellt,
und jenes feine Stimmchen bellt:
»Ja, dies.«

Zum Buch greift zögernd Augustin,
er öffnet's, und ihm ins Gesicht
springt eine Zeile fett und breit,
ein Satz, der ihm entgegenschreit:
»Lies nicht!«

In seinem Garten Augustin
blickt fragend aufwärts, denn er weiß
nun gar nicht, wessen Wort hier gilt –
und jenes feine Stimmchen brüllt:
»So 'n Scheiß!«

2. Berufung

Am Tag darauf
ertönt es: Nimm!
Verzeiht, sagt Augustin,
ich schwimm.
Nimm, sagt die Stimme barsch,
und lies!
Pardon, fragt Augustin,
Wie dies?
Soweit ich seh
sind um mich her
nur Wasser,
respektive Meer.
Die Stimme schwieg,
da Augustin
tatsächlich
rechtzuhaben schien:
Da war kein Land,
da war kein Buch;
Gott unterdrückte
einen Fluch.

3. Berufung

Das war des Jünglings letzte Chance,
beim dritten Mal ging Gott aufs Ganze.
Er sprach zu Augustinus: »Hier!
Jetzt nimm und lies mal dies Papier.«
Darauf stand groß in schwarzen Lettern:
»Du zählst jetzt zu den Kirchenvettern
und wirst nach ein, zwei Probejahren,
wenn wir mit dir zufrieden waren,

ein Kirchenonkel, um sodann –
vorausgesetzt, du hältst dich ran –
zum Kirchenvater aufzusteigen...«
Der Jüngling las. Es herrschte Schweigen.
»Tja«, sprach er dann. »Was heißt hier Tja?
Wie lautet deine Antwort – na?«
»Tja – das besagt, nun ja, nicht nein...«
»Moment mal – soll das witzig sein?
Wie ist das? Wirst du Kirchenvater?«
»Ich will's versuchen.« Und das tat er.

EIN ZEITKRITISCHES GEDICHT

Herr M. hat
sein Kind
zu Tode
geprügelt.
Sein Dackel Waldi
brauche mehr
Platz gab
er zur
Entschul
ding
ung
ang.

ZU EINEM SATZ VON MÖRIKE

Ein Tännlein grünet wowerweiß im Walde –
doch wer weiß heut noch, wer dies Weiß ersann?
Vor hundert Jahren war's, als Erwin Wower
vor Erwin Zink und Erwin Kremser hintrat
und sprach: »Ich hab ein neues Weiß erfunden,
in Zukunft wird man mit ihm rechnen müssen.«
Und in der Tat, das Weiß von Erwin Wower
triffst heutzutage du auf Schritt und Tritt:
Die junge Braut, die wowerweiß errötet,
der Hagestolz, der wowerweiß ergraut,
die nackte Haut, die wowerweiß gebräunt wird,
der Enzian, der wowerweiß erblaut –
sie alle, samt dem Tännlein, eint ein Band:
Das Weiß, das Erwin, wo, wer weiß, erfand.

ZU ZWEI SÄTZEN VON EICHENDORFF

Dämmrung will die Flügel spreiten,
wird uns alsobald verlassen,
willst du ihren Flug begleiten,
mußt du sie am Bürzel fassen.

Freilich, mancher, der so reiste,
fiel aus großer Höh' hinunter,
weil er einschlief und vereiste.
Hüte dich, bleib wach und munter.

DAS SCHEITERN EINER BALLADE
Eine Ballade

Fürst Friedrich stand im Krönungssaal,
wie leuchtete sein Ohr so fahl!

Und jeder, der es sah, erschrak,
weil in ihm so viel Fahlheit lag.

»Lag«? Sagt man da nicht besser »schwang«?
Fürst Friedrichs Herz schlägt wild und bang.

»Schwang«? Stimmt es denn, daß Fahlheit schwingt?
Fürst Friedrich sieht sich jäh umringt.

Was macht denn Fahlheit? Schimmert sie?
Fürst Friedrich beugt sein rechtes Knie.

Nein, nein, sie schimmert nicht, sie glänzt!
Fürst Friedrich wird mit Laub bekränzt.

»Glänzt« – ist das schon das rechte Wort?
Laut lärmend zieht die Meute fort.

Halt! Fahlheit glänzt nicht, Fahlheit – na!
Moment – ist denn kein Fürst mehr da?

Wo ist der Fürst verdammt noch mal?
Verlassen liegt der Krönungssaal,

aus dem nun auch noch der Poet –
ein Murmeln auf den Lippen – geht:

»Wie ist denn Fahlheit? Außer fahl?
Na ja. Egal. Ein andermal!«

MONDGEDICHT

. . , –
fertig ist das Mondgedicht

PHILOSOPHIE-GESCHICHTE

Die Innen- und die Außenwelt,
die warn mal eine Einheit.
Das sah ein Philosoph, der drang
erregt auf Klar- und Reinheit.

Die Innenwelt,
dadurch erschreckt,
versteckte sich in dem Subjekt.

Als dies die Außenwelt entdeckte,
verkroch sie sich in dem Objekte.

Der Philosoph sah dies erfreut:
indem er diesen Zwiespalt schuf,
erwarb er sich für alle Zeit
den Daseinszweck und den Beruf.

WENN SICH

Wenn sich, nachtbedingt erkaltet,
Wiesen morgendlich erwärmen
und der Herr die Dame faltet,
um zur Arbeit auszuschwärmen,

um sich lebend, lobend, labend
weltverloren zu erneuen –
Wird er liebend noch am Abend
die Entfaltete erfreuen.

PHARAOS FLUCH

»Drei Siegel schützten des Pharao Grab,
Lord Kilmore!«
»Und schützen sie sie, ich reiß sie herab,
das wäre ja noch schöner.«

Und als er das erste Siegel erbrach,
laut lachend,
da drang ein Grollen aus dem Gemach,
so ein Grummeldibrummel.

Und als er das zweite Siegel erbrach,
noch lächelnd,
da tat es einen entsetzlichen Schlag,
der mit Bumsti nur unzutreffend wiedergegeben ist.

Und als er das dritte Siegel erbrach,
versteinert,
da erklang eine Stimme, die also sprach:
»Immer herein, wenn's kein Grabschänder ist.«

»Die Tür steht offen, das Grab ist dein,
Lord Kilmore!«
»Und steht sie auch offen, ich geh nicht hinein,
die da drin scheinen etwas gegen Grabschänder zu
haben.«

Und er stieg auf sein Nord und sprengte gen Pferd –
»Mylord, ist was?«
»Ach, seit jenem Tag mach ich alles verkehrt,
und daran ist Pharaos Fulch schlud.«

EIN SONNTAGNACHMITTAG BEI STRINDBERGS

Wahnsinn, Schreie, wildes Fluchen:
»August, da ist Gift im Kuchen!«

Irrsinn, Funkeln, Widerworte:
»Harriet, iß jetzt deine Torte!«

Keuchen, Stöhnen, hartes Zischen:
»August, dich wird's auch erwischen!«

Schrecken, Schwanken, grelles Lachen:
»Harriet, halt! Sonst sinkt der Nachen!«

Wellen, Spritzen, wirre Stimmen:
»August, tritt mich nicht beim Schwimmen!«

Gurgeln, Schnappen, heis'res Beten:
»Harriet, du hast *mich* getreten!«

Aufschaun, Aufstehn, bleiche Rufer:
»Schaut, da ringt ein Paar am Ufer!«

Stutzen, Setzen, leises Lachen:
»Ach, die Strindbergs! Weitermachen!«

DIE GROSSEN MONOLOGE

Monolog des Prinzen von Hamburg, dem der Kurfürst soeben mitgeteilt hat, er dürfe nicht mehr, wie er wolle

Die Bühne zeigt ein Feldlager. Der Prinz steht wie betäubt in der Mitte, der Chor der Krieger liegt wie gehabt im Hintergrund.

Prinz Wie?
Dürft' ich nicht mehr, wie ich wollte?
Ich wollt' – und dürft' es nicht?
Dürft's nicht, obwohl –
Ihr Götter!
ich es wollte?
Ich dürfte nicht mehr? Wie ich wollte?

Ich wollt' – ein Beispiel nur,
eins unter vielen:
Ich wollte beispielsweise dürfen –
und dürft' es nicht?
Dürft' – Himmel! – dürfte nicht mehr dürfen?
Wo doch der Hamster darf? Der Bilch?
Der Wombat?
Jedwede Kreatur?
Ja, selbst die Haselmaus? Sie darf!
Darf, wenn der Sinn ihr danach steht, zu wollen,
sich rücklings von der Hügel höchstem rollen,
darf wachen, lesen, lange Briefe schreiben
und hin und her durch die Alleen
unruhig huschen, wenn die Blätter treiben –
sie darf. Und ich dürft' nicht?
Dürft' nicht – und wollte ich's gleich wollen,
mich von der Hügel höchstem –
dürft' mich nicht?
Dürft' auch nicht von der Hügel kleinstem?
Nicht mal mit den Augen?
Ich dürfte nicht mehr rollen?
Ich?
Ach, einstmals rollte ich so ungestüm,
so ausgelassen durch des Schlosses Hof,
der Mutter nicht, des Schloßkaplans nicht achtend
und ihrer Warnung: Treib es nicht zu roll!
Ich trieb es roll und immer roller
und rollte – doch was ted' ich?
Hat schon des Kurfürsts Machtwort
meinen Sinn verfenstert?
Bin ich schon nicht mehr in der Liege,
das, was die Brust mir sprengt,
in Worten auszusägen?
Kann ich schon nicht mehr,

wie ich woll?
Doch stoll!
Sei stoll, mein Mond!
O schweige fortan, Zange!
Noch locht der Kurfürst –
doch er locht nicht lange!
Und ball dich, Faust!
Doch ball dich in der Tache!
Zeig dich dem Fürsten erst
am Tag der Riche!
CHOR DER KRIEGER Kalt!
PRINZ Ruche!
CHOR DER KRIEGER Wärmer!
PRINZ Roche!
CHOR DER KRIEGER Heiß!
PRINZ Rache!
CHOR DER KRIEGER Jawohl!!!

Sie werfen ihre Käppis in die Luft und tragen den Prinzen im Triumph von der Biene.

MONOLOG DES TORWARTS, DER EINEN ELFMETER PASSIEREN LIESS

TORWART Ball, sei verflucht!
Verflucht sei, der dich schlug!
Verflucht das Weib,
das in dem Leib dich trug!
Verflucht der Mann,
der dich gezeugt!
Verflucht das Kind,
das dich gesäugt!
Verflucht der Greis,

der dich gebar!
Verflucht die Greisin,
die sich zwar
aus allem immer schön raushielt,
jedoch aus Gründen der Fairness
nicht unerwähnt bleiben soll –
Fluch jeder Pfeife,
die dir pfiff!
Fluch jeder Hand,
die nach dir griff!
Fluch dir und allen deinesgleichen!
Fluch – doch das sollte erstmal reichen.
Noch jemand ohne Flüche bitte?
Nein?
Dann gebe ich den Ball zur Mitte.
Obacht!

LILITH

Mit absonderlichen Bändern
gürtet sich die gertenschlanke,
leider leicht laszive Lilith,
geht sie abends aus zum Tanze.
Hier ein Bändchen um das Hälschen,
reich besetzt mit blauen Klunkern,
dort ein Bändchen um die Schultern,
golddurchwirkt, doch seltsam schäbig.
Ganz zu schweigen von den Bändern,
Stricken gleich, die um die Lenden
sie sich seemannsartig knotet
zu verschlungensten Gebilden.

Morgens dann sieht sie den Liebsten,
der nach Hause sie begleitet,
neben sich im Bett verzweifeln
beim Entwirren all der Schlaufen.
Sieht es und entschlummert lächelnd,
während er, den Schlaf bekämpfend,
heftiger an Enden ziehend,
emsiger die Stricke lösend,
tiefer sich darin verstrickend,
immer fahriger entknotet,
bis auch er, nun selbst gefesselt,
im Gewirr der Bänder einschläft,

ein Prometheus ohne Geier.

WENN DER VATER MIT DEM SOHNE …
Ein Kleindrama

Der Vater, ein bekannter Rüstungsindustrieller, sitzt vor seinem Schreibtisch und zählt sein Geld. Er hat dabei einen Hut auf. Von rechts betritt sein Sohn, ein hochaufgeschossener Hippie, den Raum. Der Vater schaut erfreut auf, sein Blick begegnet dem abschätzigen Blick seines Sohnes.

VATER Mein Sohn, wenn ich mal sterbe,
wirst du mein Erbe!
SOHN Nein, Vater, nein und nochmals nein,
dein Erbe möchte ich nicht sein!
VATER Das ist ein Ton, der mir mißfällt!
SOHN Ich pfeife trotzdem auf dein Geld!

VATER Mein Sohn, du als mein Fleisch und Blut...
SOHN Steck dir dein Geld doch an den Hut!

Der Vater schaut seinen Sohn sehr traurig an und beginnt dann damit, sich das Geld an den Hut zu stecken. Das dauert etwas, da sehr viel Geld vor ihm auf dem Tisch liegt. Schließlich ist er damit fertig.

VATER Wenn du mein Geld nicht willst, was dann?
SOHN Das kann ich dir verraten, Mann!
VATER Was willst du? Sag's mir! Sei so gut!
SOHN Deinen Hut.

Er nimmt seinem Vater rasch den Hut vom Kopf, setzt ihn sich auf und verläßt pfeifend den Raum. Verblüfft schaut der Vater ihm nach. Es wird ziemlich finster.

AUF DER FAHRT VON RINGEL NACH NATZ NOTIERT

Wie kann eine Stadt nur Zwieback heißen!
Sie heißt auch nicht so.
Heißt Peine.
In die kannst du jahrelang hineinbeißen
und bleibst doch alleine.

Ich muß es wissen.
An Peine
habe ich mir alle meine
Zähne ausgebissen.

Da sind die Straßen so grad,
daß es einen graust.
Und die Häuser wirken so steinern und fad
und unbehaust.
Denn wer ist schon gern Peiner?
Keiner.

Dort lebte ich sieben Jahre lang,
dann ging ich
nach Paris, da fing ich
ein neues Leben an.
Paris, das ist eine große Stadt. Sie liegt an der Seine.
Langsam wachsen sie mir wieder,
die Zähne.

VATER UND SOHN I

»Wie heißt du denn, mein blauäugiges Kind?
Wie heißt du denn, mein Liebling so jung?«
»Ich heiße glaub' ich Havemeyer.
Ja, ich heiße Havemeyer, glaub' ich.«

»Und heißest du Glaubich Havemeyer,
dann bist du mein Sohn, mein Liebling so jung.
Denn auch ich heiße, freu dich, Havemeyer,
Ja, ich heiße Havemeyer, freu dich.«

»Und heißest du Freudich Havemeyer,
so bist du nicht mein Vater, du Sack.
Mein Vater hieß nämlich Friedrich, nicht Freudich,
und ich bin sein Sohn Kurt.«

VATER UND SOHN II

»Was möchtest du sein, wenn du groß bist?
Was möchtest du sein, wenn du groß bist,
mein Sohn?«
»Dann möchte ich gern ein Professor sein.
Ein Professor möchte ich sein, Vater.«

»Du wirst aber nie ein Professor sein,
ein Professor wirst du nie, mein Sohn.
Weil du dazu zu dumm bist, verstehst du,
dir fehlt es ganz einfach da oben.«

»Und werde ich nie ein Professor sein,
so werde ich doch General, mein Vater.
Nur sag mir, wo oben fehlt was mir, mein Vater,
und wer ist zu dazu du dumm?«

MATERIALIEN ZU EINER KRITIK DER BEKANNTESTEN GEDICHTFORM ITALIENISCHEN URSPRUNGS

Sonette find ich sowas von beschissen,
so eng, rigide, irgendwie nicht gut;
es macht mich ehrlich richtig krank zu wissen,
daß wer Sonette schreibt. Daß wer den Mut

hat, heute noch so 'n dumpfen Scheiß zu bauen;
allein der Fakt, daß so ein Typ das tut,
kann mir in echt den ganzen Tag versauen.
Ich hab da eine Sperre. Und die Wut

darüber, daß so 'n abgefuckter Kacker
mich mittels seiner Wichserein blockiert,
schafft in mir Aggressionen auf den Macker.

Ich tick nicht, was das Arschloch motiviert.
Ich tick es echt nicht. Und wills echt nicht wissen:
Ich find Sonette unheimlich beschissen.

PSALM

Bei dem Tanz ums goldene Kalb
gab es unschöne Szenen.
Ich möchte hier nur dreieinhalb
der unschönsten erwähnen:

David beispielsweise trat
Aaron auf die Zehen,
was er mit dem Satz abtat,
es sei gern geschehen.

Oder Saul, der plötzlich schrie,
er sei Gottes Enkel,
denn er trage seine Knie
unterhalb der Schenkel.

Oder Habakuk, der Hirt,
der beim Tanz so patzte,
daß sein Leitbock sich verwirrt
an den Leisten kratzte.

Oder Moses, der das Kalb,
statt es zu erschießen –
doch das sind schon dreieinhalb
Szenen. Ich muß schließen.

Sela.

DEUTUNG EINES ALLEGORISCHEN GEMÄLDES

Fünf Männer seh ich
inhaltsschwer –
wer sind die fünf?
Wofür steht wer?

Des ersten Wams strahlt
blutigrot –
das ist der Tod
das ist der Tod

Der zweite hält die
Geißel fest –
das ist die Pest
das ist die Pest

Der dritte sitzt in
grauem Kleid –
das ist das Leid
das ist das Leid

Des vierten Schild trieft
giftignaß –
das ist der Haß
das ist der Haß

Der fünfte bringt stumm
Wein herein –
das wird der
Weinreinbringer sein.

DIE NACHT, DAS GLÜCK, DER TOD

Verlassen stieg

Verlassen stieg die Nacht an Land,
der Tag war ihr davongerannt.
Durchs Dunkel tönte ihr Geschrei,
wo denn der liebe Tag wohl sei.

Indessen saß der Tag bei mir,
bei weißem Brot und hellem Bier
hat er die Suchende verlacht:
Die säh doch nichts, es sei ja Nacht.

Und endlich trat

Und endlich trat das Glück herein,
sehr still, auf sieben Zehen.
Im frühen Morgensonnenschein
konnt ich es humpeln sehen.

»Was ist mit deinen Zehen, sprich!«
»Darüber spräch ich lieber nicht.
Drei hat mir eine Tram gekappt –«
»Kann man nichts machen. Pech gehabt.«

Denkt euch

Denkt euch, ich habe den Tod gesehn,
es ging ihm gar nicht gut.
Seine Hände wirkten so seltsam bleich,
so gar nicht wie Fleisch und Blut.

Und auf dem dürren Hals saß gar
ein Kopf, der ganz aus Knochen war.
Aus Knochen, ganz aus Knochen, denkt!
Da hab ich ihm fünf Mark geschenkt.

TERZINEN ÜBER DIE VERGESSLICHKEIT

nach Kuno von Hofmannsthal

Noch spür ich ihren Dingens auf den Wangen,
Wie kann das sein, daß diese nahen Tage
Dings sind, für immer fort und ganz vergangen?

Dies ist ein Ding, das keiner voll aussinnt
Und viel zu kommnichtdrauf, als daß man klage,
Daß alles gleitet und vornüberrinnt.

Und daß mein eignes… Na! durch nichts gehemmt
Herüberglitt aus einem Kind? Ja, Kind,
Mir wie ein Hut unheimlich krumm und fremd.

Dann: daß ich auch vor Jahren hundert war
Und meine Ahnen, die im roten Hemd
Mit mir verdingst sind wie mein eignes Haar.

So dings mit mir als wie mein eignes Dings.

III DICHTER DORLAMM

LOKAL-BERICHT

Dichter Dorlamm tritt in ein Lokal,
und er sagt sich: Na, dann wolln wir mal!

Na, dann wolln wir mal – hier stockt er schon,
denn am Tresen steht der Gottessohn.

Steht am Tresen und bestellt ein Bier,
und der Wirt schiebt ihm eins rüber: Hier.

Hier das Bier. Der Gottessohn ergreift es.
Da ertönt ein Lied. Und Dorlamm pfeift es.

Pfeift das Lied ›O Haupt voll Blut und Wunden‹.
Oh, sagt Jesus, danke, sehr verbunden.

Wirklich freundlich, sind Sie etwa Christ?
Nein, sagt Dorlamm da, weil er's nicht ist.

Bin es nicht, sagt er, bin's nie gewesen.
Jesus zieht ihn lächelnd an den Tresen.

Zieht ihn, um zugleich dem Wirt zu winken:
Dieser Herr will sicher auch was trinken!

Ja der Herr? Was darf es denn da sein?
Ich, sagt Dorlamm, möchte einen Wein.

Einen Wein? Der Wirt füllt den Pokal.
Na, sagt Jesus, Prost. Dann wolln wir mal!

ENTSTEHUNGSGESCHICHTE

Für Ror Wolf

Dichter Dorlamm will ein Epos schreiben,
»Das«, sagt seine Frau, »läßt du hübsch bleiben.«

»Macht nichts«, sagt er, »wird's halt ein Roman.«
Doch die Frau verbietet's ihrem Mann.

»Also gut«, sagt er, »dann wird's ein Stück.«
Aber seine Frau pfeift ihn zurück.

»Wenn das so ist, wird's halt 'ne Geschichte.«
Seine Frau macht diesen Plan zunichte.

»Nein? Dann schreib ich eben eine Fabel.«
Seine Frau greift nach der Bratengabel.

»Keine Fabel? Gut. Eine Ballade.«
Seine Frau verfolgt ihn ohne Gnade.

»Nein, mein Schatz? Wie wär's mit ein, zwei Oden?«
Seine Frau wirft ihn gekonnt zu Boden.

»Liebling, halt! Ich schreib dir eine Karte!«
»Abgemacht«, sagt seine Frau, »ich warte!«

Dorlamm aber fuhr noch auf der Stelle
mit dem 10 Uhr 20 Zug nach Celle.

DAS BRÜLLEN

Dichter Dorlamm fängt, wie wider Willen,
eines schönen Tages an zu brüllen.

Brüllt im Freien, brüllt bei sich zuhause,
brüllt mit Inbrunst und brüllt ohne Pause.

Fragt man ihn jedoch, warum er brülle,
sagt er, daß er 's Wort der Schrift erfülle,

das da laute: Nur durch stetes Brüllen
lasse sich das Wort der Schrift erfüllen.

Fragt man aber, welche Schrift das sei,
flüchtet er sich wieder ins Geschrei,

das da währt, solang das Brüllen dauert.
Fragt nicht weiter, Brüder, schweigt und trauert.

DER BUND

Dichter Dorlamm stiftet einen Bund
zwischen sich und seines Nachbarn Hund.

Einen Bund, der ungefährt besagt,
daß ein jeder tut, was ihm behagt.

Daß der Nachbarhund zum Beispiel bellt,
wie und wo und wann es ihm gefällt.

Wobei Dorlamm ihn wo, wie und wann
jederzeit um Ruhe bitten kann.

Kann, nicht muß. So, wie des Nachbarn Hund
weiterbellen darf, auch ohne Grund.

Ähnlich klärt der Bund die Punkte Beißen,
Klauen, Betteln, Indengartenscheißen.

Fragt man Dorlamm, ob das denn was bringe,
gibt er sich erstaunlich guter Dinge.

Alles, meint er, bleibe zwar beim alten,
doch es sei nun schriftlich festgehalten.

Und daß er das schwarz auf weiß besitze,
fände er in jeder Hinsicht Spitze.

Spitze – mehr ist leider nicht zu hören.
Plötzlich bellt da wer. Der Rest ist Stören.

REICH DER SINNE

Dichter Dorlamm hält beim Schreiben inne,
denn auf einmal schwinden ihm die Sinne.

Erstens kann er plötzlich nichts mehr schmecken –
»Nun«, sagt er, »das soll mich nicht erschrecken.«

Zweitens kann er plötzlich nichts mehr riechen –
»Gut«, sagt er, »dann wird das auch gestrichen.«

Drittens kann er plötzlich nicht mehr tasten –
»Aber ach«, sagt er, »was schadet das denn?«

Viertens kann er plötzlich nichts mehr hören –
»Na«, sagt er, »das sollte mich nicht stören.«

Fünftens kann er plötzlich nichts mehr sehen –
»Gott«, sagt er, »es muß auch anders gehen.«

Sechstens kann er plötzlich nichts mehr kitten –
»Halt«, ruft er, »das muß ich mir verbitten!

Sinne gibt es Stücker fünf, nicht mehr –
Kitten fällt nicht drunter, bitte sehr!«

Und ihm wird gewährt, worum er bittet.
Seitdem kittet Dorlamm. Kittet. Kittet...

DORLAMM LIEST

Dichter Dorlamm liest in einem Buch,
doch er wird aus diesem Buch nicht klug.

Liest darin und legt es wieder hin –
nein, er kommt nicht hinter seinen Sinn.

Legt es hin und denkt, sooft er las:
»Ich kapier' das nicht. Was soll denn das?«

Denkt: »Was soll das? Wer schreibt solchen Mist?«
Und schaut nach, wer der Verfasser ist.

Schaut aufs Buch, und plötzlich ist ihm klar,
daß der Autor ein Herr Dorlamm war.

Dorlamm? Dorlamm selbst hat es geschrieben!
Peinlich? Rasend peinlich, meine Lieben!

DIE BILANZ

Dichter Dorlamm nimmt sich vor, sein Ringen
endlich einmal auf den Punkt zu bringen.

Setzt sich hin und schreibt: Ich will mein Ringen,
um es endlich auf den Punkt zu bringen,

in drei Teile gliedern – in das Bringen,
in den Punkt und last not least das Ringen

Überlegt, macht einen Punkt nach Ringen,
seufzt und läßt sich einen Cognac bringen.

Damit, fährt er fort, wärn Punkt und Bringen
schon mal klar, bleibt lediglich das Ringen.

Ringen – meine Güte, was meint Ringen?
Sorry, Kinder, ich schein's nicht zu bringen.

Lassen wir's? Er läßt die Feder sinken,
pfeift aufs Schreiben und beginnt das Trinken.

WAS IST ELEKTRIZITÄT?

Dorlamm, um ein Referat gebeten,
hält es gern, um dies hier zu vertreten:

»Wenn das Ohm sie nicht mehr alle hat,
heißt es nicht mehr Ohm, dann heißt es Watt.

Jedoch nur, wenn's gradeliegt, liegt's quer,
heißt es nicht mehr Watt, dann heißt's Ampere.

Heißt Ampere, ja, wenn es liegt, nicht rollt,
rollt es nämlich, nennen wir es Volt.

Rollt ein Volt nicht mehr und legt sich quer,
heißt es wieder – wie gehabt – Ampere.

Heißt Ampere, wenn's sperrig liegt, liegt's glatt
wird es – na wozu wohl schon? – zum Watt.

Wird zum Watt, zur Maßeinheit für Strom,
wenn's nicht alle hat. Sonst heißt es Ohm.«

Dorlamm endet, um sich zu verneigen,
doch er neigt sich vor betretnem Schweigen.

»Glaubt es nicht«, ruft Dorlamm, »oder glaubt es –
mir egal!« Und geht erhobnen Hauptes.

DORLAMM MEINT

Dichter Dorlamm läßt nur äußerst selten
andre Meinungen als seine gelten.

Meinung, sagt er, kommt nun mal von mein,
deine Meinung kann nicht meine sein.

Meine Meinung – ja, das läßt sich hören!
Deine Deinung könnte da nur stören.

Und ihr andern schweigt! Du meine Güte!
Eure Eurung steckt euch an die Hüte!

Laßt uns schweigen, Freunde! Senkt das Banner!
Dorlamm irrt. Doch formulieren kann er.

DIE LETZTE REISE

I

Dichter Dorlamm spricht: »Ich will es wissen!«
Und er macht sich auf den Weg nach Füssen.

Läßt sich aber erst den Kopf verbinden,
blicklos will er zu dem Ziele finden.

Ausschließlich das Tasten, Wittern, Spüren
soll ihn in die Stadt im Süden führen.

II

Doch der Süden ist ein weites Feld,
Dorlamm zieht seit Jahren durch die Welt.

Wird ganz wirr. Betastet einen Herrn.
»Herr, sind wir in Füssen?« »Nein, in Bern.«

Wird ganz traurig. Wittert eine Spur.
»Führt die Spur nach Füssen?« »Nein, nach Chur.«

Wird ganz schwach. Spürt hinterrücks ein Ziehn.
»Zieht mich wer aus Füssen?« »Nein, aus Wien.«

III

Kommt in eine Stadt, glaubt sich am Ziel,
reißt die Binde ab und steht in Kiew.

IV SPASSMACHER UND ERNSTMACHER

ALS ER SICH MIT VIERZIG IM SPIEGEL SAH

Seht mich an: Der Fuß der Zeit
trat mir meine Wangen breit.
Schaut mein Ohr! Die vielen Jahre
drehten es ins Sonderbare!
Ach des Kinns! Es scheint zu fliehn,
will die Lippen nach sich ziehn!
Ach der Stirn! Die vielen Falten
drohen mir den Kopf zu spalten!
Die Nase! Oh, wie vorgezogen!
Der Mund! So seltsam eingebogen!
Der Hals! So krumm! Die Haut! So rot!
Das Haar! So stumpf! Das Fleisch! So tot!
Nur die Augen, lidumrändert,
strahlen blau und unverändert,
schauen forschend, klar und mild
aufs und aus dem Spiegelbild,
leuchten wie zwei Edelsteine –
sind das überhaupt noch meine?

TAGESBEFEHL

Leute, bitte geht nach Haus,
hier bricht um zwölf der Friede aus,
dann wird nicht mehr geschossen.
Dann hat es sich mit dem Bummbumm,
wer tot ist, falle sofort um,
der Krieg wird gleich geschlossen.

Leute, bitte gebt jetzt Ruh.
Ich mach schon mal den Krieg hier zu,
man kann nicht immer meucheln.
Nein, Bäcker, jetzt wird Brot gemacht,
jetzt wird kein Feind mehr totgemacht,
jetzt heißt es Freundschaft heucheln.

Leute, bitte macht jetzt Schluß,
der nächste ist der letzte Schuß.
Nun seid nicht gleich beleidigt.
Hört auf, sonst gibts eins vor den Bug,
ihr habt hier wirklich lang genug
das Abendland verteidigt.

DIE WELT UND ICH

Hab der Welt ein Buch geschrieben
ist im Laden gestanden
waren da viele, die es fanden
hat's aber keiner kaufen wollen.

Hab der Welt ein Bild gemalt
ist in einer Galerie gehangen
sind viele Leute daran vorbeigegangen
haben es nicht einmal angeschaut.

Hab ein Lied erdacht für mich
hab's nur so vor mich hingesummt
sind alle ringsum verstummt
haben geschrien: Aufhören!

DER GROSSE UND DER KLEINE KÜNSTLER

Der große Künstler
sieht die Dinge größer,
nicht so, wie sie der
kleine Künstler sieht.

Der kleine, ach, sieht statt des Kopfs nur Ohren,
statt Ohren Haut und statt der Haut die Poren –
der kleine Künstler.
Doch der große –
Der große sieht statt eines Dorns die Rose,
statt einer Rose Flammen, statt der Flammen Brände,
hebt auch die Mitwelt aufgeschreckt die Hände –
das zählte schon seit je zu seinem Lose.
Klein sieht der kleine Künstler,
groß der große.

Und naht sich eines Tages der Erlöser,
und denkt der kleine Künstler
»Wasn das für einer?«
Wie sieht der große Künstler ihn?
Sieht er ihn dünner?
Sieht er ihn dicker? Breiter? Oder kleiner?
Geschnitten!
Nein! Er sieht ihn größer!
So sieht der große Künstler den Erlöser.

Indessen sieht der kleine Künstler nur das eine.
Groß ist der große Künstler.
Klein der kleine.

EINMAL HIN UND ZURÜCK

Kopf, Kopf, Kopf
so hart und rund
war nicht irgendwo ein Mund?
Na, vielleicht auf dem Rückweg

Hals, Hals, Hals
so weiß und weich
wie hieß das darunter gleich?
Schlüsselbein, wenn ich nicht irre

Brust, Brust, Brust,
so fest und klein
das kann doch nicht alles sein –
Richtig! Da geht's weiter

Bauch, Bauch, Bauch
so weich und weiß
wärmer, wärmer, wärmer, heiß –
Na, wer sagt's denn

Bein, Bein, Bein
o so viel Bein
wird es je zuende sein?
Schau, da hat's ja noch Füße

Fuß, Fuß, Fuß
darfst weiter ruhn
ich hab oben noch zu tun:
Hallo, Haare.

WELT, RAUM UND ZEIT

In den Köpfen der betagten Katzen
spiegelt sich die Welt in starken Bildern:
Mäusetürme ragen steil ins Blaue,
Nierentische stehn in ihren Hallen,
Leberhaken ragen aus den Wänden,
all das wartet nur auf ihre Tatzen
in den Köpfen der betagten Katzen.

In den hochbetagten Katzenköpfen
gliedert sich der Raum in klare Zonen:
Fauladelphia, Ratzibor und Essen
sind die einz'gen Städte, die sie kennen,
doch Paris liegt für sie an der Sahne,
und die malt sich breit, nicht auszuschöpfen
in den hochbetagten Katzenköpfen.

In den Köpfen der betagten Katzen
fächert sich die Zeit in reine Takte:
Heißt der erste Tag der Woche Mordtag,
fällt der Sommeranfang in den Jauli,
schreiben wir schon bald das Jahr Zweimausend,
und die Stunden fliehn dahin wie Spatzen
in den Köpfen der betagten Katzen.

DER WILDE HANS

Ach runzel nur die Knie, Marie
mußt sie ja dennoch spreiten
mein wilder Hans wird sie, Marie
von nun an stets begleiten.

Ach rümpf nur deine Stirn, Marie
die Mühe tut nicht lohnen
es wird in deinem Hirn, Marie
mein wilder Hans jetzt wohnen.

Ach roll nur mit den Ohrn, Marie
kannst dich nicht lang betrügen
bist schon an ihn verlorn, Marie
mein wilder Hans wird siegen.

Ach sträube nur den Arm, Marie
folgst ihm ja doch zum Tänzchen!
Mein wilder Hans ist warm, Marie
was machst du Hans? Alarm, Marie
Hans bleib, hier ist dein Schwarm, Marie
Hans! Hännes! Hansi! Hänschen

NACH PARIS

Der Wanderer
nimmt seinen Hut
und sagt zur Wandrerin:
Nun gut.

Ich hielt dich für
gestählt und zäh,
du bist es nicht
wie ich jetzt seh.

Wir wollten nach
Paris und zwar
zu Fuß, das war
von Anfang klar.

Doch du bliebst schon
in Peine stehn –
so wirst du nie
die Seine sehn.

Hier stehen wir
seit einem Jahr;
Marie jetzt heißt es
Au revoir!

Der Wandrer wendet
sich zum Gehn.
Die Wandrerin
läßt es geschehn.

Erst als er Richtung
Westen hinkt,
hat sie ihm zögernd
nachgewinkt.

UMGANG MIT TIEREN AUS DER TIEFE

Und es kommen Tiere aus der Tiefe,
Tiere, die, wenn man sie riefe,
schweigend in der Tiefe blieben,
nie gesehen, nie beschrieben:

Nur dein Rufen läßt sie schlafen.
Rufe! Schrei zum Steinerweichen!
Und du wirst den letzten Hafen
ohne Zwischenfall erreichen.

EBBE UND FLUT

In meinem Kopf herrscht Ebbe,
in meinem Herzen Flut.
Kann dir nur eines sagen:
Ich bin dir ja so gut!
Ich bin dir – ja! – so gut, so gut,
ich bin – ja! – dir so gut!
Ja! Dir bin ich so gut, so gut!
Ja! Ich bin dir so gut!
Ja, ja! Ich bin dir gut, so gut,
so gut, so gut, so gut –
in meinem Kopf herrscht Ebbe...

DER RÄTSELHAFTE GEISTERGAST

Der rätselhafte Geistergast
gastiert sich bei dir ein,
und was du bist und was du hast,
das ist nicht länger dein.

Der rätselhafte Geistergast
will mehr als nur Quartier,
sein kleiner Reisebeutel faßt
dein Herz und dein Klavier.

Der rätselhafte Geistergast
der nimmt dir Kopf und Leib.
Er bleibt, solange es ihm paßt,
und geht, wenn du sagst: Bleib.

ICH SELBST

Selbstaussage

Ich mach mir nichts aus Marschmusik,
ich mach mir nichts aus Schach.
Die Marschmusik macht mir zuviel,
das Schach zuwenig Krach.

Selbstkritik

»Ich trage, wo ich gehe,
mein Antlitz im Gesicht«:
Ich schriebe gerne einfach
und schreib ganz einfach schlicht.

Selbstbefragung

Ich horche in mich rein.
In mir muß doch was sein.
Ich hör nur »Gacks« und »Gicks«.
In mir da ist wohl nix.

Selbstfindung

Ich weiß nicht, was ich bin.
Ich schreibe das gleich hin.
Da hab'n wir den Salat:
Ich bin ein Literat.

Selbstbewusstsein

Und kommt von euch auch keiner auf den Trichter –
verlacht mich ruhig! Eines bleibt gewiß:
Als Mensch bin ich wie ihr. Jedoch als Dichter
bin ich ein Wesen mui generis.

Selbstverteidigung

Die alte Frage »Wer bin ich?«
hebt wieder mal ihr Haupt.
»Du bist viel blöde, Frage!
Hau ab, sonst ich dich schlage!«
Da läuft sie, daß es staubt!

DIE KAISERLICHE BOTSCHAFT

Ein Nonzenzgedicht

So hört mich an, o meine Knappen:
Ab jetzt sind alle Schimmel Rappen.
Und alle Rappen heißen Bären,
womit wir schon beim Thema wären.
Denn Bären ist ab heut' verboten
bei Tag zu mähen und zu schroten,
sowie das Schroten und das Mähen
bei Nacht, weil sie dann eh nichts sehen.
Befehl ist auch, daß sie ab nun
nicht das, was ich befehle tun,
denn die Befehle gelten nur
von kurz vor zwölf bis tausend Uhr
und sollen zu nichts weiter führen,
als an den Schlaf der Welt zu rühren.
Doch sollte dieser Plan nicht klappen,
sind alle Bären wieder Rappen
und alle Rappen wieder Schimmel,
das gilt auf Erden wie im Himmel,
im Jenseits und in dieser Welt

und ganz speziell für Bielefeld.
So. Stellt das Radio etwas leiser,
ich will jetzt schlafen
Euer Kaiser

AM ABEND

Wenn ich vom Abendlärm der Städte
getrieben in die Schenke trete
um erst mit innigstem Behagen
so ein, zwei Klare einzujagen
um dann mit freudigstem Begreifen
diverse Bierchen einzupfeifen
um drauf mit holdestem Entzücken
rasch drei, vier Obstler zu verdrücken
um noch mit dankbarstem Verstehen
verschiedne Weine einzudrehen –
dann pfleg ich mit gespieltem Klagen
»Ach, ach« und auch »Doch, doch« zu sagen.

LIED DER MÄNNER

Die Trauer beim Betrachten großer Hecken
gleicht jener, die wir sonst nur dann empfinden,
wenn wir den Lorbeer aus dem Haare winden,
weil es heißt »Fertigmachen zum Verrecken« –
Die Trauer beim Betrachten großer Hecken.

Das Frösteln beim Betasten kühler Eisen,
wir kennen es, seitdem wir jene sahen,
die in den Zug einstiegen, der sein Nahen
nur unterbrach, um kurz drauf zu entgleisen –
Das Frösteln beim Betasten kühler Eisen.

Die Sehnsucht beim Betreten feuchter Planken,
sie wird uns bis an jenen Tag begleiten,
an dem wir schweigend durch die letzte Pforte reiten,
zu schwach zum Fluchen, doch zu stolz zum Danken –
Die Sehnsucht beim Betreten feuchter Planken.

USW. USF.

Viele Sommersprossen sind
auf dem Kinde, doch das Kind
sieht sie nicht. Es sieht stattdessen
einen Amtmann Suppe essen.
Dieser wiederum beschaut
grad ein Foto seiner Braut,
die auf einen Seemann blickt,
der sich nach dem Anker bückt,
da der Anker was verdeckt,
das in einer Tüte steckt,
und sich, falls der Maat nicht irrt,
gleich das Bild entpuppen wird.
In der Tat – es ist ein Bild,
es zeigt ein Reklameschild,
worauf sich zwei Frauen räkeln,
die an einem Lappen häkeln,

der zum Teil ein Kind verbirgt,
das recht ungewöhnlich wirkt:
Viele Sommersprossen sind
auf dem Kinde, doch das Kind...

TROST IM GEDICHT

Denk dir ein Trüffelschwein,
denk's wieder weg:
Wird es auch noch so klein,
wird nie verschwunden sein,
bleibt doch als Fleck.

Was je ein Mensch gedacht,
läßt eine Spur.
Wirkt als verborgne Macht,
und erst die letzte Nacht
löscht die Kontur.

Hat auch der Schein sein Sein
und seinen Sinn.
Mußt ihm nur Sein verleihn:
Denk dir kein Trüffelschwein,
denk's wieder hin.

DER SOMMER IN MONTAIO
Stimmungsgedichte

Juniabend (29. 6. 79)

Vom Tal her steigt Rauch auf.
Ich drehe den Schlauch zu,
gleich gibt's was zu essen.
Der Mond steht als Sichel.
Ich setz mich und trinke,
um zu erinnern.

Wie grün jetzt der Wald ist.
Ein Licht, das sehr kalt wirkt,
strahlt rings aus den Dingen.
Ich zieh mir ein Hemd an.
Der Berg sieht so fremd aus.
Die Waldvögel schweigen.

25. 7. 79

Das ist ja witzig, wie die Wolke sich zerfieselt.
Grad eben war sie noch kompakt, nun rieselt
so eine dunkle, schlierenhafte Molke
quer übern weiß der Himmel, is was Wolke?

26. 7. 79

Mensch Meier, fliegt die Schwalbe tief!
Das geht mir ehrlich an die Nieren.
Sie scheint die Gräser zu schwalbieren –
so würde ich es formulieren,
wär dieser Ausdruck nicht so abgenutzt und schief.

29. 7. 79

Der Lorbeer hat die Blätter hochgeklappt,
doch in das Filigran der Zweige schwappt
vollrohr der Fallwind, der vom Hügel düst
und nun das Tal mit »Schwapp die Ehre« grüßt.

30. 7. 79

Da dengelt jemand – oder sagt man dangelt?
im Tale seine Sense, und es drangelt
sich der Vergleich auf – oder sagt man drängelt?
daß es so klingt, als wenn wer wo was dengelt.

1. 8. 79

Wenn ich die Hügel beschreiben müßte,
was ich nicht muß,
ich wartete, bis die Muse mich küßte
und gäb' ihr, bevor ich mich stiekum verpißte,
die Feder und sagte: Tu du's.

4. 8. 79

Siehst du den Löw' dort stehen?
Er ist nur halb zu sehen
und ist doch rot und dumm.
(Der Löwe ist aus lauter Ton.
Halb zudeckt ihn der Efeu schon,
bald rankt er ihn ganz um.)

7. 8. 79

Wie klar sie sind – das Licht, die Luft;
die Regenfront ist schnell verpufft,
so daß die Sonne wieder sticht.
Du – alles klar, die Luft, das Licht.

10. 8. 79

Rot ist der Wein aus Grimoli,
rot glänzt das Dorf im Tale,
rot wird mein Liebchen, wenn ich sie
mit Kadmium bemale.

18. 8. 79

Ach seht, schon ist der Regen aus,
die letzten Hunde bell'n nach Haus,
kaum kann ich mir verkneifen,
das Lied »Schon ist der Regen aus,
die letzten Hunde bell'n nach Haus«
quer durch die Nacht zu pfeifen.

20. 8. 79

Welch Gekreische
welch Gebromme,
Kinder sind's beim Brombeerpflücken.
Kreischend pflücken sie
die Beeren,
welche drob voll Mißmut brommen.

22. 8. 79

Ich blick' nach oben und seh' Wein.
Ich blick' nach unten und seh' Stein.
Der Wein hängt hoch, der Stein liegt nah,
des Rätsels Lösung: Pergola.

Spätsommertag (15. 9. 79)

Nun ist der Wein bereits am Sichverfärben.
Die ersten Blätter lappen leicht ins Gelbe.
Die Sonne hält voll drauf. Exakt dieselbe,
die erst ihr Grünen sah, sieht nun ihr Sterben.

Und dennoch wäre es echt schwach zu glauben,
den ganzen Terror könne man vergessen.
Blattmäßig läuft nichts mehr. Gebongt. Stattdessen
schwillt neues Leben, ach, zu prallen Trauben.

STUNDE DER WAHRHEIT

»Mütterlein, was wieg' ich denn?«
»Siebentausend Pfund.«
»Mütterlein, wo lieg' ich denn?«
»Auf dem Meeresgrund.«
»Mütterlein, was bin ich denn?
Bin ich gar ein Wrack?«
»Trine, was erzählst du denn?
Red nicht so ein' Quack!«
»Mütterlein, dann bin ich gar –«
»Sprich nicht weiter, Trine!«
»Mutter, mir wird alles klar,
ich bin eine – Mine!«
»Trine, still, was sagst du da!«
»Und wer bist du, Mutter?«
»Aber Kind, was fragst du da?«
»Du bist ein Computer!«
»Trine, so was sagt man nicht!
Also diese Kinder!«
»Mutter, schau mir ins Gesicht –
ist das nicht ein Zünder?«
»Trine, nein! Das ist nicht wahr!«
»Mutter, sag mir eines –«
»Kind, ich schwör' bei meinem Haar –«
»Mutter, hast ja keines!«
»Trine, bist mein Kind nicht mehr!«
»Mütterlein, verzeih mir!«
»Kind, wenn ich dein Vater wär'!«
»Mütterlein, bleib bei mir!«
»Trine, da du alles weißt –«
»Mütterlein, was weiß ich?«
»Sollst du wissen, wie du heißt!«
»Mütterlein, wie heiß ich?«

»Trinekind, du hattest recht!«
»Mütterlein, sprich schneller!«
»Mine – so heißt dein Geschlecht.
Und du selbst heißt – – Teller!«

MEDIA IN VITA

»Ach Streichholz, warum so allein?
Wo mögen deine Brüder sein?«

»Sie sind gestorben, verdorben.
Jedoch – sie schieden allesamt
so feurig, gradezu entflammt...«

»Ging's uns wie ihnen!«

GESCHICHTE EINER BEZIEHUNG

Wand an Wand – so wohnten sie:
Gold-Erwin und Pech-Marie.

Bis zum Tag, an dem die Wand
durch ein Erdbeben verschwand.

Beide standen gleich in Flammen,
seitdem leben sie zusammen.

Was sie haben, teilen sie:
Golch-Erwin und Ped-Marie.

EIN SONNTAG

Der See ist blau, der Wald ist grün,
durch gelbe Felder Rehe ziehn.

Dann sind da Menschen vielgestalt
und buntgekleidet in dem Wald.

Und schaun hinüber zu dem See
und sagen: Läuft dort nicht ein Reh?

Und zeigen auf das gelbe Feld:
Das Braune sind doch Rehe, gelt?

Und wieder andre schaun ins Blau:
Guck, man sieht keine Wolke, schau!

Die Sonne steht am Himmelszelt.
Ein Glück, daß sie nicht runterfällt.

DAS ENDE EINER DOPPELBEGABUNG – VON IHR SELBST ERZÄHLT

Lange Jahre hindurch
war ich Maler und
Schriftsteller.
Doch auf einmal
hatte ich keine
Lust mehr.
Das heißt: Zuerst
mochte ich kein

Bild mehr
zuende
malen.
Und kurz darauf
mochte ich
auch kein
Wort mehr
zuende
schrei

DER UNWÜRDIGE INQUISITOR

»Hallo!« rief der Inquisiter,
»läuft denn da nicht unser Dieter,
der bekannte Hexenmeister?
Ja, da läuft er, und jetzt scheißt er
gradewegs aufs Kruzifix!
Na, das macht dem Heiland nix,
der kann schon mal 'n Spaß vertragen.
Dieter!«
»Ja?«
»Ich soll dir sagen:
Morgen ist Walpurgisnacht!«
»Kommst du auch?«
»Na klar, um acht
werf' ich mich auf meinen Besen,
um zum Höllenfürst zu pesen
und in Gegenwart des Fürsten
alle Hexen durchzubürsten.
Ferner will ich –«
»Eine Frage!«

»Ja?«
»Ich hab' gehört, man sage,
daß der Papst das nicht gern sehe –«
»Lieber Dieter, ich gestehe,
was der meint, ist mir egal,
dieser Herr, der kann mich mal.
Er, der jeden Morgen tonnen-
weise ungebrauchte Nonnen
schon zum Frühstück –«
»Alles klar!
Kann ich noch mal den Altar –«
»Schänden? Aber liebend gern!
Und falls du auch Gott den Herrn
lästern willst, dann –«
»Du, vergessen
wir's für heute, muß zum Essen!«
»War nur 'n Vorschlag! Tschüssing Dieter!«
»Tschau! Bis morgen, Inquisiter!«

SCHREIBEN, DIE BLEIBEN

Höhepunkte abendländischer Briefkultur

Der Abt von San Marco an Raffael

Verehrter Meister Raffael,
wir brauchen die Madonna, schnell!
Seit Monaten ist sie bezahlt,
bis heute hab'n Sie nichts gemalt.

PS Avanti!

Raffael an den Abt von San Marco

Hochverehrter Vater Abt,
ich begreif' nicht, was ihr habt.
Das Bild kommt mit dem Glockenschlag
um zwölf Uhr am Madonnastag.

PS Schickt Chianti!

Lektor Lincke an Theodor Fontane

Sehr geehrter Herr von Tame,
war das nicht Ihr werter Name?
Vor mir liegt Ihr Buchvorschlag,
welcher – doch der Reihe nach.
Erstens ist er nicht zu brauchen –
eine Frage: Darf ich rauchen,
während ich hier weitermache?
Dankeschön. Doch nun zur Sache:
Das Manuskript, das Sie geschickt,
war in der Mitte eingeknickt,
sowie in Worten abgefaßt,
was nicht zu unserm Hause paßt.
Auch störten mich die vielen Us
in Ihrem Satz »Ulf ging zu Fuß.«
Ach ja – und Ihre Fragezeichen,
die sollten Sie wohl alle streichen.
Sie wirken derart krumm und rund,
so schlangenhaft und ungesund,
daß ich mich dauernd frage: Was
bezweckt, bewirkt und soll denn das?
Sodann Ihr Stil! Schon wenn man liest,
daß Ihre Heldin Effi briest,

ist Ihre Ignoranz erwiesen:
Die deutsche Sprache kennt kein »briesen«.
Doch nun was andres: Unser Haus
bringt grade eine Reihe raus,
die sich »So brummt der Deutsche« nennt –
ich bin ganz sicher, so was könnt'
durchaus in Ihre Richtung passen.
Woll'n Sie sich mal was einfall'n lassen?

In Erwartung Ihrer geschätzten Antwort verbleibe ich
Mit frohem Gruß
Ihr Lektor Lincke

PS Ist es erlaubt, wenn ich was trinke?

Erwin Sanders an Baron von Norden

Sehr geehrter Herr von Norden,
Sie sind jüngst gesehen worden,
wie Sie meine Frau beschliefen
und dabei um Hilfe riefen.
Ersteres will ich verzeihen,
falls Sie mir Ihr Fahrrad leihen.
Doch fürs Zweite soll'n Sie büßen,
dafür muß ich Sie erschießen.
Paßt es Ihnen morgen früh?
Hier bei mir? Und bringen Sie
auch das Fahrrad gleich mit her?
Ich will anschließend ans Meer,
und mein Moped streikt seit Tagen.
Schönen Dank. Ach ja: Und sagen
Sie mir bitte kurz Bescheid,

falls es nicht klappt? Mir tät's leid.
Mit freundlichem Gruß
Ihr Erwin Sanders

PS Ich muß es tun. Es geht nicht anders.

Robert Gernhardt an F. W. Bernstein

Lieber Fritz,
in fünfzig Jahren
wirst Du im Detail erfahren,
was in jener Nacht geschah,
als ich in den Kühlschrank sah.
Soviel nur sei jetzt verraten:
Es war eine von den Taten,
derer ich mich heute schäme,
ja, ich bäte Gott, er nähme
diese Schuld von mir, gäb's einen,
doch es gibt ja leider keinen.
Dafür, Fritz, gibt's mir zu denken,
Dich vermehrt in Kneipen, Schenken,
selbst in Piesen aufzuspüren –
Fritz, wohin soll das noch führen?
Fritz, sag nicht: Ich nasch' dort nur
von dem Nektar der Natur –
Fritz! Das Zeug ist Alkohol!
Darum solltest Du jetzt wohl
in gedrängter Form erfahren,
was sie sind. Und was sie waren,
jene Tränke.
Fritz, bedenke:
Solange es den Menschen gibt,
hat der Mensch den Trunk geliebt.

Doch wußte er sein Trinkverhalten
höchst unterschiedlich zu gestalten.
So gleichen manche Menschen Elchen,
nippen flink an allen Kelchen,
andre ähneln trägen Schwalben,
sitzen stundenlang vorm Halben,
wieder andre gleichen Staren,
die sich um die Klaren scharen,
jene sind beim Weine mäßig,
diese saufen schweinemäßig –
und vor all diesen Extremen
heißt es, sich in acht zu nehmen.
Fritz, es gibt zwar die Getränke,
doch als Danaergeschenke
stehen sie in unsren Schränken,
darum bitt' ich zu bedenken:
Wer nicht trinkt, wird abstinent,
das sagt einer, der das kennt,
was man leichthin »Leben« nennt.
Fritz,
das muß fürs erste reichen.
Dir und allen Deinesgleichen
ruf' ich zu: Macht weiter so,
aber ändert euch! Dein Ro
bert.

PS Du fragst nach dem Assessor.
Mit dem Assessor geht's schon besser.
Man hat ihm seinen Kopf entfernt,
das hat den Strolch Respekt gelernt.
Ja, Wolfi ist jetzt wieder lieb.
Das heißt, das, was von Wolfi blieb.
Und gerade sagt mir dieser Rest,
daß er Dich herzlich grüßen läßt.

WER VON DEN FÜNFEN BIST DU?

Wie lange kann man sich selber betrügen –
das ist die Frage.
Beim einen dauert es lediglich Stunden,
beim anderen Tage.
Der dritte bringt es auf mehrere Wochen,
der vierte auf Jahre.
Der fünfte glaubt, in der Wiegen zu liegen,
und liegt auf der Bahre.

ERINNERUNG AN EINE BEGEGNUNG IN DUDERSTADT

»Sie haben die Züge dessen,
der viel gelitten hat«,
sagte mir zögernd die Fremde
im Bahnhof von Duderstadt.

Ich blickte ihr in die Augen,
sie waren so tief und so klug.
Nur ungern gestand ich die Wahrheit:
»Madame, mir gehört hier kein Zug.

Die Züge, die Sie hier sehen,
gehör'n einem anderen Mann.
Sein Vorname lautet schlicht ›Bundes‹,
sein Nachname aber heißt ›Bahn‹.«

Wie schaute die Fremde so zweifelnd,
wie nahte der Zug sich so rot,
wie hob der Beamte die Kelle,
stünd' ich nochmal an der Stelle,
ich wünschte, er schlüge mich tot.

DER NACHBAR

Alles ist eitel, eins aber stört:

Der Nachbar, der mit schwerer Hand
nach deinem Hörnchen greift,
es anbeißt und dann liegenläßt,
weil es, meint er, nicht schmeckt,

der langsam kauend »Scheiße« schnauft
und auf das Hörnchen zeigt,
dann noch ein weitres Stück abbricht,
das er sich in den Mund tut,

der schmatzt und zu verstehen gibt,
er ließe es zurückgehn,
das Hörnchen, dessen Zipfel nun
ganz krümlig auf dem Tisch liegt,

der auch den Zipfel noch verspeist
und sehr verärgert sagt:
»Sie sitzen da und lassen mich
hier die ganze Drecksarbeit tun.«

AUF UND ZU UND AB UND AN

An die Damen

Verehrt nicht jene schiechen Herren,
die besser nicht geboren wären.
Ich bin bei Gott nochmal so schön –
ich bitte, zu mir aufzusehn.

An die Herren

Ach blickt nicht dauernd zu den Enten,
die tun, als ob sie fliegen könnten.
Das kann ich doch genau so schön –
ich bitte, mir mal zuzusehn.

An alle

Ja, feiert nur auf euren Festen,
doch zählt nicht mich zu euren Gästen.
Mit mir ist es nur halb so schön –
ich bitte, von mir abzusehn.

V DER VORHUT

WÖRTERSEE

Gleißt auch des Lebens
grelle Glut,
tut auch sein Glanz den
Augen weh –
ich schreibe. Und die
Bilderflut
verströmt, verebbt im
Wörtersee.

DU DA

Du, komm mal her und hör mal zu.
Du nicht, du nicht, du auch nicht –
du!

Hand aufs Herz und Ohr aufs Bein –
möchtest du ein Spreizfuß sein?
Nein – sag nicht ja!
Bedenke erst,
ob du dadurch dein Glück vermehrst!
Ein Fuß ist Knecht –
wär dir *das* recht?

Dein Herr mag frieren oder heizen –
du mußt dich spreizen.
Er mag sich strecken oder hocken –
du steckst in Socken.
Um ihn herrscht Aufruhr oder Ruhe –

um dich sind Schuhe.
Dein Herr ist Opfer oder Täter –
auf dir, da steht er.

Willst du so leben?
Gut, dann tu's.
Gib mir die Hand –
sei fortan Fuß.

WAS IST KUNST

Hab'n Sie was mit Kunst am Hut?
Gut.
Denn ich möchte Ihnen allen
etwas auf den Wecker fallen.
Kunst ist was?
Das:
Kunst, das meint vor allen Dingen
andren Menschen Freude bringen
und aus vollen Schöpferhänden
Spaß bereiten, Frohsinn spenden,
denn die Kunst ist eins und zwar
heiter. Und sonst gar nichts. Klar?
Ob das klar ist? Sie ist heiter!
Heiter und sonst gar nichts weiter!
Heiter ist sie! Wird es bald?
Heiter! Hab'n Sie das geschnallt?
Ja? Dann folgt das Resümee;
bitte sehr:
Obenstehendes ist zwar
alles Lüge, gar nicht wahr,

und ich meinte es auch bloß
irgendwie als Denkanstoß –
aber wenn es jemand glaubt:
ist erlaubt.
Mag ja sein, daß wer das mag.
Guten Tag.

INDIANERGEDICHT

Als aber der Pferdehändler nicht abließ, auf Winnetou einzuteufeln, bemerkte dieser in seiner *ein*silbigen Art:

Mann, dein Pferd
ist nichts wert.
Hier: Das Bein
ist zu klein.
Dort: Das Ohr
steht nicht vor.
Da: Der Gaul
hat kein Maul.
Schau: Der Schwanz
fehlt ihm ganz.
Und es trabt
nicht so recht,
denn das Pferd
ist ein – Specht!
Du viel dumm,
ich viel klug.
Hugh!

SAMSTAGABENDFIEBER

Wenn mit großen Feuerwerken
Bürger froh das Dunkel feiern,
sich an Bier und Fleischwurst stärken
und in die Rabatten reihern,

Wenn sie in den Handschuhfächern
kundig nach Kondomen tasten,
und die breiten Autos blechern
strahlend ineinanderhasten,

Wenn in Häusern bunte Schatten
herrlich aufeinander schießen,
sich verprügeln, sich begatten,
bis die letzten Kinos schließen,

Wenn dann in zu lauten Räumen
viele Menschen sich bewegen
und beim Lärmen davon träumen,
stumm einander flachzulegen,

Wenn am Ende Franz und Frieda
glücklich in der Falle liegen –:
Wer gedenkt dann jener, die da
noch eins in die Fresse kriegen?

ERZÄHLUNG

Über dem Kragen der Nacken,
über dem Nacken das Haar,
über den Haaren ein seltsames Tier –
ein Kondor? Oder ein Aar?

Ein Habicht? Oder ein Sperber?
Ein Waldkauz? Oder ein Star?
Ach, ich hab völlig vergessen,
was für ein Vogel das war.

Ich weiß nur, darunter warn Haare,
und ein Nacken war unter dem Haar,
und unter dem Nacken ein Kragen,
und unter dem Kragen, da – Fahr

nicht so schnell, Erwin!
Wie soll man sich denn da
konzentrieren können!

WAS IST SPANNEND?

Duett zwischen mir und dem Chor der Speichellecker

Ich
Ist es spannend, fernzusehn?
Chor der Speichellecker
Nein, das ist nicht spannend
Ich
Oder Gott, den Herrn zu sehn?

CHOR DER SPEICHELLECKER
Nein, das ist überhaupt nicht spannend
ICH
Ist es spannend, wenn wer zeigt
CHOR DER SPEICHELLECKER
Das ist doch nicht spannend
ICH
Wie man eine Frau besteigt?
CHOR DER SPEICHELLECKER
Das ist nie und nimmer spannend
ICH
Ist es spannend, wenn bei Nacht
CHOR DER SPEICHELLECKER
Wie denn? Das und spannend?`
ICH
Jemand Lehm zu Rotgold macht?
CHOR DER SPEICHELLECKER
Was immer das sein mag, spannend ist es unter gar keinen Umständen
ICH
Ist es spannend, zu erfahr'n
CHOR DER SPEICHELLECKER
Iiii, das ist ja zum Einschlafen!
ICH
Wer die ersten Menschen war'n?
CHOR DER SPEICHELLECKER
Gleich sterben wir aber vor Langeweile!
ICH
Ist es spannend, wenn ich sag'
CHOR DER SPEICHELLECKER
Langsam wird es spannend
ICH
Daß ich keinen Brusttee mag?

CHOR DER SPEICHELLECKER
Holla! Das klingt spannend!
ICH
Oder wenn ich offenbar'
CHOR DER SPEICHELLECKER
Das ist aber nun mal wirklich spannend!
ICH
Daß ich schon in Goslar war?
CHOR DER SPEICHELLECKER
Ja ist denn das die Möglichkeit? Erzählt uns mehr davon! Rasch!
ICH
Ist es spannend, wenn ihr hört
CHOR DER SPEICHELLECKER
Was denn? Oh, so redet!
ICH
Daß mich euer Beifall stört?
CHOR DER SPEICHELLECKER
Herr! Nur der, dem jedet
Jefühl für Spannung aba auch
völlich abhanden jekommen ist,
könnte Eure Worte nich als det
Nonplusultra des Nervenkitzels empfinden!

NICHTZUTREFFENDES BITTE STREICHEN

Der bleiche Deichgraf war erst sechzehn Jahre alt.
Sein Auge schaute trüb und/oder kalt.
Ihm war so traurig.

Da trat ein Herr/Frau/Fräulein ins Gemach,
ein seltsam Wesen, das die Worte sprach,
sie war'n so schaurig:

»Ich bin ein Geist, ich finde niemals Frieden.«
Und damit ist er ledig/verh./geschieden
in Richtung Aurich.

ZUM MUTTERTAG

Ein Liedfragment

Mama –
kein einziges Wort auf der Welt
das so viele Mas enthält
wie Mama.
Ja –
Kaktushecke hat mehr Kas
Braunbärbabies hat mehr Bes
Erdbeerbecher hat mehr Es
Schamhaaransatz hat mehr As –
Aber Mas?
Koblenz hat keine Ma
München hat so gut wie keine Ma
Mannheim hat nur eine Ma
doch welche Stadt hat zwei Ma?
Na?
Göttingen
Ja!
Denn dort wohnt meine
Mama.

BANGER MOMENT

Liebling, horch, die Zeit bleibt stehn –
sei mal ruhig, bitte!
Eben waren da noch Schritte,
eben noch schien sie zu gehn,

doch nun steht sie. Sprungbereit?
Selbstversunken? Lauernd?
Angelehnt? Verschnaufend? Kauernd?
Horchend? Ach, du liebe Zeit –

aber still, mein Schatz, da sind
wieder Laute. Heftig
strömt da was. Ein frisches Fließen
wird zu stetigem Ergießen,
unbeirrt und kräftig –
Liebling, horch! Die Zeit verrinnt.

SETZEN, STELLEN, LEGEN U. A.

Was hast du denn da angestellt
mit dem, was ich da aufgestellt?
Du hast dich nicht nur drangestellt
du hast dich auch noch draufgestellt.

Der Deckel war schon draufgemacht
ich dachte, nun sei's eingemacht
du hast es wieder aufgemacht
dich draufgestellt und reingemacht.

Ich hatte alles drangesetzt
ich hatte mich so eingesetzt
doch kaum war alles angesetzt
da hast du dich schon reingesetzt.

Was heißt das, ich sei aufgebracht?
Wer hat das Zeug denn reingebracht?
Ich selber hab es raufgebracht –
und was hat mir das eingebracht?

Wie schön war alles eingelegt!
Wie hatte ich mich krummgelegt!
Einmal hast du mich reingelegt.
Nochmal – und du wirst umgelegt!

ACH ERIKA

Ach Erika, mein Kind, mein Reh,
schon wenn ich dich von weitem seh,
zieh ich mein Messer.

Mein Messer ist sehr nackt und breit,
es hat nicht Schuh, nicht Strumpf, nicht Kleid,
und nun sieh dich an.

Du bist so schön wie Schnee und Blut,
Hast Schuh und Strumpf und Kleid und Hut,
die leg mal ab, Schatz.

Jetzt stehst du da, wie Gott dich schuf,
ganz ohne Schweif und Horn und Huf,
und nun sieh mich an.

Ach Erika, mein Reh, mein Kind,
die Menschen sind so, wie sie sind,
doch ich bin keiner.

DER TAG, AN DEM DAS   VERSCHWAND

Am Tag, an dem das   verschwand,
da war die uft vo Kagen.
Den Dichtern, ach, verschug es gatt
ihr Singen und ihr Sagen.

Nun gut. Sie haben sich gefaßt.
Man sieht sie wieder schreiben.
Jedoch:
Soang das   nicht wiederkehrt,
muß aes Fickwerk beiben.

TROST UND RAT

Ja wer wird denn gleich verzweifeln,
weil er klein und laut und dumm ist?
Jedes Leben endet. Leb so,
daß du, wenn dein Leben um ist

von dir sagen kannst: Na wenn schon!
Ist mein Leben jetzt auch um,
habe ich doch was geleistet:
Ich war klein *und* laut *und* dumm.

DIE NACHT, DIE BRAUT, DER TAG

Die Nacht steht um das Haus
die Nacht sieht finster aus
die Nacht hat einen schwarzen Hund
den führt die Nacht nicht ohne Grund
am Kettchen

Die Braut ist bleich und weint
die Braut liegt wie versteint
die Braut hat einen Bräutigam
der ihr das Allerliebste nahm
das Bettchen

Der Tag ist hell und lacht
der Tag vertreibt die Nacht
der Tag hat rundherum gesiegt
und alles schweigt nur ferne quiekt
ein Frettchen.

UND ES GIBT TIERE

Und es gibt Tiere, die im Dunkeln schreien,
nicht schreien, krächzen,
nein, nicht krächzen, lallen,
nicht lallen, bellen, nein nicht bellen,
wimmern, nicht wimmern, singen!
Singen: Nachtigallen.

GESTÄNDNIS

Ihr fragt nach meinem Lieblingssport?
Nun gut, es ist der Mord.

Ja, ich sag's laut, ich morde gern,
besonders, wenn es heiß ist,
und wenn das Wasser in dem See
so klar und kalt wie Eis ist.

Dann ziehe ich die Kleider aus
und springe in die Wellen,
um dort mit Karpfen, Barsch und Aal
durchs kühle Naß zu schnellen.

Ja Bürger, lache nur getrost
und bleib in deinem Bette –
ich morde derweil frisch und froh
mit Fischen um die Wette.

Wie? Was?
Ich hör' ein Widerwort?
Der Sport heißt Schwimmen?
Und nicht Mord?
Wie war das nochmal?
Schwimmen?
Moment – ihr seht mich sehr verwirrt...
Mein Gott – vielleicht hab' ich geirrt...
Doch – Schwimmen könnte stimmen.

DREISSIGWORTEGEDICHT

Siebzehn Worte schreibe ich
auf dies leere Blatt,
acht hab' ich bereits vertan,
jetzt schon sechzehn und
es hat alles längst mehr keinen Sinn,
ich schreibe lieber dreißig hin:
dreißig.

TESTAMENT

Wo ist die Kasse?
Wo ist der Stift?
Wo ist die Tasse?
Wo ist das Gift?

Da liegt ja die Kasse!
Da steckt ja der Stift!
Da steht ja die Tasse!
Da ist ja das Gift!

Sie kriegt die Kasse.
Er kriegt den Stift.
Du kriegst die Tasse.
Ich nehm das Gift.

ALLTAG

Ich erhebe mich.
Ich kratze mich.
Ich wasche mich.
Ich ziehe mich an.
Ich stärke mich.
Ich begebe mich zur Arbeit.
Ich informiere mich.
Ich wundere mich.
Ich ärgere mich.
Ich beschwere mich.
Ich rechtfertige mich.
Ich reiße mich am Riemen.
Ich entschuldige mich.
Ich beeile mich.
Ich verabschiede mich.
Ich setze mich in ein Lokal.
Ich sättige mich.
Ich betrinke mich.
Ich amüsiere mich etwas.

Ich mache mich auf den Heimweg.
Ich wasche mich.
Ich ziehe mich aus.
Ich fühle mich sehr müde.
Ich lege mich schnell hin:

Was soll aus mir mal werden,
wenn ich mal nicht mehr bin?

BITTE AUSSCHNEIDEN UND BEI BEDARF VORLEGEN

Leis öffnet sich das Tor zur Nacht,
es wird von einem Hund bewacht,
der stumm auf einen Stern starrt.
Der Hund läßt jeden durch das Tor,
legt er ihm diese Zeilen vor
gez. Robert Gernhardt

ERMUTIGUNG

Hach,
wer wird denn ängstlich
Hach schrein?
Laßt uns
schwach sein!

SPRECHEN UND SCHWEIGEN

Mir steht das Wort ja so was zu Gebot –
geht es um Lippen, sage ich nur »rot«;
ich sage »rot«, und jeder sieht die Dinger
direkt vor sich und leckt sich seine Finger.

Mir ist die Sprache so was von vertraut –
verlobt sich eine Frau, nenn' ich sie »Braut«;
ich nenn' sie »Braut«, und sogleich spür'n die
Knaben:
Dies schöne Kind ist vorerst nicht zu haben.

Mir fallen Sätze so etwas von leicht –
ist was erreicht, sag' ich »Es ist erreicht.«
Nur diesen Satz. Den Rest kann ich mir schenken.
Denn was erreicht ist, kann sich jeder denken.

Mir geht das Schweigen so etwas von nah –
es gibt mir das Gefühl, ich sei nicht da.
Sei ausgelöscht. Verschwunden. Sie versteh'n?
So hör'n Sie doch! Schon bin ich nicht zu seh'n:

EIN GEDICHT AUS DER ›TITANIC‹

1981

VATER, MEIN VATER!

Vater, mein Vater!
Ja, mein Sohn, was ist?
Vater, mein Vater!
Wie werde ich Rassist?

Nun – ein Rassist hält nichts von andern Rassen.
Du müßtest, beispielsweise, Neger hassen.

Den Neger? Nein, den haß' ich nicht,
den dummen schwarzen Mohr.
Ich haß' doch keinen Stinkemann,
wie komm' ich mir da vor?

Nun gut, dann muß es eben anders gehen.
Wie ist's – willst du vielleicht Chinesen schmähen?

Den Chinamann? Den schmäh' ich nicht!
Dies Schlitzaug gelb und feig
ist nicht mal wert, daß ich ihm keck
den blanken Hintern zeig'!

Das lehnst du ab? Dann mußt du danach trachten,
zumindest den Indianer zu verachten.

Die Rothaut? Die veracht' ich nicht,
die ist kein Mensch wie wir,
die steckt sich Federn an den Kopf,
treibt's schlimmer als ein Tier.

Na schön. Doch wie hältst du es mit dem Weißen?
Willst du auf ihn und seinesgleichen scheißen?

Den Weißen? Auf den scheiß' ich nicht,
er ist das Licht der Welt,
das die Kultur des Erdenballs
mit warmem Strahl erhellt!

Mein Sohn, ach mein Sohn!
Mein Vater, was ist?
Mein Sohn, ach mein Sohn,
du wirst nie ein Rassist!

Mein Vater, mein Vater,
warum werd' ich keiner?
Ach Heiner, mein Kleiner,
du bist ja schon einer!

Ehrlich? Wie herrlich!

VIER GEDICHTE AUS ICH ICH ICH

1982

DU

Ich fand mich, grad in unsres Lebens Mitte,
in München Süd, den Wagen aufzutanken,
da ich von Frankfurt fortgewandt die Schritte,

Als mich ein Tankwart, dem dafür zu danken,
ich heut' noch Grund hab', ernst danach befragte,
ob's Öl zu wechseln sei. Nach kurzem Schwanken

Bejahte ich, worauf der Meister sagte,
das brauche etwa eine Viertelstunde,
ich könnt' solange tun, was mir behagte.

So schaute ich gelangweilt in die Runde,
da sah ich plötzlich groß am Junihimmel
ein weißes Pferd vor dunkelblauem Grunde –

So ausdrucksvoll, so feurig sprang der Schimmel,
daß es mir schien, als stieg ein Lebewesen
aus luft'ger Wolken quellendem Gewimmel.

Ich staunte kurz und wollte schon zum Tresen
des nahen Rasthaus' meine Schritte lenken,
da fiel mir ein, ich hatte nichts zu lesen.

Ich kehrte um, und ohne viel zu denken
sah ich noch einmal hoch. Starr blieb ich stehen,
unfähig, abermals den Blick zu senken,

Denn auf dem Tier war nun ein Mensch zu sehen,
ein Reiter, der mit hochgestrecktem Schwerte
dabei schien, auf den Gegner loszugehen.

Der war mir so vertraut. Und plötzlich kehrte
Erinnerung zurück aus frühen Tagen,
ein Märchen, das mich meine Mutter lehrte.

Von einem Ritter wußte sie zu sagen,
der ausgezogen sei mit weißem Wappen,
bereit, fürs Gute ständig sich zu schlagen.

Alleine, ohne Freundesschar und Knappen,
mit Pferd und Schwert nur sei er fortgeritten,
erzählte sie in zahllosen Etappen.

Denn jeden Abend hub ich an zu bitten,
daß sie mir mehr von jenem Held berichte,
davon, wie er gelebt, wie er gestritten.

So spann sie jeden Abend die Geschichte
so lange weiter, bis ich schläfrig fragte:
»Wer ist der Weiße Ritter?« In dem Lichte

Der kleinen Lampe auf dem Nachttisch sagte
mir meine Mutter: »Du.« Vor meinem müden
Aug' stand mein Schwert, das blank gen Himmel ragte.

Nun sah ich's wieder, auf dem Weg nach Süden.

DREI GEDICHTE ZUR KUNST

1

Nur wenigen ist es bestimmt, zu malen,
Die große Menge ist verdammt zum Schreiben,
Das mag sie tun und mit Romanen prahlen,

Der wahre Künstler wird bei Stift und Pinsel bleiben.
Sollt' er auch dann und wann die Feder führen,
Sein innerstes Gesetz wird ihn zur Leinwand treiben.

Denn schmerzlich läßt ihn jede Fläche spüren,
Daß sie nach Bildern ruft und nicht nach Worten.
Wort meint auch Laut. Erst durch der Bilder Türen

Gelangt man in den magisch hellen Orden,
Wo alles schweigt, weil alles Form geworden.

2

Sie scheint einfach, jeder glaubt, sie zu verstehen.
»Der Arm ist zu lang, das sieht man doch.«
Die Malerei kann man sehen.

Sie äußert sich sinnlich. Selbst zu den geistlichsten Themen.
»Das da oben ist Gott. Und das darunter das Jüngste Gericht.«
Gemaltes kann man leicht zur Kenntnis nehmen.

Sie spricht bildhaft. Du kannst das Gespräch rasch beenden.
»Den Rubens-Saal schenken wir uns, was?«
Gemälden kann man den Rücken zuwenden.

Sie stellt fest. Doch sie stellt keine Fragen.
»Ach, so sah *es* in Delft zur Zeit Vermeers aus!«
Bilder können nicht Ich sagen.

Sie redet vor allem von Dauer. Und das, ohne
dauernd zu stören.
»Das Bild ist von 1893. Es heißt ›Der Schrei‹.«
Die Malerei kann man nicht hören.

3
Ich habe stets auf die Karte
»Machen« gesetzt.
Und nun mache ich nichts.
Ja, was mache ich jetzt?
Gaaanz ruhig!
Ich schreibe ja noch,
ich kritzle ja noch,
ich treibe ja noch,
ich witzle ja noch –
das tu ich.
Ich habe ja noch ein
Geräusch im Ohr,
so ein Brummen.
Und solange ich dem
noch Ausdruck verleih,
diesem Brummen im Ohr,
was immer es sei,
bin ich immer noch stramm
nicht ganz im,
nur knapp am
Verstummen.

KÖRPER IN CAFÉS

1987

I KÖRPER

LIEBESGEDICHT

Kröten sitzen gern vor Mauern,
wo sie auf die Falter lauern.

Falter sitzen gern an Wänden,
wo sie dann in Kröten enden.

So du, so ich, so wir.
Nur – wer ist welches Tier?

ERMUNTERUNG

Hallo, süße Kleine,
komm mit mir ins Reine!

Hier im Reinen ist es schön,
viel schöner, als im Schmutz zu stehn.

Hier gibt es lauter reine Sachen,
die können wir jetzt schmutzig machen.

Schmutz kann man nicht beschmutzen,
laß uns die Reinheit nutzen,

Sie derart zu verdrecken,
das Bettchen und die Decken,

Die Laken und die Kissen,
daß alle Leute wissen:

Wir haben alles vollgesaut
und sind jetzt Bräutigam und Braut.

ZWEI TISCHE WEITER

Wer ist der Herr,
der rund und satt
da diese schöne
Dame hat?

Ich kann ihn nur
von hinten sehn.
Dem tut die schöne
Dame schön?

Sein Haar so grau,
sein Leib so dick –
die Dame wendet
keinen Blick.

Sie schaut ihn
innig an und lacht.
Ich frage mich, wie
der das macht.

Der Blick der Dame
hängt am Herrn,
der Herr da drüben
wär ich gern.

So dick wie er
und so ergraut,
so oh! belacht,
so ach! beschaut.

SCHÖNE FRAUN

Schöne Fraun, die haben immer recht.
Sie mögen zwar böse sein, doch sie sind nie schlecht.

(Schöne Fraun und schlecht –
das wäre ja noch schöner!)

Schöne Fraun, die tun nicht immer gut.
Jedoch allein ihr Anblick! Wie gut der tut!

(Es gibt nichts Schöneres
als den Anblick schöner Fraun!)

Schöne Fraun, die sind das Schönste auf der Welt.
Und wir Männer sind der Mond, der den Hund
anbellt.

(Daß sie uns auch noch den allerletzten Rest
Verstand
rauben, das ist das Allerschönste an schönen Fraun!)

Schöne Fraun! Wer möchte sie nicht immer sehn!
Doch bleiben schöne Fraun gottlob nicht immer
schön.

(Dann wird man endlich auch drei, vier Worte über
den Charakter dieser Biester verlieren können.
Bis dahin aber heißt es:)

Schöne Fraun etc.

ALS SICH DIE PARTY AUFLÖSTE

Arr ju launsam tuneit?
Yes, I'm lonesome tonight.

Will ju hauld mi tuneit?
Yes, I will hold you tonight.

Schell ei order as ä texi?
Oh yes, order us a taxi.

Schell we gau tu ju orr tu mi?
Well, let's go to your place.

Batt wi kännt gau tu mi, eim merriet.
Good God! You should have told me earlier.

Ei treit tu. Batt epperentli
jorr Inglisch is verri pur!

Did you say: My English?
Nau. Ei sed: Jorr Inglisch.

My English? I really don't understand –
Wei daunt ju trei tu lörn Inglisch?

NACHT DER NÄCHTE

Es liegt was in der Luft,
ein ganz besondrer Klang,
der vielzuviel verspricht,
jedoch er hält es auch.

Heut nacht geht etwas um,
wer darauf hört, ist klug.
Wer's überhört, riskiert,
daß er den Kopf bewahrt.

Der Kopf ist klar und kühl,
die Nacht ist voll Geräusch.
Die Luft ist weich und warm,
wer kopflos ist, wird reich.

GESTÄNDNIS

Ich habe ein großes Gefühl für dich.

Wenn ich an dich denke,
gibt es mir einen Schlag.
Wenn ich dich höre,
gibt es mir einen Stoß.
Wenn ich dich sehe,
gibt es mir einen Stich:
Ich habe ein großes Gefühl für dich.

Soll ich es dir vorbeibringen,
oder willst du es abholen?

JA UND NEIN

Dreimal Ja und dreimal Nein
machen ein Vielleicht.
Kein Geh weg mehr,
noch kein Komm –
schön, wenn dir das reicht.

Mir reicht's nicht, damit du's weißt.
Gott, geht mir das auf den Geist,
dieses:
Ja, ja, ja, nein, nein, nein –
bleib bloß draußen, doch komm rein.

ZUVIEL VERLANGT

Mach dich klein
mach dich groß
laß mich ein
laß mich los.

Mach dich jung
mach dich alt
gib mir Schwung
gib mir Halt.

Mach mich an
mach dich fort
laß mich ran
sei nicht dort.

AUFFORDERUNG

Tage gibt es, da ich mich entleere.
Ich zieh das voll durch. Gleich einer Blase,
die man ansticht, treib ich Stoff und Gase
aus. Durch alle Öffnungen fällt Schwere

Von mir ab. Der Leib wird eine Hülle,
die nichts hält. Da! Jetzt entweichen
auch Hirn, Herz und Seele und dergleichen,
bis nur Leere ist. Und das meint: Fülle!

DIE LUST KOMMT

Als dann die Lust kam, war ich nicht bereit.
Sie kam zu früh, zu spät, kam einfach nicht gelegen.
Ich hatte grad zu tun, deswegen
war ich, als da die Lust kam, nicht bereit.

Die Lust kam unerwartet. Ich war nicht bereit.
Sie kam so kraß, so unbedingt, so eilig.
Ich war ihr nicht, nicht meine Ruhe, heilig.
Da kam die Lust, und ich war nicht bereit.

Die Lust war da, doch ich war nicht bereit.
Sie stand im Raum. Ich ließ sie darin stehen.
Sie seufzte auf und wandte sich zum Gehen.
Noch als sie wegging, tat es mir kaum leid.
Erst als sie wegblieb, blieb mir für sie Zeit.

DIES UND DOCH

Dies Gelächter! Perlend fällt es
ab von spitzen Tönen in die
Tiefen, wo es nur noch gluckert
und verebbend endet, um doch
wieder neu emporzuschießen,
abzufallen, zu vergluckern,
dies Gelächter. Hätte ich es
ausgelöst, ich stimmte ein in
dies Gelächter. Doch es gilt mir.

KÖRPER IN CAFÉS

Körper in Cafés verstehn es,
nicht zu sagen, was sie meinen.
Trinken cool aus großen Gläsern,
statt vollrohr in sie zu weinen,

Haben kein Problem mit Gesten,
da sie quasi null bedeuten:
Sich umarmen geht ganz easy,
man umarmt sich ja vor Leuten.

Aber dann in den vier Wänden
müssen Körper Flagge zeigen.
Voll hängt er in ihren Sielen
und die Hölle voller Geigen.

BEZIEHUNGSGESPRÄCH

Sieben Zeilen, sieben nur,
reihn gleich einer Perlenschnur
schimmernd Wort an Widerwort:

Ich bin hier, und du bist dort
Ich bin Herr, und du bist Knecht
Ich bin gut, und du bist schlecht
Ich bin groß, und du bist klein
Ich bin Mensch, und du bist Schwein
Ich bin Nil, und du bist Styx
Ich bin alles, du bist nix.

IMMER DASSELBE

Wie so oft schon wirft das Tischtuch
äußerst ungestalte Falten,
droht der hitzige Gesprächsfluß
unversehens zu erkalten,
greifen Hände schnell und fahrig,
fast schon zitternd, zur Karaffe,
kippt das Schweigen um in Klage,
wandelt sich das Wort zur Waffe:

Wie so oft schon, wenn vor dritten
zwei an ihrem Einssein litten.

FROMMER WUNSCH

Mein Mantel hat einen Gürtel.

Der ist immer da,
doch ich brauche ihn nie.

Der hängt von mir ab,
doch ich binde ihn nie.

Der ist nützlich und schmuck,
doch ich sehe ihn nie:

So wünsch ich mir meine Gefährtin.

FRAGE UND ANTWORT

I

Sag: Wie wüßt ich, was ich wiege,
wenn ich niemanden bedrücke?
Wenn mir niemand sagt: O Liebster,
ich zerbrech an diesem Glücke.

Wenn mir niemand sagt: Du Saukerl,
heb den Arsch aus meinen Kissen,
da ich sonst an dir ersticke –
Dergestalt von sich zu wissen,

Muß doch schließlich noch erlaubt sein.
Oder ist das nicht gestattet?
Sag mir bitte dann, warum sich
ständig Fleisch dem Fleische gattet!

2
Wovon spricht der Typ? Wenn man ihn
hört, wird klar: Da spricht ein Irrer,
welchem schwant, daß da was wirr wär –
Ach, es ist ja noch viel wirrer,

Was die Paare so zu Paaren
treibt, daß niemand mehr voll durchsieht,
warum frau/man es gestattet,
daß man sie/ihn mal toll durchzieht.

EINER SUCHT DEN DIALOG ZWISCHEN DEN GENERATIONEN

So viel Zukunft
in diesen Geschöpfen.
Man sollte sie allesamt
köpfen.

So viel Hoffnung
in diesen Seelen.
Man sollte sie allesamt
pfählen.

So viel Weite
unter uns Engen.
Man sollte sie allesamt
hängen.

So viel Wölfe
unter uns Schafen.
Man sollte sie allesamt
beschlafen.

So viele Nymphen.
So viel Epheben.
Sie werden mich allesamt
überleben.

VÄTERLICHE ERMAHNUNG

All das leuchtet, die Lippen,
die Augen.
All das macht Sinn.
All das spricht so betörend: Hör
nicht hin.

Sind doch nur Lippen
und Augen.
Was ist schon dran.
All das spricht auch nicht ewig: Sieh
mich an.

ALSO WIE NUN

Wie willst du mich denn halten?
Mit diesen meinen Händen.
Mit diesen deinen Händen?
Die soll dir Gott zerspalten.

Wie willst du mich denn tragen?
Mit diesen meinen Armen.
Mit diesen deinen Armen?
Die soll dir Gott abschlagen.

Wie? Du willst mich verlassen?
Auf diesen meinen Sohlen.
Auf diesen deinen Sohlen?
Die soll der Teufel holen.

VERWUNDERUNG

Daß es dich gibt, trotz alledem,
ja – ist denn das zu fassen?
Mein Liebling, ich verließ dich doch,
du kannst dich drauf verlassen:
Ich kehr' nie mehr zu dir zurück,
du bist für mich gestorben.
Für mich, das meint: für alle Welt.
Dem, der um dich geworben,
sag bitte, es sei unsinnig,
wenn er dir sagt, er liebt dich.
Er kann nicht lieben, was nicht ist,
und dich, mein Liebling, gibt's nicht.

ZWEI ERINNERN SICH

Aber das war doch das Glück!
Als wir auf dieser Terrasse standen,
als sich erst Worte, dann Finger, dann Lippen fanden,
und ich beugte mich vor,
und du lehntest dich zurück –
»Das war nicht das Glück!«

Aber doch! Das war das Glück!
Als wir dann diese Treppe hochstiegen,
so heiß und von Sinnen, daß wir meinten zu fliegen,
und dann sprang diese Tür auf,
und es gab kein Zurück –
»Aber das war doch nicht das Glück!«

Aber ja doch! Das war das Glück!
Als wir uns zwischen diesen Laken verschränkten
und gaben und nahmen und raubten und schenkten,
und wer immer etwas gab,
erhielt es tausendfach zurück –
»Das war unser Unglück.«

DUNKLE VORGÄNGE AUF EINER TERRASSE IN SCHWACHEM MONDLICHT

Du denkst, es ist das Taschenmesser,
doch es ist der Lippenstift.
So gedrungen und dunkel –
man könnte ihn wirklich für ein Taschenmesser
halten.

Du denkst, es ist die Sonnenbrille,
doch es ist die Seifendose.
So aufgeklappt und verdoppelt
sieht sie fast aus wie eine Sonnenbrille.

Du denkst, es ist die Brieftasche,
doch es ist der Waschlappen.
So glänzend und eckig
macht er tatsächlich den Eindruck einer Brieftasche.

Du denkst, da will dich jemand umarmen,
doch da will dich jemand erwürgen.
So zärtlich und sanft –
es fühlt sich wie eine richtige Umarmung an.

Rasch, stoß zu!
Du hast ja den Lippenstift!
Schnell, tarne dich!
Du hast ja die Seifendose!
Und nun flieh!
Du hast ja den Waschlappen!

EIN FRÜHJAHR

Und dann versagte sich
ihm auch noch jene Frau.
Nun war er sehr allein und schrie in Nächten
nach Engeln, daß sie ihm zu trinken brächten,
die aber sagten: Nichts da, Freundchen, bist schon
blau.

So ging der März dahin.

Doch dann! Da kam April,
und mit ihm kam das Glück.
Nun war er sehr bestimmt und schrieb in Briefen,
daß Engel sie an seine Seite riefen.
Das war zuviel für sie. Sie kam zurück.
So ging es in den Mai.

Und dann versagte er
auch noch bei jener Frau.
Nun war sie sehr verstört und rief voll Schrecken,
er könne sich die Engel dorthin stecken,
wo – die aber flogen tief gekränkt ins Blau
des ganz entrückten Himmels.

DA!

Da tritt sie ein,
die wirklich schöne Frau.
Da ist er breit,
der wirklich gute Mann.

Dabei hatte alles so hoffnungs-
voll begonnen…

Wirklich guter Mann sucht wirklich
schöne Frau, hatte er inseriert,
worauf ihm drei Frauen geantwortet
hatten. Dann die Treffen…

Da trat sie ein,
die nicht sehr schöne Frau.
Da sprach er: Raus!
der wirklich gute Mann.

Vielleicht hätte er nach diesem
Mißerfolg nicht sogleich zur
Flasche greifen dürfen...

Da trat sie ein,
die schon sehr schöne Frau.
Da rief er: Prrooscht!
der wirklich gute Mann.

Vielleicht hätte sie nicht einfach
weggehen und er nicht einfach weiter-
trinken dürfen...

Da trat sie ein,
die wirklich schöne Frau.
Da war er hin,
der wirklich breite Mann.

Vielleicht hätte sie trotzdem aus-
harren sollen. Denn schon nach
Stunden...

Da sah er auf,
der wirklich gute Mann.
Da war sie weg,
die wirklich schöne Frau.

Aber vielleicht nimmt diese ganze
unselige Geschichte nun ganz un-
erwartet doch noch ein gutes Ende?

Da

Ach was. Nichts da.

ALLES KLAR

Was Männer an Frauen finden –
unerfindlich.
Warum sich Männer an Frauen binden –
unergründlich.
Wieso Männer nach Frauen greifen –
unbegreiflich.
Weshalb Frauen auf Männer pfeifen –
klar wie Kloßbrühe.

II HEIMAT

IM OPERNCAFÉ (4. 4. 1985)

1

Dort verschleiert sich das Wasser
(eines Brunnens)
da verschleiern sich die Blicke
(einer Frau)
hier verschleier ich
(der Dichter)
meinen wahren Zustand
(bin fix blau).

2

Aufs Gegenglück, den Geist,
ist doch gepfiffen,
der Herden Glück, das Fleisch,
ist angesagt:
Ich will heut abend nicht allein,
ich will ein Teil der Herde sein.

Das Gegenglück, der Geist,
ist was für immer.
Das Fleisch ist was für heute
oder nie:
Ich will es schnell und hier und gleich.
Der Geist ist hart, das Fleisch ist weich.

Dem Gegenglück, dem Geist,
kann jeder dienen.
Beim Dienst am Fleische erst
zeigt sich der Mann:
Ich sage das so grob wie platt,
ich habe alle Feinheit satt.

Das Gegenglück, der Geist,
ist leicht zu haben.
Ans Fleisch zu kommen
fällt bisweilen schwer:
Heut abend wird mir nichts erspart.
Der Geist ist weich. Das Fleisch bleibt hart.

TRETBOOTE AUF DEM MAIN

Des starken Blau bedächtige Bewegung
wird sanft gelenkt von zwei sehr weißen Händen.
Noch weißer droht ein Schwan. Die schmalen Hände
beschwichtigen die Angst des großen Vogels
und drehn am Steuer. In sehr weicher Wendung
dreht da das Blau bei, so, daß Boot und Vogel
in schönem Gleichmaß durch das Wasser gleiten,
weiß-blau. Nach seinem grünen Schreibheft
sucht der Betrachter eilig, schreibt erst Gleichmaß,
dann Schwanenhals, dann Doppelung, dann Zauber,
da blickt er auf. Weit auseinander ziehen
da Weiß und Blau ganz zufällige Bahnen,
und zwischen sie schiebt sich ein Rot, aus welchem
ein Kreischen tönt, das allen Zauber endet.

FRESSGASS, ENDE AUGUST

So laufen Männer heute rum,
so sinnlos, geistarm, körperdumm:

Sie zeigen einen nackten Arm,
der ist so blöd, daß Gott erbarm.

Diese nackten Arme, die immer aus diesen
knappgeschnittenen Shirts herausragen!

Sie zeigen einen nackten Hals,
dem fehlt's an Klugheit ebenfalls.

Diese nackten Hälse, die immer in diesen
bescheuerten Köpfen enden!

Sie zeigen einen nackten Bauch,
das Hemd ist kurz, das Hirn ist's auch.

Diese nackten Bäuche, die immer in diese
Jeans eingeschnürt werden!

Sie zeigen sich halbnackt und stolz
und sind so stumpf und dumpf wie Holz.

Diese halbnackten Männer, die immer so
bedeutend durch die Gegend schreiten!

Sie zeigen, daß sie leben.
Auch das wird sich mal geben.

OBSZÖNE ZEICHNUNG AM VOLKSBILDUNGSHEIM

Pimmel an der Wand –
daß ich dich hier fand!

Malte ihn doch selber mal
prahlend an die Wände,
nahm ihn in natura auch
in die Künstlerhände.

Hielt ihn tags mit Filzstift fest
und ihm nachts die Treue,
taglang stand er an der Wand,
nachts stand er aufs neue.

Daß das nun schon lange her,
ist kein Grund zum Trauern.
Seht: Noch immer malen ihn
Hände an die Mauern.

Ist es auch nicht meiner mehr,
den die Maler feiern,
ist er doch noch immer er,
der von prallen Eiern

mächtig in die Höhe wächst,
um aus seiner Ritzen
den geschwungnen Lebenssaft
in die Welt zu spritzen:

Pimmel an der Wand meint nicht
meinen oder deinen.
War nie unser, wird's nie sein,
denn wir sind die seinen.

MAREDO STEAK-HOUSE

Die Stücke toter Tiere auf den Tellern
Die Teller in den Händen junger Menschen
Die jungen Menschen sind schwarz-rot gewandet

Die weißen Wände, roh gespachtelt, werden
Von schwarzgestrichnen Stämmen jäh durchbrochen
Wild spaltet sich das Holz der schwarzen Stämme:

Hier ist man ja mitten unter Gauchos!
Hier weht ja der schärfere Wind der Pampas!
Hier sollte man eigentlich nicht ohne Messer
herkommen!

Das Deckenholz ruht schwer auf dunklen Säulen
Am Boden glänzen pflegeleichte Kacheln
Ein offnes Feuer glost durch rußges Eisen

Im Halblicht prüft der Kunde die Salate
Dann stellt er seinen Teller selbst zusammen
Für sieben fünfzig hat er freie Auswahl:

Ja, ist hier das Paradies ausgebrochen?
Ja, geht es noch ungezwungner?
Ja, fällt man sich hier als nächstes in die Arme?

Das Riesen-Entrecôte ist fast ein Pfund schwer
Der Fettkern macht es saftig und besonders
In Sauerrahm getaucht lockt die Kartoffel

Das Messer schneidet silbern in das Fleischstück
Das rote Blut quillt auf den weißen Teller
Dem Schneidenden wird plötzlich schwarz vor
Augen:

Wie schön still es hier auf einmal ist.
Wie schön dunkel es hier auf einmal ist.
Wie schön es hier auf einmal ist, still und dunkel.

AUTO UND BAUM

An einem
Deux Chevaux
Ecke Grüneburgweg/Reuterweg
las ich im
Vorübergehen
die Worte:
Leben
so einsam und frei
wie ein Baum
und so
brüderlich wie ein Wald. Sie waren
mit Filzstift
auf das Auto
geschrieben worden. Vermutlich
vom Besitzer.

Lange
gingen
mir
diese
Zeilen
nach.
Erst Ecke Grüneburgweg/Eschers-
heimer Landstraße gelang es mir
sie
wie
der
ab
zu
schüt
teln.

HERBSTLICHER BAUM IN DER NEUHAUSSTRASSE

Wie sehr bemerkenswert ist doch
ein dunkler Baum, durch den ein Wind geht,
wenn dieser Wind schön mild ist und
der große Baum scharf gegens Licht steht,
doch so, daß er am andern Rand
sich ganz und gar vereint dem Glänzen.
So also, links vom Licht begrenzt
und rechts so lichterfüllt, daß Grenzen
im Leuchten einfach weg sind und
ein Seufzer kommt aus meinem Mund.

PIZZERIA »EUROPA«

Abends aber sitzen Neger
im Lokal des Italieners,
sitzen da und wählen Speisen,
die so klingen, wie sie aussehn.

Große Neger, kleine Neger
halten sich an das, was da ist,
und was da ist, das sind Speisen,
die so aussehn, wie sie schmecken.

Schwarze Neger, helle Speisen,
volle Teller, die sich leeren,
aufgetischt von schnellen Kellnern,
die so reden, wie sie heißen.

Aber dann! Es geht ans Zahlen,
schwarze Hände, grüne Scheine.
Dunkelheit verschluckt die Gäste,
die so weggehn, wie sie kamen:

Fröhlich.

STRAUSS SPRICHT AUF DEM RÖMER

Als ich dann zum Römer kam,
standen da 25 000 Mann,
die hörten sich den Franz Josef Strauß
und seine Wahlrede an.

Er sagte, er müsse Kanzler werden.
Weil: Unser Land sei in Gefahr.
Ich dachte, nun müßten alle sehen,
daß der wahnsinnig war.

Die da aber, die um ihn standen,
die lachten nicht über ihn.
Sie verdrehten ihre Augen gläubig gegen
die Sonne, die sie und den Platz beschien.

Sie hatten große Schilder bei sich,
darauf stand »Hessen grüßt den Kandidaten«.
Da sah ich: Die waren selber wahnsinnig,
die so etwas taten.

Der Wahnsinnige rief den Wahnsinnigen zu,
sie sollten ihn bitte wählen.
Da reckten sich ihm so viele Hände entgegen,
daß ich es aufgab, sie zu zählen.

Ich wandte mich ab und der Sonne zu
und ließ die Irren lärmen:
Als der Wahnsinnige sich feiern ließ,
ließ ich mich wärmen.

III KLAGE

DAS VIERZEHNTE JAHR

Montaieser Elegie

1

Gebe, o Gott! daß sie wenigstens lustig
wird, meine Klage. Wut, Zorn und Trauer
bringt ja heut jeder zum Ausdruck, dem 's Sterben
rings an die Nieren geht. Ob er nun Wald
besitzt, begeht oder betrachtet –
quer durch die Einkommensklassen sind alle
schon wütend und zornig und traurig. Und nun auch
noch ich? Da sei ach! Gott vor.

2

Hab ein Haus in der Toscana
    Der Glückliche! Hätten wir auch gern!
Hab es schon seit dreizehn Jahren
    So lange? Na, da gratulieren wir aber!
Hab in dieser Zeit erfahren
    Was denn? Jetzt wird's spannend!
Wie alles den Bach runtergeht
    Ach herrje! Doch wieder die alte Leier!

3

Ich versteh diese Bäume nicht.
Nehmense nur die Zypresse.
Ja, die so braun wird an der Seite.

Die hat es doch gut hier.
Landluft. Was willse denn noch?
Mir jedenfalls bekommt die Luft blendend.

Warnse in Rom?
Na, dann kennse ja den Verkehr dort.
Da stehnse wie ne Eins, die Dinger.
Irgendwie tückisch.

4
Schrecklich ist die Gewöhnung. Seit Jahren
komm ich an diesem zypressenumstandnen
Friedhof vorbei. Ich weiß noch: Vor Jahren
warn sie intakt, alle acht, und als es

Die erste traf, damals, sah ich's betroffen.
Und auch bei der zweiten, Jahre her mittlerweile,
und noch bei der dritten dachte ich: Mach was!
Hab dann natürlich nichts gemacht. Was denn?

Und heute? Ich seh die Zypressen am Friedhof
und freu mich: Vier von den acht gibt's ja immer noch,
prächtig. Gar nicht so schlecht. Doch hinter
Gaiole – alle hinüber. Schrecklich. Ganz schrecklich.

5
»Das Gelbe, was Sie da sehen,
sind die vertrockneten Kastanien.
Das Rosige, was Sie da sehen,
sind die befallenen Eichen.
Das Rote, was Sie da sehen,
sind die gestorbenen Tannen.
Das Braune, was Sie da sehen,
sind die erkrankten Zypressen.
Das Graue, was Sie da sehen,
sind die verbrannten Kiefern.

Das Schwarze, was Sie da sehen,
sind die erfrorenen Oliven –«
»Schön, so ein Häuschen im Grünen!«

6
Klar! Immer noch schön, die Toscana.
Das mit den Oliven war natürlich ein Hammer.
Zirka achtzehn Millionen in zwei Tagen verendet.
Aber immerhin durch natürliche Ursache.
Ja klar! Immer noch prima zum Reisen.
Morgens bei Gegenlicht zum Beispiel,
aus einem nicht zu langsamen Wagen,
wirkt die Landschaft noch fast so wie früher.
Aber klar doch! Verglichen mit der Gegend um
Alfeld –
Ich beklag mich ja nicht, keineswegs. Ich beklage.
Wie man beklagt den Sprung in der Vase:
So alt und so schön und so lange gehalten,
und nun dieser Riß, der so vieles schon spaltet,
quer auch durch sie. Welch ein Jammer.

7
Ja, das ist hier Landschaftsschutzgebiet.
Ja, hier darf nichts Neues gebaut werden.
Ja, die Gesetze sind sehr streng hier.
Ja doch.

Nein, das da ist keine Garage.
Nein, das da ist kein Swimming Pool.
Nein, das da ist keine Lagerhalle.
Nicht doch.

Ach, Sie meinen diese Renaissance-Garage!
Ach, Sie meinen diesen romanischen Swimming
Pool!
Ach, Sie meinen diese etruskische Lagerhalle!
Ja die!

8
Du klagst, daß Frankfurt dir überall nachfolgt
Daß, wo du auch aussteigst, aus Auto, aus Flieger
Sie alle Spalier stehn, dich zu begrüßen
Die Bauherrn, die Bagger, die Banker, die
Widersprüche?

Es gibt einen Ort, an dem bist du sicher
Wieviel Macht auch immer er hat, dein Verfolger
Wie schnell er auch ist, dorthin kann er nicht folgen
Weil er schon da ist. Bleibe in Frankfurt.

9
Die uns Bescheidung lehrten,
konnten nicht anders.
Brannte die Stadt, sagten sie:
Aber unser Haus steht noch.
Fiel das Haus in Trümmer, sagten sie:
Da ist ja noch der Keller.
Brach der Keller zusammen, sagten sie:
Gesund, so im Freien.
Die uns Bescheidung lehrten, sind entschuldigt.

Die uns Bescheidenheit predigen,
machen sich schuldig.
Die uns sagen: Tja, die Stadt ist im Arsch,

aber seht nur das Tor da!
(Wer ein Auge fürs Schöne hat,
entdeckt's auch im Verborgenen.)
Die uns sagen: Tja, der Wald ist im Eimer,
aber schaut nur die Blümchen!
(Wer ein Herz fürs Schöne hat,
sieht's auch im Kleinsten.)
Die uns fragen: Tja, das Schöne als Wert,
ganz schön elitär, wie?
(Wer Sinn fürs Schöne hat,
kann den ja zu Hause austoben.)
An die Wand mit ihnen,
und dann Rattattattat –
Aber halt! Aber ach. Wer so denkt, sind wir selber.

10

Erst stirbt der Wald, dann stirbt der Mensch? Glaub ich nicht dran.
Ist doch ein verdammt zähes Gemüse, der Mensch.
Hat die Eiszeit überlebt. Wo warnse denn da, die Bäume?
Da wird er ja wohl noch den Wald überleben, denk ich.
Das ist nicht der Punkt. Außerdem mach ich persönlich
sicher vor all diesen Wäldern die Grätsche, na fast allen.
Die Erde ist uns nur anvertraut für unsere Kinder? Hab keine.
Und außerdem: Kinder gewöhnen sich an alles. Weiß man doch.
Als ich ein Kind war, konnten wir noch auf der Straße spielen.

Direkt vorm Haus. War toll. Dafür gab es kein
Fernsehn.
Nein, nein: Ich klage nicht an im Namen der
Menschheit,
der Kinder. Ich klage ein: *Ich* will's hier schön haben.

11

Wer die Schönheit angeschaut mit Augen,
ist dem Tode schon anheim gegeben?
Jedenfalls wird er fürs weitre Leben
schlecht zum Mieter der Nordweststadt taugen.

12

Zurück zur Natur?
Bitte sehr, bitte gleich.
Die Natur, na klar,
schön, die Natur.
Stirbt? Ach nein.
In die Jahre gekommen.
Eine immer noch schöne
Frau, die Natur.
Nur eben, na ja,
etwas indisponiert.

Wenn sie altern, die Stars, ist die Technik gefordert.
Was die Schminke nicht bringt, schafft der
Beleuchter.
Auch hält man die Kamera nicht allzu dicht drauf
und achtet beim Bild auf Rahmung und Ausschnitt.

Zurück zur Natur.
Erstens: Abstand wahren.

Zweitens empfehl ich
verhangene Tage
Bei Abendlicht besser
nicht so scharf hinschaun.
Gut ist ein Fenster,
da es, drittens, beschneidet:
Ein Rücken des Stuhls –
und der Blick ist vollkommen.

Geht sie drauf, die Natur? Oder muß sie sich
umstell'n?
Wahrscheinlich falsch, sie im Freien zu lassen.
In Büros und in Banken, da wuchert und grünt es
dermaßen prächtig – da kommt kein Wald mit.

13
Sah erst nur die großen Schatten
Glitten über den Zementplatz
Übers Buch auch einer, das ich
Grade las, es ging um Caesar.
Römer wußten sie zu deuten
Die Bewegungen der Vögel
Doch was hätten die Auguren
Wohl aus diesem Schwarm gelesen?
Möwen! Hier am Rand des Chianti!
Nie in all den dreizehn Jahren
Sah ich auch nur eine einz'ge
Und nun kreisten zwölf. Die Schatten
Fanden sich zu flücht'gen Mustern
Dann ein Schrei. Sie flogen weiter
Richtung Berge. Was zum Teufel
Trieb die meerverbundenen Vögel
In die Berge? Staunend sah ich

Ihnen nach. Doch in das Staunen
Mischte sich dies, schwer zu sagen,
War es Grausen?

14
Wenn sich die Zeichen mehren,
geht was den Bach runter.
Wenn was den Bach runtergeht,
muß der Mensch sich bescheiden.
Dann darf er nichts weiter fordern
als das Vollkommene.
Nicht mehr als das, aber
bei Gott! auch nicht weniger.

IV ICH

REVISION IM SPIEGEL

Wenn ich meinen Hals betrachte,
fühl' ich, wie ich mich verachte.

Wenn ich meinen Mund beschaue,
spür' ich, daß ich mir vertraue.

Wenn ich meine Stirn besehe,
denk' ich, daß ich mich verstehe,

Dann ein Blick aus meinen Augen –
und ich weiß, wieviel wir taugen.

SIEBENMAL MEIN KÖRPER

Mein Körper ist ein schutzlos Ding,
ein Glück, daß er mich hat.
Ich hülle ihn in Tuch und Garn
und mach' ihn täglich satt.

Mein Körper hat es gut bei mir,
ich geb' ihm Brot und Wein.
Er kriegt von beidem nie genug,
und nachher muß er spein.

Mein Körper hält sich nicht an mich,
er tut, was ich nicht darf.
Ich wärme mich an Bild, Wort, Klang,
ihn machen Körper scharf.

Mein Körper macht nur, was er will,
macht Schmutz, Schweiß, Haar und Horn.
Ich wasche und beschneide ihn
von hinten und von vorn.

Mein Körper ist voll Unvernunft,
ist gierig, faul und geil.
Tagtäglich geht er mehr kaputt,
ich mach' ihn wieder heil.

Mein Körper kennt nicht Maß noch Dank,
er tut mir manchmal weh.
Ich bring ihn trotzdem übern Berg
und fahr' ihn an die See.

Mein Körper ist so unsozial.
Ich rede, er bleibt stumm.
Ich leb' ein Leben lang für ihn.
Er bringt mich langsam um.

NOCH EINMAL: MEIN KÖRPER

Mein Körper rät mir:
Ruh dich aus!
Ich sage: Mach' ich,
altes Haus!

Denk' aber: Ach, der
sieht's ja nicht!
Und schreibe heimlich
dies Gedicht.

Da sagt mein Körper:
Na, na, na!
Mein guter Freund,
was tun wir da?

Ach gar nichts! sag' ich
aufgeschreckt,
und denk': Wie hat er
das entdeckt?

Die Frage scheint recht
schlicht zu sein,
doch ihre Schlichtheit
ist nur Schein.

Sie läßt mir seither
keine Ruh:
Wie weiß *mein* Körper
was *ich* tu?

TISCHTUCHGEDICHT

Auf dem Tischtuch helle Kringel –
kommen die vom Sonnenlicht?
»Mann, sag's nicht!«

Nein, die sind vom weißen Wein,
denn den scheint die Lampe an.
»Laß es, Mann!«

Wacker wackeln die Reflexe,
sind so jesusmäßig hell.
»Mann, mach schnell!«

Gleißen freilich nicht mehr lange.
Da! Ich setz den Becher an –
»Endlich, Mann!«

ICH STELLVERTRETER

Und wieder mal an jenem Punkt,
an dem du sagen mußt: Es reicht!
Wer jetzt nicht seine Schuld begleicht,
der sitzt zu Recht in dem Lokal.

Der Wirt knallt dir den Teller hin,
den Eintopf, den nur jener frißt,
dem gar nicht mehr zu helfen ist –
Nein danke Chef, ich gehe.

»Nur einen Löffel auf den Weg« –
Gut. Draußen ist es schwarz und kalt,
die Pampe mag da – aber halt!
Mehr kriege ich nicht runter.

»Und einen Löffel für Mama,
na komm schon, sei ein braver Sohn« –
So fängt das immer an und schon
haben sie dich wieder.

Ach, leck nur deinen Teller aus –
Ich lecke ihn? Wieso denn ich?
Ich tue das doch nur für dich!
Halt! Geh nicht! Hiergeblieben!

BEIM ANBLICK DES FREGATTVOGELS

Den hat kein grübelnd Hirn ersonnen,
der ist aus Stoff und Sturm geronnen
zu reinem Flug.

Der ist der Inbegriff des Schwebens,
des Höher-, Schneller-, Weiterlebens,
und ich karieche.

JAMMER

Da setzt ein großes Tier sich auf
die Knie deines Herzens
und sagt: Mein Freund, erhebe dich.
Mach ernst. Genug des Scherzens.

Sieh deines Herzens Knie an.
Mein lieber Freund, sie bluten.
Da hört der Spaß auf. Es wird
ernst. Das ist zuviel des Guten.

Da willst du deines Herzens Knie
vom Erdboden erheben.
Da ist das große Tier zu schwer.
So mußt du weiterleben.

STERN UND UNSTERN

Ein ferner Stern im Blau der Nacht
hält über meinem Unstern Wacht.

Mein Unstern ist so ungeschickt
und machtlos, daß ihm gar nichts glückt.

Er sollte mir zwar Unstern sein,
fällt aber dauernd selber rein.

Er blinkt so plump und winkt so dumm,
kaum lockt er mich, schon kehr' ich um.

Er aber prallt voll Unverstand
auf die mir zugedachte Wand.

Statt daß er mich ins Unheil führt,
bin ich es, den sein Unglück rührt.

Fast hätt' ich meinen Unstern gern,
wär' da nicht jener ferne Stern.

Der strahlt so hell und unbeirrt,
daß mir zuweilen bange wird

und ich mich frage: Was, wenn der
und gar nicht er mein Unstern wär?

WEDER NOCH

Ach nein, ich kann kein Schächer sein,
da müßt' ich wilder, frecher sein,
wahrscheinlich auch viel böser;

und weil ich lau und feige bin,
nicht Bratsche und nicht Geige bin,
langt's nicht mal zum Erlöser.

V FREMDE

NACHDEM ER DURCH ROM GEGANGEN WAR

Arm eng, arm schlecht
Arm grau, arm dicht
Reich weit, reich schön
Reich grün, reich licht.

Arm klein, arm schwach
Reich groß, reich stark
Arm heiß, arm Krach
Reich kühl, reich Park.

Arm Rauch, arm Schmutz,
Arm Müll, arm Schrott
Reich Ruhm, reich Glanz
Reich Kunst, reich Gott.

ENDSTATION EINSICHT

Im Freak-Café,
da endet man,
wie man auf einer
Klippe landet.
Man fragt nicht lang,
krallt sich nur fest,
greift zu und trinkt.
Vom Lärm umbrandet
schaut man sich um
und hört schnell weg.
Was sich da

lumpenhaft gewandet
laut mitteilt,
weiß nicht, was es sagt.
Doch dort, wo solch
Gelall versandet,
in müdem Kopf,
wird Einsicht wach:
Bist nicht gerettet,
bist gestrandet.

VIA GIUBBONARI, 19 UHR 30

Hier sind alle schiech,
nur ich nicht.
Sieh sie dir doch an!
Der Blick von dem da geht doch in die Irre.
Das Fleisch von der da wuchert doch ins Grause.
Und wie die schon angezogen sind,
sowas Verrücktes.
Schau sie dir an.
Alle wahnsinnig,
Frau wie Mann.

Hier sehn alle klar,
nur ich nicht.
Hör mir bloß nicht zu!
Dem da sein Blick will ganz einfach erwidert werden.
Der da ihr Fleisch hat es schlicht auf anderes Fleisch
abgesehen.

Die ziehn sich so an,
damit es hier und heute stattfindet.
Schau ihnen zu.
Wir könnten da noch was lernen,
ich und du.

EIN MERKWÜRDIGES MISSVERSTÄNDNIS IM PETERSDOM

Deutsches Dichter kommt nach Rom,
geht sich gleich in Petersdom.

Sieht dort einen Pietà,
macht sich deutsches Dichter: Ah!

Ist von Michelangelo,
macht sich deutsches Dichter: Oh!

Hört sich Papst das heimlich an,
denkt sich: Das ist kluges Mann!

Macht sich einen Räusperton,
sagt dann laut: Sehr wahr, mein Sohn.

Jesus Christus ist sich ja
Alpha sowie Omega.

Und ich bin sein Stellvertret,
was sich schon in Bibel steht.

Und was auch mein Nam beweist,
was bekanntlich Karol heißt.

Also bin ich A und O –
und wie heißen wir denn so?

Denkt sich Dichter sehr verwirrt:
Hat sich Papst ganz schön geirrt.

Ist sich aber braves Mann,
was man nicht enttäuschen kann.

Und so sagt er frank und frei,
daß er Willi Wurzel sei.

L'HEURE BLEUE
IM ANTICO CAFFÈ DELLA PACE

Mit der Zeit verschwimmen eh die
Blicke, die dir eh nicht gelten.
Blicke suchen eh die Nähe,
die dir gelten, sind eh selten.

Weitertrinken! Eh vergeblich,
jetzt noch Blicke festzumachen.
Was die sehn, ist eh zum Heulen,
und was du siehst, eh zum Lachen.

NACHDEM ER IN DER TRATTORIA »DA MAMMA PIA« GEGESSEN HATTE

Keine nimmt dich besser aus,
als die Mamma mit drei M,
meint: die italienische.

Ein M steht für »Machen wir!«
und schon fängt sie an zu kochen,
meint: was Italienisches.

Ein M steht für »Mundet es?«
und du radebrechst begeistert,
meint: das Italienische.

Ein M steht für »Melken wir!«
und schon bringt sie dir die Rechnung,
meint: die infernalische.

ROMA AETERNA

Das Rom der Foren, Rom der Tempel
Das Rom der Kirchen, Rom der Villen
Das laute Rom und das der stillen
Entlegnen Plätze, wo der Stempel

Verblichner Macht noch an Palästen
Von altem Prunk erzählt und Schrecken
Indes aus moosbegrünten Becken
Des Wassers Spiegel allem Festen

Den Wandel vorhält. So viel Städte
In einer einzigen. Als hätte
Ein Gott sonst sehr verstreuten Glanz

Hierhergelenkt, um alles Scheinen
Zu steingewordnem Sein zu einen:
Rom hat viel alte Bausubstanz.

DOPPELTE BEGEGNUNG AM STRAND VON SPERLONGA

Die Sonne stand schon tief.
Der Strand war weit und leer.
Schräg ging mein Schatten vor mir her,
indes der deine lief.

Du warst mir unbekannt.
Ihr nähertet euch schnell.
Dein Schatten dunkel und du hell,
so kamt ihr übern Strand.

Sehr schön und ziemlich nackt
liefst du an mir vorbei.
Da warn die Schatten nicht mehr zwei,
sie deckten sich exakt.

Wir sahn euch lange nach.
Ihr drehtet euch nicht um.
Ihr lieft, du und dein Schatten, stumm,
von uns sprach einer: Ach.

EIN LUSTIGES MISSVERSTÄNDNIS IN DER HOSTARIA DA NELLA

Aus dem Lärm, in Fetzen, Sätze.
Aus den Sätzen, flüchtig, Worte.
Von den Worten eines deutlich:
Trippa, trippa, trippa, trippa.

Trippa! Wie das lockend trippelt!
Trippa? È il nostro piatto
tipico e più gradito,
questa trippa, trippa, trippa.

Einmal trippa! Bene! Trippelnd
geht die Wirtin. Aber humpelnd
kehrt sie wieder, in der Schüssel
Kutteln, Kutteln, Kutteln, Kutteln.

DEUTSCHER IM AUSLAND

Ach nein, ich bin keiner von denen, die kreischend
das breite Gesäß in den Korbsessel donnern,
mit lautem Organ »Bringse birra« verlangen
und dann damit prahlen, wie hart doch die Mark sei.

Ach ja, ich bin einer von jenen, die leidend
verkniffenen Arschs am Prosecco-Kelch nippen,
stets in der Furcht, es könnt jemand denken:
Der da! Gehört nicht auch der da zu denen?

SIBILLA

Sibilla, die nicht richtig hinsehen kann.
Ihre Augen, die ständig umherschweifen,
als müsse sie jeden Moment die Flucht ergreifen,
Sibilla, die man nicht richtig ansehen kann.

Sibilla, die nicht richtig zuhören kann.
Ihr Kopf, den sie ruckartig abwendet,
die einen Satz beginnt, den sie nicht beendet,
Sibilla, der man nicht richtig zuhören kann.

Sibilla, die nicht richtig gehen kann.
Ihre Füße, die sie gedankenlos setzt,
dann einen hochschnellt, als sei er verletzt,
Sibilla, mit der man nicht richtig gehen kann.

Sibilla, die nicht richtig essen kann.
Ihre Hände, die sich abdrehen und spreizen,
als würde sie ein plötzlicher Stromstoß reizen,
Sibilla, mit der man nicht essen gehen kann.

Sibilla, die richtig trinken kann.
Die hinsieht, zuhört, tänzelt und lacht,
zum Glas greift, redet und Männer anmacht,
Sibilla, die nicht so viel trinken sollte.

PAARE IM »MIZZI CLUB«

1

Welch eine wunderschöne Frau
mit was für wundervollem Haar.
Die immer unerreichbar war,
sitzt strahlend neben mir, ich schau

Ganz fassungslos. Wie sie kokett
die Hände legt, die Augen hebt,
auf ihn, zu ihm, für den sie lebt,
den Mann im Neunzig-Mark-Jackett.

Und meines kostet gut achthundertfünfzig.

2

Der mit dem wehen Zug,
er dauert mich.
Sie redet auf ihn ein.
Er windet sich.
Wann hätte eine Frau jemals einen Mann verstanden?

Der mit dem wehen Zug
schaut immer weher.
Nun rückt er von ihr ab.
Sie rückt ihm näher:
Wann hätte eine Frau jemals ihre Grenzen erkannt?

Der mit dem wehen Zug
blickt nurmehr schmerzlich.
Da hält sie ein und weint.
Da lacht er herzlich:
Wann hätte eine Frau jemals begriffen, was Sache ist?

3

Zwei Frauen, dann ich,
dazwischen Leere –
wie schön, daß ich keine
von beiden begehre.

Die eine geht grade
zur Toilette,
die ist nicht begehrenswert,
nur eine nette.

Die andre tut so,
als ob sie was schriebe,
auch sie nicht begehrenswert,
nur eine liebe.

Wie nüchtern der männliche
Blick betrachtet.
Wie kommt's, daß kein weiblicher
ihn beachtet?

Wohl besoffen, die beiden!

RIESLING

Als hätt ich mich je
nach was andrem gesehnt als
nach Sehnsucht

Zwar waren da manchmal
Menschen im Spiel, öfter
Himmel

Nein so: Diese Himmel
verlangten nach Menschen
zum Beispiel

Der Abendhimmel
vor Prato, und draußen
ist Juni

Und Lindenblüten
durchs offene Fenster
des Schnellzugs

Und der Schlafwagenkellner
bringt gleich einen eiskalten
Riesling

Und ein Rosa geht über
in Dunkles, als gäb's keine
Grenzen

Und der Bergkamm davor
ist nurmehr eine einzige
Lockung

Und das Zwielicht macht Lust
jetzt und gleich aus dem Fenster
zu springen

Und alles reißt mit
und zurück, und ich bin wieder
siebzehn

Und sehn mich nach Sehnsucht
und glaube, ich sehn mich
nach Menschen

Und mal ihn mir aus
diesen Menschen, er rückt immer
näher

Und da tritt er ein
und sein Eintritt sprengt sämtliche
Grenzen

Und nun faßt er zu
und sein Zugriff verdeckt jeden
Himmel

Doch dann bleibt er da. Da
beginnt er so schrecklich
zu schrumpfen

Und hinter ihm grenzenlos
wächst wie der Himmel
die Sehnsucht

Und der Schlafwagenkellner
klopft an und meldet:
Il Riesling.

WEHEKLAG

Italiener sein, verflucht!
Ich hab' es oft und oft versucht –
es geht nicht.

Bin doch zu deutsch, bin schlicht zu tief –
wen's auch schon zu den Müttern rief,
versteht mich.

Die Mütter sind so tief wie doof,
ich gäbe gerne Haus und Hof
fürs Flachsein.

Hab' weder Hof, hab' weder Haus,
muß untergehn mit Faust und Maus
und Ach! schrei'n.

VI SPIEL

OSTERBALLADE

»Mimi Ostergeier suchen!«
Lächelnd hört's der stolze Vater,
innig schmunzelnd sieht's die Mutter,
wie ihr Töchterchen, die Marlis,
flehentlich zu ihnen hochschaut:
»Mimi Ostergeier suchen!«

»Marlis, es heißt Ostereier!«
Angestrengt blickt Marlis aufwärts,
doch nicht lange. Sonnig strahlend
beugt sie sich der Elternweisheit,
plappert nach, was sie gehört hat:
»Mimi! Es heiß Ostergeier!«

»Such nur deine Ostergeier!«
Schallend lacht der Vater, während
Mutter auf den nahen Waldrand
deutet, dorthin, wo seit langem
Köstliches sie wohl versteckt weiß:
»Marlis, da sind Ostereier.«

»Ostergeier! Diese Marlis!«
Voller Freude warten beide,
Vater sowie Mutter, auf die
frohen Juchzer ihrer Tochter –
ah! Da kommt auch schon der erste:
»Mimi Ostergeier funden!«

»Mami, Ostergeier böse!«
Voller Schrecken eilen beide,
Mutter sowie Vater, zu dem
Waldrand, draus die Schreie dringen,

inständig und herzzerreißend:
»Ostergeier Mimi fangen!«

»Untier, laß mir meine Marlis!«
Hoch ins Blaue reckt der Vater
noch die Hände, da die Mutter
schon erbleichend ahnt, daß keine
Macht der Welt sie je zurückholt,
Mimi und den Ostergeier.

BALIN, BALIN

Ma wieda durch Balin jegangen,
die Luft jeschnuppert, Atmosphäre einjefangen –
Balin!
Du – deine Hände sind abjearbeitet und blau
wie bei eina – na! ich meine die Dingsda, die Frau,
die wo immer die Kinda jebären tut – na!
die Mutta!
Balin!
Einst jingste im Pelz.
Nu hatta Löcha im Futta.
Loch reiht sich an Loch –
und doch!
Und doch schleppste dia imma noch munta fort
von Balin Süd bis Balin Nord,
vom Kuhdamm bis zu 'n Linden –
Balin!
Wenn et dia nich jäbe,
man müßte dia erfinden.
Wenn de nich schon erfunden wärst,

et müßte dia jeben.
Balin!
Muß ick ooch fern von dia leben,
mein Herz wohnt imma noch in –
Dortmund? Nee!
Duisburch? Nee bewahre!
Mannheim? Da doch nich!
Köln, Bonn, Kiel, Hamm, Hof, Graz, Wien?
Ach wat! Mein Herz wohnt imma noch in
Dusseldorf.

»SIE NANNTEN IHN WALTER STORCHI«
Eine Western-Trilogie

I

Showdown-Time in Tombstone-City,
Walter Storchi steht im Schatten.

Quietschend öffnet sich das Hoftor,
Walter Storchis Hand fährt aufwärts.

Licht schraffiert sein Gegenüber,
Walter Storchis Finger spannt sich.

Lippen klaffen, bartumstoppelt:
»Walter, komm sofort nach Hause!«

Kreischend dreht sich träg das Windrad,
Storchis Hand erscheint im Lichtfeld.

Hand greift Hand, da schreit es gellend:
»Na, wo bleibt ihr denn, ihr beiden?«

Showdown-Time. High Noon. Das Licht gleißt.
Und bei Storchis gibt es Hammel.

II
Wer tritt die Tür zur Ox-Bar ein?
Das kann nur Walter Storchi sein.

Wer zieht blitzschnell den Colt heraus?
Das sieht verdammt nach Storchi aus.

Wer ruft: »Heb deine Flossen, Mann!«?
Das hört sich sehr nach Storchi an.

Wer hat dann keine Munition?
Na, wer denn wohl! Na, wer wohl schon?

III
Seinen allerletzten Fight
kämpfte er zur Kaffeezeit.

Walter Storchis letzte Bitte:
»Stell dich endlich, Käseschnitte!«

Walter Storchis letzte Worte:
»Wehr dich, feige Sachertorte!«

Walter Storchis letzter Satz:
»Mary, wein nicht, wenn ich platz!«

Walter Storchis Grabinschrift:
»Daß es stets die Dicksten trifft!«

DUETT IM BETT

SIE:
Worte,
Worte,
nichts als
Worte.

ER:
Wenn das Worte
waren, die wir
zwischen diesen
Laken tauschten,
frag ich mich denn
doch, mein Liebling:
Was verstehst du
unter Taten?

SIE:
Laken, Liebling, Taten –
Worte, nichts als Worte!

ER:
Lauter Worte, zugegeben,
Worte aber, denen Taten
deshalb nicht zu folgen haben,
da sie selber Taten folgen,
diese dergestalt verlängernd,
daß die Süße unsrer Taten
aufbewahrt in schönem Wort bleibt,
bis ans Ende unserer Tage.

SIE:
Sag mal ehrlich: Bist du noch zu retten?

Redest hier vom Ende unsrer Tage,
dabei hat die erste unsrer Nächte
kaum begonnen, Schatzi, also rühr dich!

Er:
Grade wollte ich die Weichheit
deines warmen Leibs besingen,
wollte dich in höchsten Tönen
als der Weiber schönstes preisen,
wußte schon die unerhörten
Bilder, die dich feiern sollten,
da zerstörst du deinen Nachruhm
mit dem schnöden Satze: Rühr dich.

Sie:
Weichheit, Bilder, Nachruhm –
Worte, nichts als Worte!

Er:
Weißt du andres
nicht zu sagen
als dein Worte,
nichts als Worte?
Dann sag ich dir:
Hüte deine
Zunge, Liebling,
sonst passiert was.

Sie:
Worte,
Worte,
nichts – na
endlich!

VII KUNST

WARUM DAS ALLES?

Respekt, Bewunderung und Liebe –
sie soll mein Dichten mir erringen:

Respekt für meinen Rigorismus,
von niemandem als mir zu singen,

Bewunderung für meine Kühnheit,
mein Thema direkt anzuspringen,

und Liebe dafür, daß mir Verse
so leicht und inspiriert gelingen,

daß jeder staunt: Der bringt es aber!
Und wie er's schafft, sich einzubringen!

ER NUN WIEDER

Dann wieder hört man,
der Brecht, der habe
zwar viel ge – – –,
aber nicht gut.
Sei doch ein reichlich
einfallsloser
Hacker gewesen,
Typ Hahn,
so rasch runter
wie rauf.

Aber diese ganzen Frauen dann?
Alle so schön und so
klug und so
viele?
Immer gleich drei auf einmal. Während
er es der
dritten
noch besorgte, da tippte die
zweite
die Handschriften schon
des Tages, Gedichte,
die dann die
erste
jubelndem Saal sogleich
vortrug, in welchem
schon warteten die
vierte, die
fünfte, die
sechste, so
liest man es doch
dauernd.

Dann wieder hört man –
Wo ist da nun Wahrheit?
Ich meine, das muß sich
doch feststellen lassen!
Man hat doch ein Recht
darauf zu erfahren,
womit und wodurch
und weshalb ihm die Frauen
derart. Man soll doch
von den Klassikern lernen!

AUCH EINE ÄSTHETIK

Gefragt, was er eigentlich wolle, sagte er:

Will nicht das Theater erneuern.
Habe dergleichen auch niemals erwogen.
Weiß nämlich gar nichts vom alten Theater.
Kann also gar kein Theater erneuern.

Will nicht die Prosa revolutionieren.
Achte doch sonst auch auf Vorschrift und Regel.
Halte bei Rot und fahre bei Grün an.
Gebe Gas und bremse genauso beim Schreiben.

Will nicht das Gedicht vorwärtsbringen.
Denke immer, es sollte *mir* weiterhelfen.
Frage mich, wo vorn und hinten ist bei Gedichten.
Weiß nur, daß sie Anfang und Ende haben.

Will nicht die Grenzen der Kunst erweitern.
Habe eher Angst, mich in ihr zu verlieren.
Fühlte in kleinerer Kunst mich viel wohler.
Stapf' dennoch pfeifend querbeet durch die große.

So macht er sich Mut.

KUNST UND LEBEN

Es gibt in Leben wie in Kunst
nur Schrott und allererste Sahne.
Zum Beispiel Markus. Der ist Schrott.
Doch Pablo: allererste Sahne.

Oder die Karin: eitel Schrott.
Die Marlen: allererste Sahne.
Der Johann Wolfgang dito. Aber
der Max? Der ist doch sahnemäßig

nicht allererste, folglich Schrott.
So, wie die Gabi nicht, der Günter
nicht alleraller-, ergo Schrott.
Schrott auch der Piet. Dagegen Pieter

die allerallererste. Aber
der Peter erst. Sowas von Schrott,
nein Sahne, nein, nicht Sahne, sondern
nein, nein, nicht Schrott, doch auch nicht Sahne,

nein, zwischen Schrott und Sahne irgend-
wo angesiedelt, dort, wo's grau wird
und Grenzen träge fließen, bis sie
zu einer Soße alles mengen:

in unsrer Welt aus Sott und Schrahne.

KEINE KUNST OHNE KÜNSTLER

Zum Beispiel Bilder:

So eine Zeichnung, die
kommt doch nicht von ungefähr!
Da schaut erst jemand hin,
und dann zeichnet er.

Oder Prosa:

So ein Roman, der
fällt doch nicht vom Himmel, Mann!
Da nimmt sich jemand Zeit,
und dann schreibt er dran.

Oder Lieder:

So ein Lied, das
wächst doch nicht von ganz allein!
Da denkt erst jemand nach,
und dann fällt's ihm ein.

Oder Lyrik:

So ein Gedicht, das
schreibt sich doch nicht selber hin!
Da formt jemand das Wort,
und das macht dann Sinn.

Oder Unsinn.

ODE AN JAMES DEAN

Nein, Jimmy, wir werden dich nie vergessen.
Ja, Jimmy, du lebst in deinen Filmen weiter:
Wie du lächeltest, als Robert Mitchum, der Säufer,
wieder einen Revolver halten konnte.
Wie du auf die Desperados zugingst,
während Grace Kelly vom Fenster aus zuschaute.
Wie du die – Was Jimmy? –
die Claudia Cardinale – Wie Jimmy? –
hochhobst und – Ja, Jimmy?
Ach, das alles warst gar nicht du, Jimmy?
Nein, Jimmy? Ja, Jimmy –
wenn das so ist:
Das, Jimmy, werden wir dir nie vergessen!

MUSIKALISCHES OPFER

Musik! Du bist Musik für mich
Und nicht zu überhören
Dein Tatata und Bumdibum
Und all die andern Noten.

Musik! Du hast Musik im Blut
und Rhythmus in den Gliedern
Und Takt im Leib und Beat im Bauch
Und immer so harmonisch.

Musik! Dein Name ist Musik
Ist Allerorts, ist Ständig
Ist Folter, Fessel, Strick und Strang
Und meiner lautet: Opfer.

DEUTSCHER AUFSATZ

»Geld macht nicht glücklich, doch Armut macht
weise« –
Stimmt dieser Spruch? Wie ist er begründbar?
Lüge das Blaue vom Himmel herunter.
Betrachte es gut. Beschreibe die Farbe.

Ein Fußballspieler verdient im Monat
mehr als der Papst – Ist dies zu vertreten?
Nenne die Mannschaft, in welcher der Papst spielt.
Wäg ihre Stärken und Schwächen ab.

Pflicht oder Neigung – wem soll der Mensch folgen?
Geh von persönlichen Beispielen aus.
Fülle nicht mehr als zweihundert Seiten
und nicht unter zehn. Zehn Seiten sind Pflicht.

DREI BUCHMESSENVIERZEILER

Bitte, Künstler, bilde nicht
und verzicht auf dein Gedicht.
Wort ist Wind, und gar kein Hauch
tut es in der Regel auch.

*

Nein, was muß man oft von bösen
Künstlern hören oder lesen!
Ja, da lob ich mir die guten,
die uns all dies nicht zumuten.

*

Das zu Sagende zu sagen
ist dem Künstler aufgetragen.
Wahre Größe freilich zeigen
jene, die selbst dies ver

AN ALLE ARTHURS DIESER WELT

Ja, was haben wir denn hier?
Nichts als nur ein Stück Papier.

Ja, was schreiben wir denn drauf?
Arthur, bist durchschaut, gib auf!

Ja, was tut der Arthur da?
Er gibt auf, der liest dies ja.

Ja, was lehrt uns dies Gedicht?
Unterschätzt Gedichte nicht!

Zumal dann nicht, wenn ihr Arthur
heißt, ihr Hundesöhne…

NACHT DER DEUTSCHEN DICHTER

Thema mit Variationen

Thema

Stille Nacht, heilige Nacht,
alles wacht,
Einar Schleef.

Variationen

Stille Nacht, strahlende Nacht,
alles trinkt,
Sarah Kirsch.

Stille Nacht, bildende Nacht,
alles liest,
Hermann Kant.

Stille Nacht, schwelgende Nacht,
alles ißt,
Ulla Hahn.

Stille Nacht, lockende Nacht,
alles küßt,
Erich Loest.

Stille Nacht, kreisende Nacht,
alles raucht,
Günter Grass.

Stille Nacht, endende Nacht,
alles geht,
Stefan Heym.

DER KÜNSTLER IM GESPRÄCH

Wie findest du denn, was ich mache?
Gut, das ist meine Sache.
Doch wie findest du, was ich tue?
So. Du willst deine Ruhe.
Und wie findest du, was ich schreibe?
Nein, bitte geh nicht, bleibe!
Wie findest du denn, was ich male?
Nein, sag nichts! Schweig, ich zahle
dir noch ein Bier. Doch zur Sache:
Wie findest du denn, was ich mache?

LEIDEN UND LEBEN UND LESEN UND SCHREIBEN

Ich will alles sagen dürfen,
Wort aus jeder Wunde schürfen:

Scheiß der Hund drauf, das Gelingen
läßt sich einfach nicht besingen.

Wer will vom Gelingen lesen?
Höchstens reichlich flache Wesen.

Lieber sprech ich doch zu jenen,
die sich nach was Tiefem sehnen.

Die, wenn die Geschäfte laufen,
gerne etwas Schicksal kaufen.

Seiten voller Schmerz und Wunden
adeln allzu satte Stunden.

Verse voller Pein und Leiden
nützen letzten Endes beiden:

Die da bluten, die da blättern,
beide sehnen sich nach Rettern.

Deshalb muß es beide geben,
die da leiden, die da leben.

Die da lesen, soll man rühren,
weiter sowie höher führen.

Und die andern, wir, die schreiben,
sollten auf dem Teppich bleiben.

VIII SCHICKSAL

ECKLOKAL MIT VERLIERER

Verlierer, komm mir nicht zu nah!
Doch der Verlierer denkt nicht dran
Der hebt sein Glas, macht Frauen an
Und ist für diese Fraun nicht da

Wie er auch feixt und Stühle rückt
Die Frauen setzen sich nicht drauf
Er lärmt und lacht und gibt nicht auf
Und weiß schon, daß ihm gar nichts glückt

Da ihm noch niemals was gelang
Da er noch stets der Dumme war
Der, den noch jede Frau, sogar
Die letzte, in die Knie zwang

So wieder jetzt. Was sucht er hier?
Nun ist's nicht ratsam aufzuschaun
Schon irrt sein Blick ab von den Fraun
Schon hat er jemand im Visier

Schon schwallt er was von einem Schwatz
Den müßt er haben dann und wann
So richtig stark, von Mann zu Mann...
Verlierer, komm. Hier ist noch Platz.

DER SPIELER

Und das Rollen dieser Würfel
und das Lachen, das die Würfe
immer dann beschließt, wenn jene
nicht mehr rollen, sondern liegen,
lautes Lachen und die Worte:
»Sechsundachtzig, ist doch Scheiße!«
Ist es auch. Gott! Sechsundachtzig!
Ist doch Scheiße, Herr im Himmel!
Und verlegen rückt der Würfler,
tischgeschützt, an seinem Pimmel.

DER (UN)BEUGSAME

Den beugt keine Macht der Welt.
(Außer Geld):

Päpste, Kaiser, Diktatoren
haben bei ihm nichts verloren.
Kritiker und Kurtisanen
läßt er ihre Grenzen ahnen.
Alte Bräuche, gute Sitten –
nie beachtet, stets geschnitten.
(Aber zeigt wer eine Mark,
schwankt er stark.
Reicht man zudem einen Schein,
lenkt er ein.
Schickt man gar noch einen Scheck,
ist er weg.)

DER EISERNE

Nichts kann mir den Glauben
an meine Botschaft rauben.

Eine Botschaft, die besagt,
daß es heller wird, wenn's tagt.

Die zudem darauf besteht,
daß das Leben weitergeht.

Die ganz nachdrücklich erklärt,
daß nur immer ewig währt,

Und entschieden unterstreicht,
daß es irgendwann mal reicht.

Die sowohl den Punkt enthält,
daß kein Meis vom Himmel fällt,

Als auch jenen: und ein ter
tut das noch weit weniger.

Die sodann zu'guter Letzt –
Was? Das sagen Sie erst jetzt?

Daß das alles Phrasen sind?
Aber immer! Menschenskind!

Phrasen von der schlimmsten Art!
Aber wenn schon! Ich bleib' hart!

Und beweise so der Welt,
was ich eingangs festgestellt:

Nichts kann mir den Glauben
an meine Botschaft rauben.

DER ZÄHE

Wo du auch hingehst –
Ich bin schon da.

Wie weit du auch wegläufst –
Ich bin dir nah.

Wo du auch reinfällst –
Ich hol' dich raus.

Nenn du mich nur Ratte –
Ich nenn' dich Maus.

DER HARTE

Tja, mein Schatz, das war es dann
(Das kann es doch nicht gewesen sein,
bitte widersprich mir)
Lach dir einen andern an
(Wenn du jetzt aus dem Zimmer gehst,
falle ich tot um)
Ich bin doch kein Hampelmann
(Natürlich bin ich einer. Zieh an mir,
und ich tu, was du willst)

Den man so behandeln kann
(Wie schlecht du mich immer behandelt hast,
ich vertrage noch viel, viel mehr)

Geh nur, Liebling, du bist frei
(Bist du überhaupt nicht,
solange noch meine Liebe mich an dich kettet)
Trennung heißt: Aus eins mach zwei
(Wer spricht hier von Trennung? Ja,
bin ich denn völlig wahnsinnig geworden?)
Schmerzt es, Baby? Einerlei
(Wenn du die Türklinke auch nur berührst,
dann schreie ich)
Jeder Schmerz geht mal vorbei
(Aaaaaaaauuuuuuuohohohohohoh)

DER DEUTSCHE

Als er auf die Fünfzig zuging,
da wollte er verwegen aussehn.
Da ließ er sich die Haare wachsen
und einen Bart stehn.

Da fiel ihm der Deutsche ein,
damals in Patras,
der mit der Kleinen
vor diesem Café saß.

Der war so gegen Fünfzig gewesen
und hatte sehr verwegen ausgeschaut,

und die Kleine an seiner Seite
war nicht die Tochter, sondern die Braut.

Das war vor gut zwanzig Jahren.
Er war damals dreißig.
Und was er beim Anblick der beiden dachte,
weiß ich:

So will ich mal nicht ausschaun.
Nicht diese Kettchen.
Nicht dieses Struwwelhaar und
an der Seite nicht so ein Frettchen.

Nicht dieser sieghafte Bart.
Nicht dieses Vergreisen,
das wehrlos alternd versucht,
sein Jungbleiben zu beweisen.

Nun, da er auf die Fünfzig zugeht,
will er verwegen aussehen.
Er läßt sich die Haare wachsen
und einen Bart stehen.

DER WANDERER

Viel hätte nicht gefehlt,
er hätte aufgeschrien.
Da lag das Meer vor ihm,
auf das die Sonne schien.
Und fliegende Fische!

So lange unterwegs,
daß er zu träumen meint.
Da liegt das Meer vor ihm,
und eine Sonne scheint
auf fliegende Fische.

Zu schön, um wahr zu sein,
er hat rasch kehrtgemacht.
Als er dann innehielt,
war Berg um ihn und Nacht.
Und heulende Hunde.

DER DOPPELGÄNGER

Auf geht die Tür,
und er tritt ein:
Nicht Fisch, nicht Fleisch,
nicht Mensch, nicht Schwein.

Stumm setzt er sich
an deinen Tisch:
Sehr Schwein, sehr Mensch,
sehr Fleisch, sehr Fisch.

Breit sitzt er da
und lächelt mild:
Kein Vor-, kein Zerr-,
dein Ebenbild.

ALLE ODER NICHTS

Der da! Wie ist er so allein!
Da kommen sieben Frauen rein,
ihn herzlich zu begrüßen.
Zwei reiben ihm die Wangen warm,
zwei lagern sich in seinen Arm
und zwei zu seinen Füßen.
Die siebte aber! Ach! Sie schweigt!
Nicht ab-, doch auch nicht zugeneigt
nippt sie zerstreut vom Wein:
Der da! Wie fühlt er sich allein!

GEMACHTER MANN

Mit langen Schritten über große Terrassen gehen,
über solche, die einem gehören natürlich,
das ist ein Gefühl, meine Liebe,
unübertroffen.

Sagen Sie nichts. Entziehen Sie nicht Ihre Hände.
Lassen Sie sie verschränkt in den meinen.
Diesen Moment, meine Schöne,
ersehnte ich lange.

Gehn wir ins Haus? Nun wird es doch merklich kühler.
Zeit fürn Kamin und ein Schlückchen. Da lang.
Quer über jene Terrasse,
übrigens meine.

SCHÖN, SCHÖNER, AM SCHÖNSTEN

Schön ist es,
Champagner bis zum Anschlag zu trinken
und dabei den süßen Mädels zuzuwinken:
Das ist schön.

Schöner ist es,
andere Menschen davor zu bewahren,
allzusehr auf weltliche Werte abzufahren:
Das ist schöner.

Noch schöner ist es,
speziell der Jugend aller Rassen
eine Ahnung von geistigen Gütern zukommen zu lassen:
Das ist noch schöner.

Am schönsten ist es,
mit so geretteten süßen Geschöpfen
einige gute Flaschen Schampus zu köpfen:
Das ist am allerschönsten.

IX SINN

NACHDEM ER DURCH METZINGEN GEGANGEN WAR

Dich will ich loben: Häßliches,
du hast so was Verläßliches.

Das Schöne schwindet, scheidet, flieht –
fast tut es weh, wenn man es sieht.

Wer Schönes anschaut, spürt die Zeit,
und Zeit meint stets: Bald ist's soweit.

Das Schöne gibt uns Grund zur Trauer.
Das Häßliche erfreut durch Dauer.

KATZENGEDICHTE

1

Von einer Katze lernen
heißt siegen lernen.
Wobei siegen »locker durchkommen« meint,
also praktisch: liegen lernen.

Sie sind ein sieghaftes Geschlecht,
diese Katzen.
Es gibt ihrer so viele wie Spatzen im Land.
Doch wer streichelt schon Spatzen?

Sie ist gar kein rätselhaftes Tier,
so eine Katze.
Sie will viel Fraß, etwas Liebe, doch meist
horcht sie an der Matratze.

Was eine einzige Katze uns lehrt,
lehren uns alle:
So viel wie möglich nehmen, ohne zu geben,
und dann ab in die Falle.

2

Mit einer Katze leben
heißt die Katze überleben.
Jedenfalls dann, wenn man noch mitten im Leben steht.
Eine Katze steht schneller daneben.

Wie alt wird so eine Katze?
Maximal zwanzig Jahre.
Viele streckt's aber auch schon früher hin
auf die, sagen wir ruhig: Bahre.

Die ist dann vielleicht dein Schreibtisch.
Darauf kriegt sie ihre Injektion.
Sie seicht dir noch rasch die Tischplatte voll,
und das war's dann auch schon.

Eine Katze haben
heißt eine Katze verlieren.
Andere mögen von Menschen reden,
ich rede von Tieren.

MERKSÄTZE TROTZIG

Wenn man irgendwas lange genug macht,
dann wird man es irgendwann auch gut machen.
Ein Satz, der zwar hinten und vorne nicht stimmt,
doch er taugt zum Mutmachen.

Wenn man an etwas fest genug glaubt,
dann wird es sich eines Tages auch bewahrheiten.
Klar: Dieser Satz ist leeres Stroh.
Aber: Zum Teufel mit den Klarheiten.

Wenn man jemanden nur stark genug liebt,
dann wird er einen auch einmal liebhaben.
Ein Satz, der so wahr wie sonstwas ist,
und wer ihn nicht glaubt, kann mich gernhaben.

FRÖHLICHE VÖGEL

Sagt an, wer hat euch das gelehrt?
Das was?
Na das, das Lieben.
Ach das – ja, das ergab sich so,
als wir es gerade trieben.

Und sagt, wer hat euch das gelehrt?
Was das?
Na das, das Lachen.
Das? Ach, das kommt doch ganz von selbst
beim Naduweißtschonmachen.

Sagt schließlich, wer euch das gelehrt!
Das das?
Nein das, das Trauern.
Das Wasda? Sorry, nie gehört.
Nein ehrlich – wir bedauern.

MAN OH MAN

Man ist nur so jung
wie man sich fühlt.

Man denkt nur so tief
wie man sich wühlt.

Man kriegt nur so viel
wie man sich gibt.

Man lebt nur so lang
wie man sich liebt.

SINNGEDICHT

Sei gut zu dir.
Die Welt ist schlecht.
Das Unrecht blüht,
nimm dir das Recht
und tu den Schritt
zum Ich vom Wir:
Die Welt ist schlecht.
Sei gut zu dir.

RATSCHLAG

Neun Männer treten bei dir ein,
drei groß, drei mittel und drei klein.

Die großen drei, die schlagen dich,
verspotten dich, verklagen dich.

Die mittleren, die pflegen dich,
umsorgen dich, umhegen dich.

Die kleinen drei verehren dich,
vergöttern dich, begehren dich.

Wirf alle neun aus deinem Haus,
sonst weinst du dir die Augen aus.

KATZ UND MAUS

Die Katze spricht: Ich bin nicht so,
wie alle Welt vermutet.
Ich töte Mäuse, ja, jedoch
mit einem Herz, das blutet.
Mit einem Herz, das zuckt und schreckt,
mit einem Herz, das leidet –
Mit meinem Herz? Nein, dem der Maus!
Denn wenn uns etwas scheidet,
die Maus und mich, dann ist es das:
Ich bin der Fresser. Sie ist Fraß.

VON WAND ZU WAND

Weicht auch die Wand zurück,
die Mauer bleibt.
Ist hinter jeder Wand,
und es gibt keine Hand,
die sie vertreibt.

Nur manchmal teilt sie sich
für einen Blick.
Steht da ein blankes Schild,
wirft dir dein Spiegelbild
samt Blick zurück.

FINGER WEG

Nun soll man ja nicht fragen:
Mein Gott, wer bist dann du?

»Ich bin das gänzlich Andere,
das wortentrückt Besandere,
stand stets und steh auch hier und jetzt
hoch über Sprach- und Reimgesetz,
so durch und durch besonders:
Noch anders bin ich onders.«

Nein, man soll ja nicht fragen...

HINTER DER KURVE

Was hinter jener Kurve ist –
Ich weiß es nicht.
Du weißt es nicht.
Es rauszufinden ist die Pflicht,
Die uns das Schicksal zugemißt.

Nein: zugemußt. Nein: zugemaßt.
Ich weiß es nicht.
Weißt du es denn?
Die Last des Zugemessenen
Hat mir mein bißchen Hirn zerpraßt.

Zerpraßt? Zerprißt? Zerproßt? Zerpreßt?
Was weiß denn ich?

Was weißt denn du?
Wir schreiten auf die Kurve zu,
Und jeder Schritt zerbricht uns fest.

Fest? Fist? Fust? Fost? Fast? Aber halt!
Ich weiß das Wort.
Du weißt das Wort.
Mich hält hier nichts, und du mußt fort.
Nun denn! Auf geht's! Schon wird es kalt.

SCHÖPFER UND GESCHÖPFE

Am siebenten Tag aber legte Gott die Hände
in den Schoß und sprach:

Ich hab vielleicht was durchgemacht,
ich hab den Mensch, den Lurch gemacht,
sind beide schwer mißraten.

Ich hab den Storch, den Hecht gemacht,
hab sie mehr schlecht als recht gemacht,
man sollte sie gleich braten.

Ich hab die Nacht, das Licht gemacht,
hab beide schlicht um schlicht gemacht,
mehr konnte ich nicht geben.

Ich hab das All, das Nichts gemacht,
ich fürchte, es hat nichts gebracht.
Na ja. Man wird's erleben.

X LEHRE

SPASSMACHER UND ERNSTMACHER

I

Seht: Alles Ernste ist alt. Die Bücher
Welche da reden von Gott und dem Anfang
Sind alt. Und das Alter des Ernstseins
Adelt auch den, der noch heute uns ernst kommt.

Aber der Spaßmacher! Hört wie die Menge
Ihm noch den trefflichsten Witz mit den Worten
»Der ist ja alt« verwandelt in Asche,
Gestrigen Schnee und dauernde Schande.

II

Wenn um die Wiege sich sammeln des Winzigen
Die Ernsten, und wenn er sie ankräht, ja dann
Lachen auch sie. Doch welch seltsames Lachen
Wird ihm zuteil da! Voll Milde, voll Tücke.

Mild belächeln die Ernsten des Lustigen
Schuldlose Lust: Lach nur so weiter!
Tückisch verlachen sie ihn: Na warte!
Noch bist du nicht wie wir, doch du wirst so.

III

Nicht wird er froh seines Lebens, der Spaßmacher.
Immer ist unter jenen, die lachen,
Der, welcher nicht lacht. Versteinerter Miene
Folgt er den Späßen des Spaßenden. Immer

Dauert er ihn. Doch es dauert nicht lange,
Und er bedauert sein Los, lachen
Zu machen die Menge, in welcher doch immer
Einer nicht lacht: sein Opfer, sein Richter.

IV

Hart ist das Ernstsein. Denn eiserne Knochen
Krankheit und Tod und ach! Leiden der Seele
Geben Gewicht ihm und Stütze. Nimmer
Kann selbst der bissigste Witz diesen Brocken,

Starrend von Blut, von Schweiß und von Tränen
Prall bis zum Bersten, voll Schmerz, voller Grausen,
Verschlingen. Noch kann er ihn – wie denn? –
verdauen.
Kann also nichts? Nun: Er kann ihn verarschen.

V

Ach, daß man nicht ihn nennte, den Spaßenden,
Leichtfertig! Leicht nicht ist es, den Witz zu
Erhaschen. Flüchtig ist er und flink und verschlagen:
Fertig macht der Gejagte den Jäger.

Aber der Andre! Schwerfällig stapft er
Gemessenen Schritts durch den Garten des Lebens.
Leicht jedoch fällt ihm der Griff nach dem Ernsten:
Pralle Frucht vom Baum der Erkenntnis.

VI

Groß sind die Ernsten. Auf hohen Kothurnen
Schreiten sie streng. Doch es ehrt sie die Menschheit,
Weil sie so streng sind. Nur ernstestes Schreiten
Leitet den Menschen zum höchsten der Ziele,

Zum Sinn. Rattenhaft aber folgen die Spaßer
Und hurtig dem Zug, denn sie wittern begierig
Das, was seit alters bei jeglicher Suche
Nach Sinn für sie abfällt: den Unsinn.

VII

Denkt jenes Reiters! Von Scholle zu Scholle
Trug ihn sein Pferd, doch es ward ihm am Ufer
Nicht Rettung beschieden, Erkennen und Tod nur.
So auch der Witzbold. Es dulden die Witze

Rast nicht noch Ruh. He! Weiter und weiter!
Kennen Sie den? Und da fällt mir noch der ein!
So geht's in die Irre. Heimwärts aber,
Auf festester Straße, ziehet der Ernstbold.

VIII

Wenn der Dichter uns fragt: Immer spielt ihr und scherzt?
Und er fortfährt: Ihr *müßt!* O Freunde! Mir geht dies
In die Seele, denn dies – und so schließt er gewaltig:
Müssen Verzweifelte nur. – Wer wollte

Da widersprechen? Die Frage gar gegen
Den Fragenden richten: Du, der du niemals
Scherztest noch spieltest – warst *du* denn je
glücklich? – ?
Die Verzweiflung ist groß. Sie hat Platz für uns alle.

IX

Lachen ist Lust, jede Lust aber endet.
Auch so ein Satz, der das Nicken der Köpfe
Hervorruft der Ernsten, welche das Leben
Ja kennen. Was aber wissen die Ernsten

Vom Leben? Wissen doch nur, daß ihr Feuer
Erloschen. Wissen doch nur, daß ihr Fluß
Versiegt ist. Wissen doch nicht, daß ihr
Wissen nur Lust macht, endlos zu lachen.

X

Sagt: Warum heißt man seit alters sie
Gegensätze? Das Tiefe, das Flache? Sind nicht
Verschwistert sie? Es gehet unmerklich
Das Flache ins Tiefe. Es spüret der Fuß kaum

Den schwindenden Boden des Schwimmers. Also
Mischt sich der Tiefsinn dem Flachsinn, und jene,
Welche da glauben, sie würden noch flachsen,
Wissen sie denn, ob sie längst nicht schon tiefsen?

XI

Wenn aber beide, der Ernste, der Spaßer
Nichts weiter wären als Seiten nur einer
Medaille? Jener, der Ernst, und jener, der
Spaß macht, machen nicht beide? Doch

Träge erwartet, daß man ihr mache
Das Bett, die Menge. Nur keinen Handgriff!
Laßt die nur machen! Uns doch egal
Obs Bett kratzt oder kitzelt!

XII

Wie aber wenn und es schalössen aus sich
Schapaß und das Ernste? Schaweres und Leichtes?
So, wie sich ausschaließt Feuer und Wasser,
Mensch und Schaweinsein, Gott und Schalange?

Es schawebt das Schawert über den Häuptern,
Es kommt zum Schawur für Schawache und Starke:
Was also wollt ihr? Den Leichtsinn? Schawermut?
Tarefft eure Wahl! Der Rest ist Schaweigen.

DIE
FLORIAN-FREYER-GEDICHTE
1991

ICH BIN EIN MANN – HILF MIR, EIN MENSCH ZU WERDEN

Elf Gedichte einer Liebe
von Florian Freyer

Rechenarten

Als ich noch
zurechnungsfähig war,
war ich
berechnend.

Du kamst und
schenktest.
Ich rechnete dir das
hoch an.

Du bliebst und
gabst.
Ich begann, damit
zu rechnen.

Als du dir
dein Recht nahmst,
da rechnete
ich auf.

Du gingst,
ohne abzurechnen. Seither
bin ich nicht mehr
zu Rechnungen fähig:

Ich bin ein Mann,
hilf mir, ein Mensch zu werden.

Als ich dich
traf,
fühlte ich mich
nicht
getroffen.
Seit du weg
bist,
betrifft
mich das.

Lieben heisst
das
Rechnen verlernen:

Eins plus Eins gleich Eins
Eins minus Eins gleich Zwei
Eins mal Eins gleich Unendlich
Eins durch Eins gleich Glücklich.

So viel zu tun:

In den Museen warten Bilder auf mich
In den Bibliotheken warten Bücher auf mich
In den Kinos warten Filme auf mich
In den Cafés warten Menschen auf mich:
Ich hätte so viel zu tun.

In meinem Zimmer warte
ich auf dich.

Ich Du Wir

I rrsinn
C haos
H altlosigkeit

D auer
U marmung

W ärme
I ntensität
R uhe.

Ampel

Als mich das
Lächeln
deiner roten Lippen
das erste Mal
traf,
habe ich nicht
richtig geschaltet.

Heute erst weiß ich,
daß sie mir
grünes Licht
gaben.

Ich schaue dir zu,

wie du Tee
bereitest.
Wie du die Kanne mit

kochendem Wasser
anwärmst.
Wie du es
ausschüttest
und den Tee
hineintust.
Wie du ihm Zeit läßt,
sich zu entfalten,
bevor du
zum Wasser greifst.

Und ich fühle,
wie ich mich selber
entfalten könnte,
durch deine Gegenwart,
durch deine Sorgfalt,
durch deine Wärme,

Wenn ich mir nur die Zeit nähme.
Und wenn du mir die Zeit gibst.

Ich gebe dir
einen Schlüssel
für mein
Zimmer.
Ich weiß,
daß du ihn
nie
benutzen müssen wirst,
weil ich
immer
da sein werde,
wenn du kommst.

Aber ich fühle, daß
mein Zimmer
seither
unser Zimmer
ist.

DAS ELEKTRIZITÄTSWERK
wird Augen machen,
wenn es versucht,
mir für den letzten
Monat
die Rechnung
zu präsentieren:
Nie ferngesehen,
in deinen Augen sah ich mehr.
Nie Radio gehört,
deine Augen waren beredter.
Nie Licht gebraucht,
deine Augen strahlten so sehr.

KATZE IN PFLEGE

Ich rief
deine Katze
Sie kam nicht.

Ich befahl
deiner Katze
Sie gehorchte nicht.

Ich schrie
deine Katze an
Sie wandte sich ab.

Ich lockte
deine Katze
Sie blieb weg.

Erst als ich schwieg
vermochte ich zu hören:
Das Locken deiner Katze
Das Rufen deiner Katze
Das Fordern deiner Katze
Das Schnurren deiner Katze –

Nun habe ich dir
so viel
zu erzählen.

Am Morgen in deiner Strasse

Dein Bäcker
lächelt mich an.
Deine Gemüsefrau
lacht mir zu.
Dein Zeitungsmann
winkt strahlend.
Deine Blumenfrau
wünscht mir einen guten Tag.

Wie mürrisch dein Postbote!
Hatte er heute keinen Brief für dich?

DAS STADTSCHREIBERGEDICHT

1992

DIE BALLADE VOM BERGER FRATZENSTEIN UND SEINEN FATALEN FOLGEN

1479
Vor Zeiten stak ein Fratzenstein
in Bergens Unterpforte.
Und nahte sich ein Fremdling, dann
las er die folgenden Worte:
»Far, du Gauch.«

Im Mittelalter sprach man so,
so frei, so derb, so trocken:
»Du hast uns grade noch gefehlt.
Mann, mach dich auf die Socken –
Verschwinde, du Gaukler!«

Ein Spielmann kam von Frankfurt her,
der war da zur Messe gewesen.
Barsch hat ihn Bergens Pförtner gefragt:
»Du Penner, kannst du nicht lesen?
Far, du Gauch!«

»Mein Herr, ich bin hungrig, mein Herr, ich bin müd,
mein Herr, laßt mich ein in Bergen!«
»Ich zähle bis drei, und dann bist du fort,
sonst rufe ich meine Schergen –
verschwinde, du Gaukler!«

»Und jagst du mich fort in die finstere Nacht,
so werd ich den Ort hier verfluchen!«
»Und willst du das tun, so kannst du dies
in Gottes Namen versuchen:
Fluch, du Gauch!«

Der Pförtner stund still und lächelte bös,
der Spielmann sprach dunkle Worte,
dann trat er stracks vor und reckte die Faust
wohl drohend gegen die Pforte:
»Far, du Stein!«

Der Pförtner sah auf, dann hat er gelacht:
»Der Stein ist ja noch in der Mauer!
So wird's auch in tausend Jahren sein,
der Spruch ist nämlich von Dauer. Und nun
far, du Gauch!«

1992
Der Pförtner verging, und das Tor zerfiel,
und der Stein verschwand im Museum.
In Bergen aber rüstet man sich
für ein seltsames Jubiläum.

In der Stadt, da gibt es ein Stadtschreiberhaus,
und das schon seit neunzehn Jahren.
Da ist der Fluch des Spielmanns in
die Bürgerhirne gefahren.

Die Kunde, sie geht von Mund zu Mund:
Es spukt an der Oberpforte!
Dort wechseln sich Gauch und Gäuchin ab
bei Spielen der finstersten Sorte:

Da sieht man den *Krolow koeppen,*
da hört man den *Rühmkorf born,*
kühn fragt die *Novak* den *Härtling:*
»Du trägst den *Bichsel* vorn?«
»Ihr fallt mir auf den *Becker!*«

schreit *Kunert* zornes*roth*.
Vom *Fels* stürzt er *köpf* über,
die *Demski* schlüg' er tot,
wär' nicht die *Hahn* gekommen,
hätt' sie ihn nicht gefragt:
»Wer will denn *gern hardt* landen?«
Schon hat sie ihn gepackt
und trägt ihn mit *Czechowski*
wohl in ein ander Land,
weit über die *lange Müller,*
bis da ein *Rothmann* stand.
Dem setzt sie ihn auf die Schulter:
»Begrüß ihn nach altem Brauch!«
Und der Gerettete spricht: »Als zehnter
grüß' ich den neunzehnten Gauch!«

Mitternacht! Neunzehn Gäuche
halten zum Glockenschlag ein.
Doch bänglich fragen die Bürger:
»Wer mag wohl der zwanzigste sein?«

»Das werdet ihr schon noch erfahren,
im dreiundneunziger Jahr,
Denn dann trifft euch erneut jener alte Fluch
fürs vergessengeglaubte ›Far,
du Gauch!‹«

WEICHE ZIELE

1994

I ZU PAAREN

SEHEN UND HÖREN UND FÜHLEN UND DENKEN

Sieh, wie rasch sich Augen finden,
Arme lockern, Finger binden.
Hör, wie zart es Lippen treiben,
Zungen spielen, Wangen reiben.
Fühl, wie tief sich Menschen lieben,
Schenkel spreizen, Knie schieben.
Denk! wie hoch sie sich verschulden,
Herzen brechen, Seelen dulden.

GELUNGENER ABEND

Kommst du mit rein?
Aufn Schluck Wein.

Setzt du dich hin?
Aufn Schluck Gin.

Bleibst du noch hier?
Aufn Schluck Bier.

Gehn wir zur Ruh?
Aufn Schluck Du.

SCHWEIGEN UND FREUDE

Es ist viel Schweigen
zwischen Männern und Frauen.
Viel Fremdheit auch,
wenn sie einander beschauen,
und Kummer.

Es eint viel Freude
die, die sich lieben,
Frauen und Männer. Sie
lächeln und schieben
noch eine Nummer.

DIE VIELFÄLTIGE

Sehr vielfältig bist du, Schöne, du hast:

Zwei Beine, die einander sehr gleichen
und beide bis zu dem Boden reichen:
Du hast schöne Beine.

Zwei Arme, einen an jeglicher Flanke.
Sah ich je schmalere? Ich schwanke:
Du hast schöne Arme.

Zwei Brüste, jede mit Händen zu greifen,
Pfirsichen gleich, die im Halbschatten reifen:
Du hast schöne Brüste.

Zwei Augen, beide sehr grün und sehr wach.
Sie blicken so stark, und sie machen so schwach:
Du hast schöne Augen.

Zwei Männer, jeder an seinem Platz.
Der nennt dich Liebling, und der ruft dich Schatz:
Du hast schön dumme Männer.

VERDREHTER KOPF

Das muß ich erst hinterfragen,
sagt der Kopf
Ich glaube, sagt die Liebe

Das kann ich nicht so stehenlassen,
sagt der Kopf
Ich vertraue, sagt die Liebe

Das wird mich Kopf und Kragen kosten,
sagt der Kopf
Ich liebe, sagt die Liebe

Und wenn alle so dächten wie du?
fragt der Kopf
Komm, sagt die Liebe

Ich weiß gar nicht mehr, wo mir der Kopf steht,
klagt der Kopf
Am Arsch, sagt die Liebe.

ZUR BEHERZIGUNG

Man soll nicht hängen
sein Herz an Dinge,
an Tiere nicht
und nicht an Menschen.
Durch die Zeit sinken sie
wie Steine durchs Wasser.
Weh dem, der sich ihnen
verbunden.

Das Herz ist ein Falke.
Je freier, je höher
reißt es empor
aus dem Strudel der Zeiten,
was es ergreift,
ob Ding oder Wesen.
Wohl dir, wenn dich eines
mitreißt.

STADTNACHT

Mädchen, die zum Vögeln gehen
Nicht, daß sie gevögelt würden
Diese vögeln selber. Hürden
Überspringen sie gleich Rehen

Die dem Bock beweisen müssen
Daß er ungleich mehr genösse
Wenn er sich nur nicht verschlösse
Ihren Wünschen, ihren Küssen –:

Und so ward er denn genommen.
Morgens aber in den Städten
Sieht man stolz ins Zwielicht treten
Mädchen, die vom Vögeln kommen.

DIE NATÜRLICHSTE SACHE DER WELT

Natürlich gibt es Wollust
Natürlich gibt's Begehren
Das wäre ja noch schöner
Wenn auch die zwei nicht wären
Wir wären ja verloren
Wenn uns die zwei nicht hätten
Und schwiegen ungeboren
In ungemachten Betten.

FATUM

Nicht anders als das Lamm zum Block
Nicht anders als zum Beil der Bock
Nicht anders als zum Spieß die Sau
Nicht anders geht der Mann zur Frau:

Mit Schmerz in den Gedärmen
Mit Zagen und mit Härmen
Mit furchtbarem Getue
Mit Angst um seine Ruhe
Mit inwendigem Brüllen
Und ohne eignen Willen.

SO SCHMALE HANDGELENKE

So schmale Handgelenke,
wie können die überhaupt eine Hand halten,
ohne andauernd abzubrechen? Die Frage
will mir schier den Verstand spalten.

So schmale Handgelenke,
sie lassen sich mit Daumen und kleinem Finger umfassen.
Sehe ich so schmale Handgelenke, dann kann ich
dieses Umfassen nur schwer unterlassen.

So schmale Handgelenke,
die in Fingern wie Reisig enden.
Sie knistern unter deinem Händedruck,
und du bist Wachs in diesen Händen:

Sie sind schon Danaergeschenke,
so schmale Handgelenke.

BILDNIS DES KÜNSTLERS ALS ALTERNDER FILOU

Bist du bei mir,
fragt sie ihn.
Bist du wirklich bei mir?

Ich bin bei dir,
sagt er ihr.
Ich bin wirklich bei dir.

Er sagt wirklich:
Ich bin bei dir.

ALS SIE IHM SAGTE: SCHAU NICHT SO

Ach Kind, ich hab nur diesen Blick,
doch den will ich dir schenken.
Ich werfe diesen Blick zurück
auf dich und mich und unser Glück,
mußt deinen Blick nicht senken.

Du gehst ja nun ein bißchen fort,
ich kann den Blick entbehren.
Die Zukunft ist ein dunkler Ort,
zum letzten Blick ein letztes Wort:
Da, nimm. Halt ihn in Ehren.

BITTE UM TRENNUNG

Ich muß dir weh tun, bitte hilf mir, ich
Muß dir jetzt sagen, bitte, sag du selbst,
Was du längst weißt, daß ich es sagen muß:
Es läuft nichts mehr.

Ich, bitte hilf mir, tu mir doch nicht weh
Und sag doch selbst, was ich jetzt sagen muß,
Daß nichts mehr läuft, was du doch wissen mußt:
Weil's nicht mehr läuft.

SIEGFRIED

Zigmal den Verlust geübt,
manches Wässerchen getrübt.

Jede Trennung ernst gemeint,
schon mal auf Verdacht geweint.

Mich in Drachenblut gestählt
und dann trotzdem rumgequält,

als ich an der Quelle stand
und dein Pfeil die Stelle fand.

DAS MIR

Da mir die Liebste fortging,
war ich froh.
Ich trank und war
guter Dinge.
Ich lachte mit Freunden und so
lief die Zeit ab.

Die, die mir blieb
fürs Erinnern.
Die, die ich hatte
zum Trauern.
Bis eine solche Gelegenheit wiederkommt,
das kann dauern.

ÜBERRASCHUNG

Nach Jahr und Tag
dann wieder ein Brief
Die Handschrift schräg
und die Marke schief
und du wagst ihn gar nicht zu öffnen

Du drehst ihn um
Kein Absender drauf
So lange her
doch da ist er schon auf
Und du wolltest ihn gar nicht lesen

Dann liest du ihn doch
und denkst schon entspannt
Es wird ja weder Roß
noch Reiter genannt
Und die beiden kennst du persönlich

Da erwischt sie dich wieder
kalt diese Schrift
Sie teilt dir nichts mit
doch sie ist immer noch Gift
Und du schaffst es gerade zum Waschbecken.

LANG HER

Vor Jahren schrieb ich ein Gedicht,
das versteh ich heute nicht:

Deiner Schritte auf der Treppe,
Schöne, Hämmern treibt den Nagel
mir in Herz und Eingeweide,
draus mein Hammer mächtig auffährt,
dich zu nageln, Schöne, die du
lächelnd eintrittst. Sorglos, da du
weißt, wie ganz und gar zuschanden
das Genagel meines Hammers
da wird, wo wir immer enden:
In der Zange deiner Lenden.

WER KANN, DER WILL

Will keine Verlierer mehr sehn
Gehöre zu den Gewinnern
Wann ich selber zuletzt verlor?
Kann mich nicht erinnern:

Das begann in diesem Lokal
Wo ich so tierisch gut drauf war
Mann, hatten wir vier einen Spaß
Solange der Laden da auf war

Danach hätte ich heimgehen sollen
Statt dessen ging ich noch mit
Irgendwo haben wir Paul verloren
Da waren wir nur noch zu dritt

Axel, Beate und ich
Wir drei also rauf zu Beate
Was wir zwei von der einen wollten
Lass ich mal aus. Man rate

Er hat dann den Kürzeren gezogen
Mit dieser ganz linken Nummer
Versteht: Wenn einer klüger ist
Ist zwangsläufig einer dummer

Der Dumme war übrigens er
Das macht: Ich war einfach klüger
Es heißt doch: Der Klügere gibt nach
Und im Nachgeben blieb ich Sieger

Das ist nun schon elend lang her
Eine Woche? Zwei Wochen?
Ist egal, Karl. Mir steckt dieser Sieg
Auf jeden Fall noch in den Knochen:

Kann keine Verlierer mehr sehn
Gehöre zu den Gewinnern
Wann ich selbst zuletzt verlor?
Will mich nicht erinnern.

JUGENDTREFF IN KAISERSLAUTERN

Was weiß ein junger Mensch denn von Schultern?
Um nur von Schultern zu reden, nicht von Brüsten.
Lust mag so ein junger Mensch ja vielleicht haben –
Doch was weiß er von Lüsten?

Das junge Mädchen weiß nicht, was ihre Schulter bewirkt.
Der junge Mann weiß nichts damit anzufangen.
Er spürt vielleicht, daß es sie nach Berührung verlangt –
Doch was weiß er schon vom Verlangen?

Die Welt des jungen Menschen ist geheimnislos und flach.
Von denen da könnte niemand ertrinken.
Natürlich verschränken die sich hier wie anderswo –
Doch was wissen sie schon vom Versinken?

Kaiserslautern ist eine so häßliche Stadt.
Hier dürfte es nur Monster und Zombies geben.
Aber nicht die da, schön und so furchtbar lebendig –
Doch was weiß ich schon vom Leben?

IN MANTUA

Du siehst diese scharfe Frau,
sie geht über diesen Platz.
Du denkst, wie scharf die im Bett sein muß,
bei dem Gang.

Du hoffst, diese scharfe Frau
sei im Bett so stumpf wie ihr Typ.
Dich schmerzt, daß der die hernehmen darf
und nicht du.

Man hat dir erzählt, scharfe Fraun
sein im Bett schlicht katastrophal.
Du hast ihnen stets nur zu gern geglaubt,
diesen Stimmen.

Die hatten nie scharfe Fraun,
genausowenig wie du.
Denn hätten die scharfe Frauen gehabt,
wüßten sie:

Scharfe Frauen, die sind nicht scharf,
scharfe Fraun, die machen scharf.
Das macht die Liebe mit scharfen Fraun
so einfach.

Du hast das ja immer geahnt.
Nur schreckte dich die Gesellschaft
dieser schlichten Typen, die sich einfach das nehmen,
was du gern hättest.

UNZEITGEMÄSSE VERSE

Ihm gesagt

In jeder Frau da steckt
ein Sexualobjekt.
Das muß der Mann erwecken,
sonst bleibt es in ihr stecken.

Ihr gesagt

Zu Frauen kommt man
wie zu Kindern,
paßt kurz nicht auf,
schon sind sie da,
sperren den Mund auf,
nicht daran zu hindern
zu nehmen. Wer je Frauen sah,
der weiß, daß ihre Fähigkeit
zu schlingen
die aller andern Wesen übersteigt,
weshalb der Mann,
wie unter großem Zauber,
den vollen Schnabel stets in
Frauen neigt.

Dem Paar gesagt

In hellen wie in heitern Tagen
soll eine froh die Lust des andern tragen.

BURSCHI

Niemals nie allein gewesen,
immer war da so ein Besen:

War da Frau, Geliebte, Mutter,
war'n da Socken, Liebe, Futter.

Sind da Uralt-Phantasien:
Burschi wird per se verziehen.

Niemand darf mit Burschi rechten,
Burschi aber alle knechten.

Da doch alle Burschi brauchen,
darf der vögeln, trinken, rauchen,

Darf sich mopsen, darf sich aalen,
ohne jemals zu bezahlen,

Darf bestrafen, darf beerben,
kann nur eines nicht: nicht sterben.

Superkräfte wär'n vonnöten,
wollte jemand Burschi töten,

Dreifach müßten die agieren,
sollte Burschi je verlieren,

Da je eine dieser Mächte,
Burschi lediglich leicht schwächte,

Und sie auch als Paar von Mächten
Burschi nicht zur Strecke brächten –:

Dreifach also. Muß ich sagen,
Welches Trio welcher Plagen

Burschi ins Verderben triebe?
Richtig: Futter, Socken, Liebe.

DAS HOHELIED VOM HEIMLICHTUN

Wie lieb' ich dich
O Heimlichtun
Wie bist du mir verhaßt
Wie schwindelt mir in dieser Höh'
Wie gern säg' ich am Ast

Wie selig ich
Den Schwindel spür'
Wie fürcht' ich mich vorm Fall
Wie süchtig ich die Säge führ'
Wie wart' ich auf den Knall.

PAARGESANG

Was mir gehört
Was dir gehört
Wir scheren uns nicht drum
Ich nehme, denn ich bin gescheit
Du gibst, denn du bist dumm.

Was mir gefällt
Was dir gefällt
Das ist doch alles eins
Ich kriege schon mein Stück vom Glück
Und wenn ich will, auch deins.

Was mir gebricht
Was dir gebricht
Uns ist das einerlei
Ich weiß ja nicht, was Mangel ist
Denn du entsagst für zwei.

COUPLET VON DER GEILHEIT

Die Liebe ist stark
und die Zärtlichkeit toll
und beim Tanz nennt sie ihn ihren Schatz.
Aber kommt es zum Schwur,
dann erst raffen sie voll:
Für Geilheit gibt's keinen Ersatz.

Zuzweitsein bestärkt
und Gemeinsamkeit hebt
und am Tag ist für Zweifel kein Platz.
Aber löscht man das Licht,
dann wird hautnah erlebt:
Für Geilheit gibt's keinen Ersatz.

Die Reife schenkt Kraft
und die Weisheit schenkt Ruh'
und auch Wunden war'n nicht für die Katz.
Aber fragt man die zwei,
dann geben sie zu:
Wofür?
Für Geilheit?
Was soll's da nicht gegeben haben?
Gab's für Geilheit einen Ersatz, Schatz?
Nein, für Geilheit gab's keinen Ersatz, Spatz.
Für Geilheit gibt's keinen Ersatz.

DAS

Das kann sich an einer Ader entzünden,
die in einem Hals schlägt.

Das setzt voraus, diesen Hals dann zu meiden.
Nur so kann das weiterwuchern, und das
verursacht Leiden.

Leiden an all diesen Hälsen.
Leiden an all diesen Adern.
Das Leiden wird dann Klage erzeugen
und die Klage Hadern.

Klage macht produktiv.
Hadern gebiert Worte.
Mit denen lassen sich alle Gefühle benennen
und alle Orte:

Lieben in Lerici
Wüten in Wien
Hassen in Helsinki
Trauern in Turin –:

Das könnte die ganze Welt überziehen.
Völlig offen, wo das mal mündet.
Sicher ist lediglich eines: Das hat sich
an dieser einen Ader entzündet.

II AUF REISEN

BOCHUM – FRANKFURT AM 21. 6. 92

Dieser einzigartige Abend
Alle Deutschen in Schweden
Dort ist gerade diese Fußball-EM
Das packt jeden

Dieses Spiel nämlich müssen wir packen
dann sind wir im Finale
Ich habe schlau meine Taschen gepackt
und strahle

Ein ganzer Zug nur für mich
am längsten Tag des Jahres
Wer da so verzückt in die Dämmerung gestarrt hat?
Ich war es

Diese Helle hinter Bochum
Dieses nicht enden wollende Licht
Das habe ich über Stunden gehabt
und ihr nicht

Diese Junisehnsucht, dies Locken
Dieses sommerlich-düstere Strahlen
Dieser Südglanz auf nördlichen Farben
Nicht zu bezahlen

Diese Nebel auf rotgrünen Wiesen
Dieser Widerschein auf den Schloten
Dieser schimmernde Rhein vor dem tiefdunklen Dom
Echt verboten

Diese Fahrt dann in samtene Schwärze
Diese Ankunft, dies Taxi, diese bei-
läufige Frage: Na, hab'n wir's gepackt?
»Drei zu zwei.«

ST. HORTEN IN AHAUS

In Ahaus steht eine Kirche,
die nennen die Bürger St. Horten.
Der Fremde verharrt entgeistert
in und vor solchen Orten:

Das Ding da ragt und steht,
die Dummheit ist konkret.

Für diese Kirche in Ahaus
wurde eine alte abgerissen.
Grad noch der Turm blieb übrig,
der Rest hat für immer verschissen:

Er dräut ganz grau und kahl,
die Dummheit ist brutal.

Der Anblick der Kirche in Ahaus
läßt zugleich weinen und lachen.
Traurig, was die da sich trauen,
Komisch, was die da machen:

Das rühmt sich noch des Drecks,
die Dummheit ist komplex.

Die Kirche St. Horten in Ahaus
wird noch in tausend Jahren
Entgeisterten davon künden,
wie willfährig wir waren:

Von wegen Qual der Wahl,
die Dummheit war total.

EINE MERKWÜRDIGE BEGEGNUNG IM SCHLOSSPARK VON HERRNSHEIM

Im lichten Park von Herrnsheim schreit's
Lang war es kalt, nun schmilzt der Schnee
Quer übern Weg ein Defilee
Von Wasserhühnern. Oben kreischt's

Im kahlen Astwerk hockt ein Grün
Und schreit, als brächte man es um
Groß klafft sein Schnabel rot und krumm
Kreischt er in Herrnsheims lichtem Park

Da schreit's und kreischt's und wird beschrien
Von zweitem Grün aus gleichem Baum
Ein Doppelkreischen füllt den Raum
So unerhört wie unverfrorn

In Herrnsheims lichtem, kaltem Park
Gesellt ein drittes Grün sich dem
Was da schon hockt, laut und bequem
Jedoch nicht lang. Ein Kreischen naht

Sich Herrnsheims Park. Im hellen Licht
Stürzt gellend Grün um Grün herbei
Ein vierter, fünfter Papagei
Und reißt die andern schreiend mit

So daß das aufsteigt, grell und stark
Kreischt es durch Herrnsheims lichten Park.

ABSTECHER NACH ZWIEFALTEN

Hin und wieder denk ich an
den nicht mitgenommnen Mann:

Den hätten Sie auch nicht mitgenommen
So, wie der die Straße entlangwankte
Richtiger: torkelte

Schon daß ihm das Hemd aus der Hose hing
Und dann diese Flecken auf diesem Hemd
Nicht gut für die Sitze

Außerdem strahlte die Mittagssonne
Ein leichter Wind ging. Da hat ein Spaziergang
Dem bestimmt nicht geschadet

Die Landstraße leer und er im Tran
Vielleicht nicht im Tran, aber neben der Kapp
Und dann winkt der

Ja, wenn er sich wenigstens umgedreht hätte!
Vielleicht hätte ich dann doch noch angehalten
Aber so

Zudem: Ich machte ja nur einen Abstecher
Ein rascher Blick auf das Kloster Zwiefalten
Und wieder retour

Ich also vorsichtig an ihm vorbei
Vorsichtig, weil der Typ doch so schwankte
Was für ein Penner

Kennen Sie Zwiefalten? Eine wahre Oase
Bächlein umspielen Kirche und Kloster
Heute Heilanstalt

Die Fassade bedeutend. Ich glaube von Fischer
Das Innere prachtvoll. Barock vom Feinsten
Dahinter die Zweckbauten

Und dann auf der Rückfahrt links diese Wagen
Alle geparkt und alle Insassen
Stehend am Straßenrand

Daß da wer lag, war kaum zu erkennen
Die Beine im Gras, nur der Rest auf dem Schotter
Nicht hinsehn

Ich wußte natürlich auch so schon genug
So schnell vergißt man ja so ein Hemd nicht
Drei Kreuze

Ein Glück, daß da all die anderen standen
Da wird ihn schon jemand verarztet haben
Im Fall der Fälle

Und selbst wenn das alles nur Schaulustige waren
Auch ich wäre wirklich keine Hilfe gewesen
Fuhr also weiter:

Fuhr vorbei und hielt nicht an
bei dem mitgenommnen Mann.

Ach ja? Und Sie hätten angehalten?
Schon zu Beginn? Und ihn einsteigen lassen?
Alle Achtung, Sie Samariter!

Das kann doch vor Gott nicht verborgen geblieben sein
Da wird man ja demnächst gratulieren dürfen
Zu Ihrer Heiligsprechung.

INNSBRUCK – ZÜRICH

Eine Winterreise in zehn Stationen

1

»Innsbruck, ich muß dich lassen« –
der das sang, ist längst verschollen.
Folge ihm, ohne zu hadern.
Wer muß, hat nichts zu wollen.

2

»Wir erreichen als nächsten Halt Ötztal« –
vertrau ihr nicht, dieser Stimme.
Denn stets verspricht sie nur Gutes.
Und immer verschweigt sie das Schlimme.

3

Auf dem Bahnhofsgebäude steht Landeck.
Das Elend hat viele Namen.
Für die eine nennt es sich »Herren«.
Für den andern schreibt es sich »Damen«.

4

St. Anton quillt über von Lügen.
Verstellungen locken zum Bleiben.
Das geht so weit, daß die Wirte
statt Mordhotel »Sporthotel« schreiben.

5

Vom Arlberg steigen die Tannen
hinunter zum Bahnhof von Langen.
Wer aussteigt, ist ihnen geliefert.
Wer weiterfährt, bleibt gefangen.

6

Wirf ja keinen Blick auf Bludenz.
Bludenz ist was für später.
In Bludenz enden die Opfer.
Du aber bist, noch, Täter.

7

Verdächtig viel Weiß in Feldkirch.
Das Weiß hier kommt nicht von Herzen.
Wer bliebe und kratzte, versänke
in abgrundtief finsteren Schwärzen.

8

»Wir erreichen Buchs/St. Gallen.«
Schau lieber nicht aus dem Fenster.
Alle, die's taten, sind heute
hier Bahnhofs- und Stellwerkgespenster.

9

»Der nächste Halt ist Sargans.«
Sargans wirkt ausgestorben.
Kein Mann, keine Frau, kein Kind:
Der Tod hat sie abgeworben.

10

»Wir erreichen in Kürze Zürich.«
Da schlägt die Falle zu.
In Zürich warten die Mäuse.
Der Käse aber bist du.

MÜHLHEIM/MAIN – BLUES

Tiefkühl-Strudel in Mühlheim
Jetzt weiß ich, was Hölle ist
Aufgetischt von soner aufgedotzten Lehrerin
In sonem verhärmten Formaldehyd-Haus –:
Bist du da auch runtergestiegen, Jesus Christ?

Sprühdosensahne auf Nescafé
Ich halt' mich mit Mühe wach
In dieser patenten Freudlosigkeit
Bei diesem heillosen Gerede –:
Kannst du die Wahrheit vertragen, Jesus?
Du, Christus, kamst nur bis Offenbach.

DICHTERMANN IN DORTMUND

Dichtermann steuert Dortmund an
Dortmund erschauert im Novemberregen
Unerkannt landet Dichtermann im Hauptbahnhof
Nur ein Kind klammert sich an seine Mutter:
»Da! Dichtermann!«
»Red keinen Unsinn! Zu uns kommen keine Dichter!«

Dichtermann düst durch Dortmund
Er blickt in die Herzen der Menschen
Doch statt in Abgründe sieht er in Löcher
Nur aus einem schießt eine Flamme:
»Uschi! Ich vergehe nach dir!«
»Was soll dieser Quatsch, Karl? Wir sind hier in Dortmund!«

Dichtermann dauern die Dortmunder
Weit und breit kein dritter Gerechter
Das heißt: Die Stadt ist praktisch gerichtet
Schon will Dichtermann das Urteil sprechen:
»Verdammt seist du, Dortmund« –
»Höret!« unterbricht ihn die Stimme.
Dichtermann geht der Stimme nach
Die Stimme ertönt in der Fußgängerzone
Die Stimme gehört einem nassen Mann
mit eisgrauem Bart und kindlichen Augen:

»Dortmunder höret!
Herr Matinka darf mir diese Befehle weitergeben.
Nach mir gibt es keinen zweiten Berufsausgeber.
Es erfolgt dann sofort die zweite Ausrottung
aller Vermehrungen überall
aller 4000 Gruppen.

Personenzahl ist Gruppe
und das ist Partei.
Wann ist das Wort sofort?

(Die Banditen schießen ganz schön.)
Stellt euch vor, ihr wollt weiterleben.
Wenn nicht sofort, seid ihr tot.
In der Wüste arbeiten die im Adam und Eva.
Die gehorchten nicht auf dem Hauptmann und
waren andere.
Die Beigetretenen bei Herrn Matinka
bekommen von mir Befehl
über diese Weitergabe
von Herrn Matinka.
Die treten bei als diese Kirchen
und die Parteien
die sie schon sind.
Die Beitritte müssen jetzt
erfolgen zu Herrn
Matinka.«

Dichtermann kniet im Novemberregen
Herr Matinka hat von ihm Besitz ergriffen
Dessen Jünger da hat in Zungen geredet
In der Fußgängerzone spricht Dichtermann das
Schlußwort:
»Dortmund! Bist nicht gerichtet, bist gerettet!
Dortmund! Gebenedeit unter den Städten!«

INTERCITY

Abend in Kiel

Als mein Blick auf Kiel fiel
war da sehr viel Grau.
Graue Häuser, graue Menschen,
worauf ich nicht dumm
mich ins Bett begab im neunten
Stockwerk des Hotels:
Vorhang zu, Augen zu,
darum, daß der Blick
nicht mehr auf die Welt fällt.
Ach, wie Nichtsehn gut tut!

Morgen in Unna

Fronleichnamsmorgen in
Unna:
ein Super-Tip für
Genießer.
Die Häuser alle schon
draußen
und in ihnen all die
Spießer.
Verkatert
verbiestert
verschlafen
überläßt dieser Haufen von
Ratten

seine Stadt samt Straßen und
Plätzen
dem Fremden und seinem
Schatten.

Vor Flensburg

Saß ein Mädchen in der Bahn
Nichts daraus gemacht
Lächelte mich freundlich an
Nichts daraus gemacht
Sprach: Es müßte dir doch glücken
Mich vor Flensburg noch zu pflücken
Und sie hat gelacht
Nichts daraus gemacht.

Hinter Flensburg

Was misch dorsch Holstein düse läßt,
hält misch aach net in Schleswisch fest:
Isch düse dorsch sie beide.
In Kobbehache warded sie,
Fraa bis zur Musch
un Fisch ab Knie,
die kann isch so gud leide.
Geb Gott, sie hatn net vergesse:
Ihrn güde aale Schorsch aus Hesse!

Halt im Frankenland

Wolken wie mit dem Besen gemalt,
weiße Schlieren in nassem Silber,
dann aber alles sehr rasch getrocknet:
Stünde das Laubwerk sonst derart präzise,
dermaßen dunkel vor den Verläufen,
dies Filigran in sanfter Bewegung,
eilig schraffiert von verspäteten Vögeln?

Durch Schwaben

Fliegender Wechsel
Eine Pracht folgt der anderen
Gestern blühte der Weißdorn
Heute blüht der Holunder
Eingebettet in fette Fülle

So lieb' ich den Waldrand
Undurchdringlich bedeutsam
Heute blüht der Holunder
Morgen leuchtet die Kirsche
Rot wie das Reh dort

Alles Schöne stimmt sanft
Eine Nacht folgt der andern
Abends schau' ich dem Reh zu
Morgen schnurrt wohlig die Katze
Zu meinen verbindlichen Lügen.

Reiher an der Bahnstrecke Augsburg–Ulm

Der Reiher auf dem Eise steht.
Ahnt er, wohin die Reise geht?

Friert der nicht auf dem Weihereis?
Ich weiß es nicht. Der Reiher weiß.

Im Frühling lag der Weiher bloß.
Die Zeit macht nicht nur Reiher groß.

Im Sommer war der Weiher blau.
Die Zeit macht nicht nur Reiher grau.

Im Herbst war's um den Weiher rot.
Die Zeit macht nicht nur Reiher tot.

Im Winter stimmt der Weiher ernst.
O Mensch, der du vom Reiher lernst,

bedenke: Was der Reiher lehrt,
ist nicht mal einen Dreier wert.

Bussard an der Bahnstrecke Ulm–Augsburg

Der Bussard ist ein stolzes Tier,
bei Jettingen liegt sein Revier.

Dort sitzt er schwer im welken Gras,
weil er, vermute ich, schon fraß.

Ich blick auf ihn vom ICE
und denk an die, die ich nicht seh,

An Mäusevater, Mutter, Kind,
die alle in dem Bussard sind.

Und stumm entbiete ich dem Tier
ein eiliges »Hallo, ihr vier!«

Durch Niederbayern

Himmel sind weiter hier
Kirchtürme öfter
Wiesen sind grüner hier
und Tiere weißer.

O junges Schaf! Im Gras
stehst du, ich fahre.
Dich lockt das frische Grün,
mich reife Schuld.

O schöne Frau! Die Stadt
kennt andre Weiden.
Läßt du ihn noch mal rauf,
den alten Hammel?

Oktoberfest

Sitzend unter den Ungeschlachten
fühl ich mich federleicht
und fremd.

Stehend am Morgen danach auf der Waage
weiß ich: Ich war unter
meinesgleichen.

Hauptbahnhof Frankfurt/Main

So soll es sein,
wenn man die Frau,
so lange nicht gesehen,
wiedersieht:
Die Träne quillt,
die Hose spannt,
das Herz wird weich und
hart das Glied.

Der Rest ist

Da geht einer durch die Städte,
der uns was zu sagen hätte,
wenn wir ihn nur ließen.
Aber da ihn keiner läßt,
sagt er nichts zu Bukarest,
und er schweigt zu Gießen.

EIN GESPRÄCH IM HOTEL »SCHWARZER BOCK«, ANSBACH 1993

– Mal wieder auf Achse?
– Es hat ganz den Anschein.
– Mal wieder in Ansbach?
– Das läßt sich nicht leugnen.
– Zum wievielten Male?
– Ich glaube zum vierten.
– Privat? Geschäftlich?
– Ich werde hier lesen.
– Und? Alles beim alten?
– Das kann ich nicht sagen.
– Wie war es denn früher?
– Ich weiß nicht. Anders.

Erstmals kam ich 57 nach
Ansbach.
Schritt hindurch und lachte herzlich in
Ansbach.
Denn an einem Haus im Herzen von
Ansbach
las ich eine Inschrift, die war zu
putzig:

Hier entsproß
August Graf von Platen Hallermünde
Die Tulpe des Deutschen
Dichtergartens

Die Tulpe? Wer war dann die Rose?
Das Veilchen? Der Phlox? Die Mimose?

Die Lilie? Die Dahlie? Der Krokus?
Und wie hieß der Gärtner? Gott Jocus?

– Geht es dir gut?
– Ich kann nicht klagen.
– Könntest du dann nicht zur Abwechslung
– Was?
– Die Wahrheit sagen?
– Worüber?
– Über deinen ersten Besuch in Ansbach zum Beispiel.

Die Stadt lag an der Strecke
Stuttgart–Neuendettelsau.
In Stuttgart hatte ich mein
Kunststudium begonnen.
In Neuendettelsau machte er
sein Erzieherpraktikum.
Beide hatten wir in
Göttingen das Abi gebaut, 56.
Daß ich den Freund besuchte, war
doch wohl Ehrensache:

Als wir uns vorm Wicklesgreuther Bahnhof
trennten, war es früher Sonntagnachmittag.
Hitze draußen, drinnen drei, vier Gäste,
einer davon sichtlich weggetreten.
Während er nach noch mehr Bier verlangte,
plagte mich vor einer Limonade
jene Frage, die der Freund am Vortag
nicht verneint und nicht bestätigt hatte:

Hast du schon mal mit 'ner Frau geschlafen?
Große Frage! Plötzlich Lärm im Gastraum.
Einer greift sich wen, schiebt ihn ins Freie,
auf den Bahnsteig. Oder auf die Gleise?
Ah, zu hell da draußen. Zu belanglos
dies Gekabbel zwischen Wirt und Trinker
vor dem dunklen Grund der Ungewißheit:
Hatte er schon? Werde ich wohl jemals?

Später dann im leeren, heißen Abteil
fand die Hand zum Glied. Mit offnen Augen,
die doch nichts mehr sahn, ging's durch der Gegend
sehr viel Blau und irgendwelche Wolken,
Waldrand hinten, vorne Weizenfelder,
unerheblich wie der Takt der Schwellen,
der jäh abriß. Kreischen. Plötzlich waren
beide Hände voll damit beschäftigt,
Halt zu suchen, bis das alles still stand.
Was war los? Weshalb die Unterbrechung?
Dann die Rufe, halblaut. Türenschlagen.
Amtspersonen springen auf den Schotter.
Fingerzeige. Eilig ab ins Kornfeld.
Dort im Kreis verharrn, gesenkten Kopfes.

Wir im Zug nun alle an den Fenstern,
alle starrn wir auf den Kreis im Kornfeld.
Einer fragt. Ein andrer rätselt. Alle
haben Scheu, die Stimme zu erheben,
dabei sind wir doch nicht in der Kirche.
Aber alle haben wir mit angesehen,
wie da einer was im Kornfeld hochhob,
voller Hast, als sei dies ungehörig,
kaum betrachtet, ließ er es schon fallen,
nicht zu sagen was, bei der Entfernung.

Als wir dann im Bahnhof Ansbach einfuhrn,
wurde die Verspätung kurz bedauert.
Alles ging so rasch, daß ich noch lange
rätselte: Was fielen da für Worte?
War von Stör-, von Unglücksfall die Rede?

– Erzähl ruhig weiter.
– Geht's nicht auf die Nerven?
– Ich hab' noch Reserven.
– Für Ansbach zum zweiten?

69 kam ich wieder nach
Ansbach.
Lief umher und kam ins Grübeln in
Ansbach.
Denn im weiten Park des Schlosses von
Ansbach
las ich eine Inschrift, die schien recht
kniffig:

Hic occultus
occulto
occisus est
XIV DEC MDCCCXXXIII

Das stand auf einem Stein
und war ganz klar Latein.
Was da geschehen war,
war freilich nicht so klar.

Bei all dem occ, occ, occ
ging ich ganz schön am Stock,
doch mit Geduld und Spucke
fing ich auch diese Mucke:

Hier wurde der Verborgene
auf verborgene Weise
getötet
14. Dezember 1833

– Das Opfer war Kaspar Hauser?
– Das begriff ich erst später.
– Und als Opfer fühltest auch du dich?
– Auf jeden Fall nicht als Täter.
– Eher als Bruder im Geiste?
– Ich glaubte mich ihm verwandt.
– Verwandt in welcher Hinsicht?
– Unbehaust, ungeliebt, unbekannt.
– Du ein geschichtsloser Schemen?
– Ja.
– Und das soll ich dir abnehmen?

Warum nicht? Ein Unbehauster
war auch ich in jenem Frühjahr,
als die Frau mir anvertraute:
Du, da gibt es einen andern.
Nichts wie weg. Erst kurz vor Würzburg
überlegte ich: Wohin denn?
Amberg? Bamberg? Nürnberg? Bayreuth?
Dann die Flatter hinter Würzburg.

Bis die Abfahrt kam, das zog sich.
Fahr mal, wenn das Herz verrückt spielt.
Runter. Valium. Drei Kreuze.
Das war knapp. Dann wieder Straßen,
Regen, Hinweisschilder, Ansbach.
Ansbach – war ich da nicht schon mal?
Wird schon dunkel. Also Ansbach.

Ansbach also. Zimmersuche.
Ja, das nehm' ich. Eilig weiter.
Schließlich muß der Mensch was trinken.
Aber wo? Auf Ansbachs Marktplatz
war nichts los. Doch sehr in Eile
kommt wer keuchend, rennt ins Helle,
stöhnt dabei. Im Licht der Lampen
wirkt er *strange*. Wie hieß denn noch mal
diese Jacke? Und weg war er,
rot und schwarz kariert. Noch als ich
das Lokal betrat, da lag's mir
auf der Zunge. Ja, ein Helles!

Dunkler Abend. Je mehr Helle,
desto düsterer sie alle,
Schankraum, Kellner, Gäste, Zukunft.
Plötzlich kreischt es. In der Tür steht
eine Frau und weist nach oben,
kreischend, daß in ihrem Zimmer
jemand unter ihrem Bett läg',
nie gesehn, und Worte stöhne,
nie gehört. Dann geht die Post ab:
Aus dem Nebenzimmer stürzen
sieben Amis, breit wie Bären,
alle in den gleichen Jacken,
alle mit der gleichen Aufschrift,

alles Judo-Fighter. Alle
sind nur zu bereit zu fighten,
alle rauf. Wir andern warten.
Hören erst mal nichts, dann Flüche,
Klatschen, Winseln, Poltern. Dann ein
Schrei, so markerschütternd elend,
daß sich jedes Haar sträubt. Alle
schaun wir aus der Tür und sehen,
wie da wer im trüben Licht der
Toilette schreit. Im Halbkreis,
fast verlegen, steht die Meute,
deren Anführer zurückblafft.
Alles Amis, auch der Schreier,
offenkundig Opfer eines
derart übergroßen Schreckens,
daß er selber schreckt. Beklommen
treten wir zurück. Im Gastraum
herrscht erst Schweigen. Dann sagt einer
was von Drogen. Und ein andrer
was von Horror. Und ein dritter
will ein Helles. Und dann läuft der
Film zurück: Die Amibären
kommen wieder rein, verschwinden
nebenan. Ein Krankenwagen
holt wen ab, und als er heulend
losfährt, weiß ich unvermittelt,
wie das hieß, was selbst im trüben
Licht der Toilette unschwer
zu erkennen war, schwarz-rote
kleine Karos, großer Kragen:
Lumberjack! Ja, noch ein Helles!

– Und weiter?
– Was weiter?
– Laß dich nicht bitten.
– Worum?
– Worum wohl?
Um Ansbach zum dritten.

75 war ich wieder in
Ansbach.
Nicht allein, ich führte nämlich durch
Ansbach.
Doch statt des gesuchten Mordsteins von
Ansbach
fand ich eine Säule, die war echt
goldig:

UZ
Dem Weisen
Dem Menschenfreunde
Seine Verehrer
1825

Uz – Wer war denn das schon wieder?
Reimte der nicht treu und bieder,
ein Paradepferd der Richtung
sittlich reifer Schäferdichtung?

– Das tat er. Und der Stein für Hauser?
– Den fand ich am nächsten Tage.
– Wieso überhaupt wieder Ansbach?
– Das ist etwas, was ich mich ebenfalls frage:

Nach Ansbach fährt man nicht,
Ansbach widerfährt einem.
Der noch vor Stunden sagte
»Auf keinen Fall Ansbach«,
erinnert sich beim Aussteigen:
Da drüben bin ich damals abgestiegen.
Der nur drei Schritte gehen wollte,
gerät schrittweise ins Suchen:
Irgendwo steht doch dieser Hauser-Stein!
Der einst in Ansbach gelitten hat,
will es nun gut haben:
Laß uns hier übernachten!

– Frankenfahrt mit der Geliebten!
  Ringsum Juni! Ging es da nicht
  geradewegs durch alle Himmel
  in den herrlichsten, den siebten?

Der geradeste Weg ist manchmal der Umweg.
Für schwache Stunden muß man sich stärken.
Doch war jener Herr an der Seite der Dame
nicht ganz bei der Sache:
Der die Schöne beim Hauptgericht beriet,
dachte schon an den Nachtisch.
Der mit der Lachenden die Nachspeise teilte,
freute sich bereits auf den Heimweg.
Der zum Gehen drängte

– Fieberte dem Bett entgegen?

Das war nicht so einfach
ins Bett zu gelangen.
Erst ging's übern Platz,
da stand dieses Pärchen.

Da floß rotes Blut,
das tropfte von seinem
Kopf auf ihr Kopftuch.
Sie hielt ihn, er stöhnte.
Da war was geschehen

– Ein Unfall?
– Ein Unheil.
  Der Anfang vom Ende.
– Weshalb das?
– Ganz einfach.
  Wir kamen nicht vorwärts:

  Sie wollte hinsehn
  Ich wollte wegsehn
  Sie wollte warten
  Ich wollte gehen
  Sie wollte wissen
  Ich wollte weiter
  Sie wollte helfen
  Ich wollte sie

– Und sie?
– Sie schalt mich herzlos.
– Und du?
– Ich schalt sie lieblos.
– Und die?
– Verschwanden spurlos.
– Und ihr?
– Wir wurden uns los:

Die zuvor ein Herz und eine Seele gewesen waren,
waren danach wie Hund und Katze.
Die gemeinsam zu Tisch gesessen hatten,

suchten getrennt das Bett auf.
Die es ersehnt hatten, sich ineinander zu
verschränken,
lagen nebeneinander wie Stöcke.
Denen die Nacht zu kurz erschienen war,
konnten den Morgen kaum erwarten.
Die einander nie hatten aus den Augen lassen wollen,
verabredeten, heimgekehrt, kein Wiedersehen.

– Das war es?
– So ist es.
– Kein Nachwort?
– Ein Nachtrag:

Bin seit heute Mittag wieder in
Ansbach
Fror ein wenig, denn es schneite auf
Ansbach.
Plötzlich auf dem Rundgang durch
Ansbach
fühlte ich mich irgendwie
traurig:

Marktplatz, Altstadt, Parkanlagen,
Platen, Uz und Kaspar Hauser,
alles da und trotzdem alles
so verändert. Schrecklich bieder
all die Bürger. Kein Gehetzter
geistert durch der Einkaufszone
grellen Frohsinn. Keine Trauer

lähmt die Kreglen. Kein Geheimnis
stört die Trinität der Dumpfen:
Friede, Freude, Eierkuchen.

– Jetzt haben wir es dem Bürger aber gegeben!
– Er wird's überleben.
– So, wie wir es überlebt haben?
– Was?
– Das Älterwerden des Knaben.
– Wen meinst du mit diesen Reden?
– Na wen wohl? Niemand und jeden:

Jung erschien die Welt ihm so schaurig,
so schrecklich, geheimnisvoll, traurig.
Doch Geheimnis, Schrecken und Schauer
war'n in ihm und daher nicht von Dauer.
Heut verspeist er fröhlich und friedlich
seinen Eierkuchen. Man sieht sich?

– Du mußt schon weiter?
– Ich will nicht mehr stören.
– Man sieht sich in Ansbach?
– Wir sehn uns doch dauernd.
– Ich war nicht zu nervend?
– Du warst schon mal schlimmer.
Viel Glück bei der Lesung!
– Danke. Ich brauch's nicht.

III UNTER GEIERN

HALKYONISCHE STREIKTAGE

Die Post streikt –
die Beleidigungen bleiben auf der Strecke.

Das Telefon ist defekt –
die Störungen kommen nicht durch.

Verkehrsinfarkt –
im Stau auch der Besuch.

Der Müll stinkt –
keine Rose ohne Dornen.

ALLES ÜBER RM

Robert Multikulti geht
dahin gern, wo »Döner« steht.
Döner, sagt er, schmeckt mir fein,
da darf's auch vom Türken sein.

Robert Multikulti hat
jene Sorte Fremde satt,
die ihm zu verstehen gibt,
daß sie alles Deutsche liebt.

Robert Multikulti ist
tendenziell, sagt er, Rassist,
da er seine eigne Rasse
oft und gern und gründlich hasse.

Robert Multikulti meint,
Deutschland sei genug vereint:
Dreimal werden wir noch wach,
heißa, dann ist Trennungstag!

Robert Multikulti hält
nicht viel von dem Rest der Welt.
Schließlich, stellt er seufzend fest,
leb' ich ja in diesem Rest.

DIE STÜRMUNG DER STADTBÜCHEREI VON FORT WORTH

Die Presseagentur Reuter meldet: Etwa fünfhundert Besucher haben die Stadtbücherei von Fort Worth/Texas gestürmt und die gesamte Belletristik-Abteilung verwüstet, da der Disc-Jockey des Lokalsenders KYNG die gutgemeinte Falschmeldung verbreitet hatte, in den Büchern seien zur Hebung der Leselust Banknoten als Lesezeichen versteckt worden.

Beim Sender KYNG in Fort Worth gab es einen, den's reute,
daß die Leute immer nur Radio hörten. Daher sagte er: »Leute,
es gibt auch so was wie innere Werte,
ich nenn' euch jetzt mal 'ne ganz heiße Fährte:
In den Büchern der Stadtbücherei von Fort Worth findet ihr Lesezeichen,
mit denen lassen sich alle Außenstände begleichen.«
Diese Nachricht machte ziemlich schnell die Runde.
Sie ging besonders bei den Tramps und den Arbeitslosen von Mund zu Munde.
Denn die hatten grad Zeit und sagten sich: Anstatt wie die Ratten
hier rumzuhängen, können wir ebenso gut unserer geliebten Stadtbücherei einen Besuch abstatten.

Die ihr das lest in eurem Lesezimmer,
denkt nicht: Wie schlimm! Es kommt noch schlimmer!
Bedenkt: Wie schlecht muß es um solche Menschen stehn,
wenn die aus freien Stücken in eine Stadtbücherei gehn!

Kurz darauf herrschte in der Belletristik-Abteilung
schon ein ziemliches Gewühle.
Die massenhaft eingetroffenen Leseratten nämlich
scherten sich nicht um Tische und Stühle,
sie überprüften ihre Lektüre direkt auf den Regalen,
und diese Untersuchungen führten zu eindrucks-
vollen Zahlen:
Circa 3000 Exemplare der sogenannten »Schönen
Literatur«
lagen schließlich am Boden. Von manchen waren nur
noch Deckel und Rücken übriggeblieben,
den Rest hatten die Literaturforscher aufgerieben,
als sie um die Ehre stritten,
wer Dickens überprüfen dürfe und wer Bulwer-
Lytton.

Die ihr das lest in euren Lektüre-Kabinetten,
denkt nicht: Sind die in Texas noch zu retten?
Bedenkt lieber: Was wäre die Folge gewesen,
hätten die die Bücher nicht nur gefleddert, sondern auch gelesen?

Dann hätten sie womöglich die Gedichte eines Bert
Brecht in die Hände bekommen,
und der hätte die Arbeitslosen ganz schön in die
Mangel genommen:
»Anstatt hier die Stadtbücherei von Fort Worth zu
versauen,
solltet ihr lieber lernen und den Kommunismus in
Texas aufbauen.
Sodann in Arizona. Und endlich in den Vereinigten
Staaten.«
Und stellt euch vor, diesen Worten wären Taten
gefolgt, weil die Verdammten von Fort Worth
eingesehen hätten:

»Der Mann hat ja recht! Nur der Kommunismus
kann uns noch retten!
Kommunismus oder der Tod!
So oder so: Der Westen wird rot!«

Ja, da erblaßt ihr vor euren Bücherwänden.
Deshalb lasse ich die Angelegenheit lieber gimpflich enden.
Denn 1994 pflegt man hier auf Erden –
anders als 1934 – die Suppen nicht so heiß zu essen,
wie sie gekocht werden:

Ich lasse also Brecht unter die Brecht-Leser von Fort
Worth treten
und sagen: »Ich hätte gern um etwas mehr Respekt
vor der Dialektik gebeten.
Und die lehrt nun mal: Um vom Brecht zu lernen,
muß man sich soweit wie möglich vom Brecht
entfernen.
Der Brecht hat die Bücher der Klassiker immer mit
großer Sorgfalt gelesen
und ist gerade deshalb nicht vor ebenso großen
Irrtümern gefeit gewesen.
Wäre es nicht zur Abwechslung auch mal
gutzuheißen,
all die Schriften nicht zu verhimmeln, sondern auf
die Erde zu schmeißen?
Macht also ruhig weiter. Die brauchbaren werden das
schon überstehn.
Und dann laßt uns einen Whiskey kippen und eine
Henry Clay rauchen gehn.«

LIED VON LINKISCHEN AMIS

Linkische Amis,
als schämten sie sich, auf der Welt zu sein.
Wie linkisch sie Trinkgeld geben!
So ganz ohne Großmachtallüren.

Anderswo, unter wärmerer Sonne,
gibt es Leute, die sterben,
wenn sie mit linkischen Amis
zusammentreffen.

(Linkische Amis,
man darf sie nur nicht auf die Tropen loslassen.
Linkische Amis,
man kann sie aber ruhig zum Italiener schicken.)

Hier, mitten in Frankfurt,
sterben sie selbst fast tausend Tode,
hilft der Ober in die Wintersachen
linkischen Amis.

FLIEGENGEDICHT

In dieses Volk hineingeborn –
was hab ich in *dem* Volk verlorn?

In diesem Volk, wo morgens die Getretenen
ihrem Spiegelbild schwören: Schluß mit dem
Stiefellecken, heute müssen Köpfe rollen

Schluß Schluß Schluß

In diesem Volk, wo mittags der Glanz der
frischgeleckten Stiefel all diejenigen blendet,
die sich die Visagen der Treter einprägen wollen

Glanz Glanz Glanz

In diesem Volk, wo abends die randvollen Gläser
die Angst der Köpfe der Getretenen vor dem
Rollen auslöschen sollen

Angst Angst Angst

In diesem Volk bin ich daheim.
So spricht die Fliege auf dem Leim.

ALS ER ZUM 3. OKTOBER 1990 GEFRAGT WURDE, WAS ER VON DEUTSCHLAND ERWARTE UND WAS ER DEM VEREINTEN LAND WÜNSCHE

Deutsche! Frei nach Bertolt Brecht
rate ich euch, wählet recht:

Von den Zielen die wichtigen
Von den Mitteln die richtigen
Von den Zwängen die spärlichen
Von den Worten die ehrlichen
Von den Taten die herzlichen
Von den Opfern die schmerzlichen
Von den Wegen die steinigen
Von den Büchern die meinigen.

15. 1. 91 – DER TAG, AN DEM DAS ULTIMATUM ABLIEF

Das Hörnchen war gut
wie schon lange nicht mehr
Der Kaffee war stark
wie schon lange nicht mehr
Der Himmel war blau
wie schon lange nicht mehr
Die Sonne schien hell
wie schon lange nicht mehr

Ich ging so beschwingt
wie schon lange nicht mehr
Ich war so verzückt
wie schon lange nicht mehr
Ich schrieb so erfüllt
wie schon lange nicht mehr
Ich sah so berückt
wie schon lange nicht mehr

Die Sicht war so klar
wie schon lange nicht mehr
Der Berg war so rot
wie schon lange nicht mehr
Der Abend war schön
wie schon lange nicht mehr
Die Sonne versank
wie lange nicht mehr.

DIE VERLEIHUNG DES KRÄNKUNGSPOKALS VOM 3. 7. 1993

Dachte am Vormittag noch: Den krieg' ich.
Wußte am Nachmittag schon: Nicht heute.
Tiefere Kränkung als ich erlebte
an diesem Samstag Jana Novotna.

Führt vier zu zwei im Dritten und hat schon
mit sechs zu eins den Zweiten im Sack,
muß also nur noch zuschnürn, da ist sie
nervlich total fix und foxi,

sagt erst der Sprecher, dann seh' ich es selber:
Doppelfehler die Menge, der Aufschlag
läßt sie im Stich, die Volleys verschlägt sie –
hoch reißt die Arme beim vier zu sechs jene,
die schon geschlagen schien, Miss Graf, die Steffi.

Unsere Steffi! Stolz hob sie die Schale,
aber als zweite. Erst kriegte ihr Schälchen
Jana Novotna. Ihr flossen die Tränen
bei dessen Anblick: »Ach Schälchen so winzig,
sollst du auch zu mir, ich will doch die Schale.
Kann die nicht mein sein, so möchte ich sterben.
Hier nach dem Endspiel, hier auf dem Rasen
des Centre Courts, hier in Wimbledon. Bitte
laßt mich in euren Armen verscheiden,
Herzogin!« Aber vom Weinen alleine
ist bisher niemand gestorben, da braucht's schon
was in den Rücken, wie neulich in Hamburg.
Denkt an den Stich, hat die sich denn seither
wieder gemeldet? Und war doch die Erste,
Monika Seles, bevor der Typ zustieß,
einer aus Naumburg in eine vom Balkan,
damit unsre Steffi wieder die Eins wird,
was sie auch wurde. Was lernen wir daraus?

Dies vielleicht: Jana stünde es gut an,
nicht so zu weinen, gestützt von den Armen
der Duchess of Kent. Und unserer Steffi
stünde es sehr gut an, nicht so zu jubeln,
sondern der Monika still zu gedenken,
der Armen. War Nummer Eins und ist jetzt
das Letzte. Hat so gestöhnt und ist jetzt
die Stillste. Ist zwar am Leben, doch ist das
ein Leben? Wer nicht gesehn wird, kommt sich

abhanden. Wer übersehn wird, ist nicht
vorhanden. War da was? War da wer? Monika
who? Tief drang der Stich, tiefer die
Kränkung. Glaubt mir, ich weiß, wovon
ich rede. Schweig' aber still und lasse
den Damen Vortritt und Aufschlag zum Spiel-, Satz-
und Matchball: Der Kränkungs-Pokal geht an euch
beide. Nein, Geld gibt's keines, nur diesen
Kübel. Ja, diesen einen. Ja, da heißt's
teilen. Ja, das ist kränkend. Aber was kann man
von einem solchen Pokal schon erwarten?
Ja, der muß weg, nun nehmt schon die Kanne
und werdet glücklich. Nein, nichts zu danken:

Hab' schon genügend im Spind stehn, Mädels.

ALLES ÜBER RT

Robert Trostbedürftig fährt
in die Stadt nach Streicheln,
doch wen immer er auch trifft,
keiner will ihm schmeicheln.

Robert Trostbedürftig eilt
ins Lokal nach Loben,
doch der Wirt erklärt ihm barsch:
Unten ist nicht oben.

Robert Trostbedürftig rennt
vor Gericht nach Rache,
doch dem Kläger scheint es, als
ob der Richter lache.

Robert Trostbedürftig geht
gänzlich vor die Hunde.
Kommt ein kleines Kätzchen an,
leckt ihm seine Wunde.

DER TIGER-REPORT

1

Im Fernsehn, zu den besten Sendezeiten,
betrachten wir gerührt die Todgeweihten:
»Schau mal, ein Film über Tiger!«
»Die werden auch immer weniger.«

2
Warum heißt der Löwe Löwe?
Weil er durch die Wüste löwt.
Warum heißt der Tiger Tiger?
Weil er auch durch die Wüste löwt,
aber viel gewaltiger.
(Unruhe)
Der löwt auch, aber viel gewaltiger.
(Verstärkte Unruhe)
Gewal-tiger!
(Starke Unruhe)
Was sind das für Zeiten, wo ein Witz über Tiger schon fast
ein Verbrechen ist, weil er ein Schweigen einschließt über
so viel Aussterben –
(Eisige Ruhe)

3
Tja, Tiger
Du, Tiger
bist auf diesem Planeten vermutlich
die längste Zeit rumgetigert.
Man ist nicht ungestraft
die schwerste
die stärkste und
die schönste
aller Raubkatzen.
Man weckt nicht folgenlos
den Neid
die Lust und
die Gier
aller Raubaffen:
Der kann ja fünfmal am Tag! Das

will ich auch können!
– Tiger-Penis-Suppe! Der Teller Tiger-Penis-Suppe
für nur 320 Dollar!
Der ist ja dermaßen stark! So
will auch ich werden!
– Tigerknochen! Das Kilo Tigerknochen für nur
1000 Dollar!
Der ist ja dermaßen getigert! So
will auch ich aussehen!
– Tigerfelle! Das 1-A-Tigerfell für nur 15 Tausend
Dollar!
Aber, Tiger
weshalb, Tiger
dich mit Zahlen langweilen?
Vielleicht hörst du ja auf Worte:

Warum so exotisch?
Das macht nur erotisch.
Warum diese Krallen?
Krallen gefallen.
Warum diese Streifen?
Streifen ergreifen.
Warum diese Größe?
Größe ist Blöße.
Warum diese Stärke?
Die reizt doch nur. Merke:

Reihe dich ein bei uns Schwachen –
vielleicht läßt sich da noch was machen.
Gleiche dich uns an, den Grauen –
vielleicht läßt sich darauf was bauen.
Mach es wie wir hier, die Kleinen –
vielleicht tickst du dann, was mir meinen:
Wozu braucht die Welt große Katzen?

Das fragen mit den besten Wünschen für ein
friedliches Zusammenleben

Die Menschen, die Ratten, die Spatzen.

4
Tiger! Ihr müßt euch was einfallen lassen!
Tiger! Das geht mit euch nicht so weiter!
Schon gibt's euch häufiger hinter Gittern
als in Freiheit. Die Schätzungen schwanken,
mehr als siebentausendfünfhundert
freilich seid ihr auf gar keinen Fall. Da
draußen, versteht sich. Seit 1900
ist das ein Schwund von fünfundneunzig von
hundert. Tiger! Ihr seid am Verschwinden!
Zumal ja eure globalen Zahlen
nur wenig besagen, da lediglich eure
Einzeldaten verraten, was wirklich Sache ist:

(Ich zitiere mit freundlicher Genehmigung aller
Betroffenen
aus dem Tiger-Aussterbe-Bericht)

Unterschreitet die Anzahl der Tiger
in einem Gebiet hundertzwanzig,
ist relativ sicher, daß alle
für immer verschwinden. Also:
Dem Bali-Tiger, 1940 ausgerottet, und dem
Kaspischen Tiger, 1970 ausgerottet, und dem
Java-Tiger, 1980 ausgerottet, werden in Bälde
folgen der
Südchina-Tiger, zur Zeit 30 bis 80 Exemplare,
und der

Sibirische-Tiger, zur Zeit 150 bis 210 Exemplare,
und der
Sumatra-Tiger, zur Zeit 650 Exemplare –
sofern ihr, Tiger! so weitermacht.

5
A: »Um überleben zu können,
müssen Nashörner lernen,
daß es gut für sie ist,
ihr Horn zu entfernen.«

B: »Ich bin sicher, der Tiger
würde auch was hergeben.
Bloß: So ganz ohne Fell –
wär' denn das noch ein Leben?«

6
Ich will mich da nicht einmischen, Meister, aber
man wird ja wohl noch mal fragen dürfen: Warum
all diese Worte über den Tiger und warum
keines über den Kupferschieferhering?
Kennse das Perm? An seinem Ende passierte
das konkurrenzlos größte Artensterben
der Erdgeschichte. Ganz ohne menschliches Zutun
ließ damals Mutter Natur so gut wie alles,
was wuchs oder schwamm oder kroch, kurz, was
lebte,
über die Klinge springen. Nur zwanzig von hundert
Arten schafften die Kurve ins Erdmittelalter,
ins Trias. Nicht bei den Glückspilzen der besonders
häufige Kupferschieferhering. Vielleicht könnse
auch mal ein gutes Wort über den verlieren,
ungeachtet der Tatsache, daß der bereits
vor zweihundertfünfundvierzig Millionen Jahren

den Löffel abgeben mußte. Art ist doch
Art. Tier ist doch Tier. Hin ist doch hin –
oder greifense lediglich dann in die Leier, Meister,
wennse uns Menschen eins auswischen können?
Hamse
denn gar kein Herz für den friedlichen, für den
niedlichen
für den Kupferschieferhering, Meister?

7
Mutter, zum Abendessen kann ich nicht kommen
Mutter, ich muß meinem Freund Mowgli beistehn
Mutter, du siehst doch: Ich bin ein schwarzer Panther
und heiße Bagheera.

Die Abenddämmerung ist die Stunde des Tigers
An der Wasserstelle lauert Shir Khan auf sein Opfer
Kein Geschöpf im Dschungel, das er nicht zu
täuschen versteht.
außer Bagheera.

Nein, Mutter, ich kann jetzt Mowgli nicht im Stich
lassen
Doch, Mutter, ich sehe den Tiger ganz deutlich
Klar, Mutter, du kannst Shir Khan nicht erkennen,
aber Bagheera kann das.

Seit wann muß auch ein Panther zu Abend essen?
Wieso ist Mowgli schon lange schlafen gegangen?
Was heißt denn das: Es gibt hier gar keine Tiger?
Ist hier nicht Indien, Mutter?

8
Panthergleich hechtete sich der Tiger auf das
Warzenschwein
(Unruhe)
um sich im nächsten Moment wieder
wieselflink
(Verstärkte Unruhe)
einzuigeln.
Dieser Satz, den ich dem Buch »Shingar, der aalglatte Tiger« von Erwin Tagore entnommen habe –
(Starke Unruhe)
Wirklich, wir leben in tigerlosen Zeiten! Meine Sprüche waren schon mal wich-tiger, Ihre Kritik war schon mal rich-tiger, meine Witze waren schon mal saf-tiger, Ihr Beifall war schon mal hef-tiger, wir alle warn schon mal lus-tiger
(Eisige Unruhe)

9
Der Tiger lebt von Ort zu Ort
nur noch als Werbung fort.

Er zeigt sich in der Abendstund
und macht den Bildschirm bunt.

Aus Öl entsteht er geisterhaft
und gibt dem Motor Kraft.

Wer weiß! Nach Jahr und Tag sind wir
auch ganz wie jenes Tier.

Bewegte Bilder, die man liebt,
weil's uns als Körper nicht mehr gibt.

Vorm Fernseh sitzt die Nachwelt dann
und schaut sich Menschen an.

GESPRÄCH MIT DEM ENGEL

Ein Geräusch in der Luft,
wie von großen Maschinen:
»Sagn Sie mal – läßt sich das nicht abstellen?«
»Damit kann ich leider nicht dienen.
Das ist das Stöhnen Gottes
beim Betrachten seiner Welten.
Das heißt: Manchmal lacht er auch über sie.
Aber selten.«

JAKOBINISCHER WANDERSMANN

I

In Engelszungen sang
der schlesische Cherub.
Wer fällt ihm hier ins Wort?
Ein Mensch? Der Beelzebub?

II

Mensch, rede nicht von Gott.
Was ist von Gott zu sagen?
Er siegte, sah und kam,
um uns ans Kreuz zu schlagen.

Mensch, werd' vor Gott nicht weich,
denn Gott ist mit den Harten.
Kaum wurde Adam bleich,
schon flog er aus dem Garten.

Vor Gott ist alles eins.
Sein Nehmen ist ein Geben:
Er gibt den Tod und nimmt
im Gegenzug das Leben.

Mach dir nur einen Reim
auf beide, Mensch und Gott:
Du findest kein' auf Mensch
und erntest für Gott Spott.

Ihr Menschen, lernet doch
von Wiesenblümelein:
Gott hat euch ausgesät,
und ihr geht dennoch ein.

Die Ros' ist ohn' Warum,
kein Zweifel an ihr naget,
denn da ist ja der Mensch,
der ihr das Darum saget.

Wo Gott ein Feuer ist,
so ist mein Herz ein Herd,
auf welchem er sein Supp'
kocht, abschmeckt und verzehrt.

Warum daß Gottes Geist
wie eine Taub' erscheint?
Er tut's, weil er damit
den Fuchs zu tarnen meint.

Gott ist mein Stab, mein Licht,
mein Pfad, mein Ziel, mein Hirt,
mein Kind, das all das glaubt
und darob selig wird.

Gott spricht nur immer Ja,
der Teufel immer Nein:
Drum ist der Mensch verdammt,
der Schiedsrichter zu sein.

Nichts dünkt mich hoch zu sein,
ich bin das höchste Ding,
weil auch Gott ohne mich
sich selber ist gering.

III

»Mensch werde wesentlich« –
wer solches sagt, der irrt.
Er sorge vielmehr, daß
sein Wesen menschlich wird.

IM CHIANTI

Weh dem, der hat.
Ihm kann genommen werden:
»Ist der Blick von unsrer Terrasse nicht makellos?
Ich kenne keinen schönern auf Erden.«

Weh dem, der hat.
Er kann verlieren:
»Wir hätten damals auch noch das Wäldchen dazu kaufen sollen,
dann könnte uns nichts passieren.«

Weh dem, der hat.
Ihm wird genommen:
»Schatz, schau mal, wie der Neubau durch die Baumkronen stößt –
unser Blick ist nicht mehr vollkommen!«

Weh dem, der hat.
Er ist verloren:
»Seitdem diese Schweinerei da drüben passiert ist,
ist unser Haus für mich gestorben.«

COSTA SMERALDA

Arm dran die Reichen.
Nie sind sie alleine.
Da ist das Mädchen,
da ist der Gärtner,
da ist der Pool verstopft,
und man kann froh sein,
wenn noch wer kommt.

Laut bei den Reichen.
Einer schafft immer.
Saugt nicht das Mädchen,
so mäht doch der Gärtner.
Sind beide still,
lärmt durch den Abend
der Poolreiniger.

Einsam die Reichen.
Es läßt sie alleine
mit all ihren Sorgen
das Mädchen, der Gärtner,
und auch den Mann
am Pool bekümmert
kaum, daß er stört und
nicht, was er kostet.

DER KÜNSTLER UND DAS GELD

1

Einst hat es da gesprudelt,
wo heute Wüste ist,
klagt der Künstler.
Es wird schon wieder fließen,
wenn du erst flüssig bist,
sagt das Geld.

So lies nur, wie die Kritiker
mein letztes Werk verhöhnen,
weint der Künstler.
Verlangt es dich nach ihrem Lob?
Dann mußt du leider löhnen,
lacht das Geld.

In hundert Jahren wird mein Ruhm
noch immer hell erstrahlen,
schreit der Künstler.
Den Rotwein, den du heute trinkst,
mußt du auch heute zahlen,
sagt das Geld.

2

Der Künstler sagt zum Geld:
Geld ist doch nicht die Welt.
Da sagt das Geld: Mein Gott!
Das hab ich ja noch nie gehört,
ein solcher Satz ist Goldes wert –
verkaufst du mir den Schrott?

3
Der Künstler ruft: Hinaus!
Verlaß sofort mein Haus!
Das Geld nimmt seinen Hut
und lächelt: Mein ist gut.

Der Künstler ruft: Hör zu,
laß mich ab jetzt in Ruh!
Das Geld fragt an der Tür:
Was zahlst du mir dafür?

Das Geld tritt aus dem Haus:
Auf Nimmerwiedersehn.
Da springt der Künstler auf:
Du willst doch nicht schon gehn?

4
Groß sind des Künstlers Leiden.
Das Geld fragt ihn: Wie wär's mit uns beiden?
Mit uns wird das nie was, erwidert er knapp,
hängt sich beim Geld ein und zieht mit ihm ab.

5
Das Geld bittet den Künstler zu Tische.
»Mein Gott, was allein das Fleisch hier kostet!«
Das Geld winkt ab: Kleine Fische!

Das Geld führt den Künstler ins Haus.
»Himmel, was hier reingesteckt worden ist!«
Das Geld lacht: Das springt wieder raus.

Das Geld löscht dem Künstler das Licht.
»Womit habe ich nur so viel Fürsorge verdient!«
Noch, mahnt das Geld, hast du's nicht.

6
Das Geld reicht dem Künstler den Stift.
»Sieht aber verdammt wie ein Kaufvertrag aus!«
Das, sagt das Geld milde, trifft.

Das Geld treibt den Künstler an.
»Ich weiß überhaupt nicht, ob mir was dazu einfällt!«
Das Geld fragt geduldig: Wann?

Das Geld macht dem Künstler Beine.
»Wenn du mir keine Zeit läßt, platzen unsere Termine!«
Es sind, sagt das Geld ihm, deine.

Das Geld hält den Künstler auf Trab.
»Bei dieser Hetze werde ich noch wahnsinnig!«
Und ich, sagt das Geld, werde knapp.

Das Geld dreht den Geldhahn zu.
»Da werden wir uns wohl alle einschränken müssen!«
Nein, sagt das Geld da, du.

7
Geschlecht, Gefühl, Natur und Kunst
verwandelst du in Waren,
klagt der Künstler.
Mein Handeln diente immer schon
dem Schönen, Guten, Baren,
lacht das Geld.

GESANG VON DER KÄUFLICHKEIT

Jene, die da sagen,
Ich sei käuflich,
Bitte ich von Herzen:
Na, dann kauft mal.
Oder habt ihr nicht
Genügend Kleingeld?
Warum habt ihr dann
So große Schnauzen?

Meine Freunde, weshalb
Diese Töne?
Schwer, was zu verkaufen
Ohne Käufer.
Hart, korrupt zu sein,
Wenn jeder rechnet,
Auch, und nicht zuletzt,
Der Korrumpierer.

Meine Fresse, ich bin
Doch nicht blöde.
Wer mich linken will,
Muß früher aufstehn.
Glaubt doch nicht, ihr wäret
Was Besondres –
So korrupt wie ihr
Bin ich schon lange.

Tugendhaft kann heute
Jeder Arsch sein.
Hauptsache, kein Sack
Will in ihn kriechen.
Wo kein Sack ist, sind auch
Keine Ratten.
Wo kein Nager nagt,
Beißt kein Gewissen.

Herr mein Gott, wie gerne
Wär' ich käuflich!
Aber nicht mal Du
Hast was geboten.
Hast mir was geschenkt,
Ich weiß, das Leben,
Doch das Sterben ist dann
Wieder mein Ding.

Teufel auch, ich bin der
Faxen müde.
Will mich wer versuchen,
Dann versuch er's.
Ich lach' gern mal, aber
Doch nicht dauernd:
Wenn's am drögsten ist,
Dann soll man aufhörn.

DURCH DIE BANKEN

In dieser entgötterten Welt
– Oder haben Sie etwas zu verschenken?
behelligen mich Menschen mit Fragen
– Wer von uns hat das schon?
die in mir eine wilde Sehnsucht wachrufen
– Haben Sie eigentlich Ihren Freistellungsauftrag
bei uns eingereicht?
nach jenen Fragen, auf die Menschen wie ich
noch eine Antwort wußten:

Welches ist die wahre Natur Gottes?
Woher kommt das Böse?
Wohin gehen wir?
Was können wir erkennen?
Warum Kunst?

Das Bankgebäude ist hoch und glänzend.
Im Innern schimmern prachtvolle Schalter.
»Bitte Abstand halten!« mahnt eine Leuchtschrift.
Schwierig, wenn alles lockt: Du! Berühr mich!

»Das mit dem Freistellungsauftrag sollten Sie
so schnell wie möglich klären. Hier jedenfalls
liegt kein Freistellungsauftrag von Ihnen vor.
Haben Sie den Freistellungsauftrag etwa bei einer
anderen Bank eingereicht? Dann würde ich
an Ihrer Stelle dort unverzüglich anfragen!«

Woher kommen wir?
Wohin gehen wir?
Was soll das alles?

Die Türen der Bank öffnen sich lautlos.
Die Schalterhalle brummt vor Leben.
Der Mann hinterm Schalter weist in die Stille.
Im Raum des Kollegen lastet das Schweigen:

– Sie müssen doch einen Brief von uns
in Sachen Freistellungsauftrag
bekommen haben!

(Kein Mensch muß müssen.)

– Sie wissen doch: Als Verheiratetem stehen
Ihnen steuerfrei Zinseinnahmen in Höhe
von DM 12200 jährlich zu.

(Ich weiß, daß ich nichts weiß)

– Diese Regelung gilt seit dem 1. 1. 1993.
Da bereits hätten Sie von dieser Möglichkeit
der Freistellung vom Steuerabzug auf
Zinsen Gebrauch machen müssen. Oder
haben Sie etwas zu verschenken?

Ihr Brüder, hattet was zu verschenken,
Du, heiliger Franz, und du, weiser Ludwig,
Du in Assisi und du in Wien.

Euch, Brüder, war euer Erbe so lästig,
daß ihr es hergabt, um Zeit zu gewinnen,
du für den Glauben und du für das Denken.

Lehr, Franz, mich Sonne und Gott zu besingen!
Führ, Ludwig, mich an die Grenzen des Denkens!
Franziskus! Wittgenstein! Holt mich hier raus!

– Der Höchstbetrag von DM 12200
gilt natürlich nur bei
Zusammenveranlagung. Sie werden doch
zusammenveranlagt?

(Wovon man nicht reden kann, davon muß man
schweigen.)

– Der Freistellungsauftrag ist
nach Auflösung der Ehe
oder bei dauerndem Getrenntleben
zu ändern. Trifft
das auf Sie zu?

(Regel und Leben dieser Brüder ist so:
in Gehorsam, in Keuschheit und ohne
Eigentum zu leben.)

– Zuviel gezahlte Kapitalertragssteuern
werden Ihnen zurückerstattet, freilich
mit Verzögerung. Und die Zinsen
sehen Sie natürlich auf keinen Fall –
was Vater Staat mal hat, das behält er.
Fragen Sie Ihren Steuerberater!

Was macht der Wind, wenn er nicht weht?
Wie kommt das Salz ins Meer?
Warum und zu welchem Zweck studieren wir
Universalgeschichte?

Der Sachbearbeiter strahlt und erhebt sich:
»Ich bin für Sie da, falls Sie Fragen haben!«
»Oh, gut zu wissen!« Und er entläßt mich
in diese entgötterte Welt.

SAUBER BLEIBEN

Mich manchmal den Medien verweigert
Dachte, das würde unheimlich wahrgenommen
Aber meine Freunde vor den Fernsehern
Die haben das überhaupt nicht mitbekommen.

Auch: Keine Frauen ins Bett gedichtet
Niemals rilkehaft abgesahnt
Freilich: Die also Verschonten
Haben ihr Glück nicht einmal geahnt.

Dann: Ziemlich viel Geld ausgeschlagen
Nicht peanuts – wirklich Summen
Hätte das vielleicht bekanntmachen sollen
Aber: Wer spielt gern den Dummen?

Hier und da mit den Wölfen geheult
Doch viel öfter mit den Schafen
Wirklich: Ich habe das beste Gewissen der Welt
Nur: Was läßt mich nicht schlafen?

ALLES ÜBER RS

Robert Selbstzufrieden denkt,
Gott hab' ihn der Welt geschenkt,
und es sei nun ihre Sache,
was sie aus der Gabe mache.

Robert Selbstzufrieden rafft
nicht total, wie er es schafft,
so zu tun, als ob auch er
Mensch nur unter Menschen wär'.

Robert Selbstzufrieden schließt
daraus, daß er Blumen gießt,
darauf, daß im Weltgemälde
ohne ihn ein Farbfleck fehlte.

Robert Selbstzufrieden sieht,
daß selbst ihn die Jugend flieht.
Na, das macht nichts, meint er kalt,
Nicht mehr jung ist noch nicht alt.

Robert Selbstzufrieden stört,
daß er nur Hosianna hört,
und in kühnen Selbstversuchen
sieht man ihn sich selbst verfluchen.

LAUF DER DINGE oder BALLADE VON DEN ALTERNDEN MÄNNERN IN DIESEN BEWEGTEN ZEITEN

Dann sehn sie sich plötzlich von Dunkel umringt.
Dann leiden sie wie die Hunde.
Dann sagen sie nichts, doch ihre Frauen verstehn,
Die richten sich langsam zugrunde:

Die Arbeit macht sie kaputt
So viel Arbeit nicht gut
Die Familie macht sie platt
Weh dem, der Familie hat
Und jeden Abend breit
Leid, das zum Himmel schreit

Dann bleiben sie abends auch schon mal zu Haus.
Dann schöpfen sie Trost aus Bäumen.
Dann warten sie lange am Futterplatz,
Um das Eichhörnchen nicht zu versäumen:

Arbeit ist nicht die Welt
Ruhe zählt mehr als Geld
Technik verkommt zur Tortur
Frieden schenkt nur die Natur
Lasse dich fallen, vertrau
Schließ die Augen und schau

Dann reden sie immer öfter von
Der allerletzten Reise.
Erst werden sie ernst. Dann werden sie mild.
Und schließlich werden sie weise.

Grenzen kommen zu Fall
Wirst du eins mit dem All
Die Welt ist unendlich weit
Lebe die Möglichkeit
Niemand kommt jemals ans Ziel
Wer ›Weg‹ sagt, sagt bereits viel –

Der führt dann knapp bis zur jüngeren Frau.
Das schaffen sie grade grade.
Dann machen sie rasch auch noch die zur Sau.
Und das ist eigentlich traurig.

KONTAKTANZEIGEN

Ich bewundre die Perversen,
denn sie wissen, was sie wollen:

Wollen
Bürosp. mit Schreibtisch
Sado-Maso in Vollendung
Fesselungen, Thai-Massage
Stiefellady – Fußerotik
Tabul. Telefongespräche
Wollen
Exkl. Sie in Strapsen
Zierl. Perle a. d. Ferne
Stark behaartes bld. Mäuschen
Stöckchen u. Nad., Übernachtung
Blonde Sklavin, Regenquelle
Wollen
Kindfr. – Glattras. Schmuse

Kim, schlk. ras. AV-Turbine
Ev, ZA, ZK u. Dildosp.
NS. u. NK-Queen Nicky
ZA, Badespaß a. s. streng
Wollen
Öl u. Po Mass., zart-dom.
Kitty, Jenny, jung u. willig
Susi tabul. Barbie-Puppe
Diktat od. ein Sexy-Stündchen
Neubesetzung Oberroden
Wollen
Telefongeflüster
wollen
Neu! G. Schnecke! AV
wollen
Strenge Gummilady
wollen
Heiße Zungenspiele
wollen
Mediz. Po-Behandlung
wollen
UNSRE SPEISEKARTE
frz. opt., EL, ZA, DS,
AV, RS, NS, NK,
ZK, KB, Lesbo, FE,
TF, LE, FF, AE –:

Ich beneide die Perversen,
wenn sie kriegen, was sie brauchen.

ZUM LITERATURBETRIEB

»Dieses Gewerbe ist ziemlich windig.«
»So, findest du?« – »Find' ich.«

Empfindsamer junger Dichter

Der Dichter muß erleiden.
Der Dichter muß erleben:
Dann wird man ihn beneiden,
und frau wird ihm vergeben.

Zorniger junger Dichter

Gedicht kann beides sein:
Klage und Feier.
Dies geht mir auf den Sack,
das auf die Eier.

Milder alter Dichter

Um mich zum Schreiben zu bringen, Kinder,
braucht's Anreiz nicht,
Ansporn nicht oder Belohnung.
Ich schreibe, wie der Vogel schreibt:
Ungefragt, unbedarft, ununterbrochen.

Abgeklärter Dichter

Ob ich dem X seinen Bucherfolg neide?
Die Welt ist doch groß. Sie hat Platz für uns beide.
Der nimmt mir doch nichts, diese schmierige Kröte,
außer: Den Ruhm und die Fraun und die Knete.

Arme Dichterin

Wissend um die Leiden
der Dichterin,
greife ich zu ihren Gedichten,
die davon künden,
wie lang ihr die Nacht wurde:

»Jetzt reden im Dorf die Hunde sich aus«
»So nah ging mir die Nacht noch nie«
»Mein Daumenballen riecht nach Schlafzeitlose«
»Auch der Mond müßte brechen in so einer Nacht«
»Ein Viertel Schlaf, drei Viertel Angst« -
Arme Christine Lavant!

Blickend zum Fenster
seh' ich: Es dämmert. Zeit
das Licht zu löschen und es
noch mal zu versuchen.

Lustiger Dichter

Das Gedicht verdichtet, sagt man.
Doch was machen, wenn es labert?
Wenn es, Sinn und Form verlassend,
fremdworts durch die Zeilen zabert?
Wenn es jeglichem Verstehen
grollgleich sich und muff entzitzelt
und durch immerblaue Schlödheit
vorderrücks zum Trübfall bitzelt?
Wenn es – aber halt! Der Kluge
hat schon nach der ersten Strophe
aufgehört zu lesen, ergo
ist, wer jetzt noch liest, der Doofe.
(Und der pflegt ja bei Gedichten
eh auf Sonn und Firm zu zichten.)

Verliebter Dichter

Freude in der Straße:
Dichter ist verliebt!
Ja, wenn das nicht
einen Haufen
schöne Gedichte ergibt!

Jubel in der Straße:
Frau hat ihn verschmäht!
Na, wenn da nicht
mehr als eine
Elegie entsteht!

Zweifel in der Straße:
Frau hat ihm gewinkt!
Tja, ob das wohl
etwas für die
Dichtung bringt?

Kummer in der Straße:
Frau hat ihn geküßt.
Ach, wenn das mal
nicht der Anfang
von dem Ende ist!

Trauer in der Straße:
Frau hat ihn erhört.
Da weiß jeder,
damit hat sich's
leider ausgeröhrt.

Anmassender Dichter

Natürlich bin ich bedeutender
als Reinhard Lettau,
bedeutend bedeutender,
aber was bedeutet das schon?

Was bedeutet »natürlich«?
Was bedeutet »bedeutender«?
Was bedeutet »Lettau«?
Was bedeutet »bedeutet«?

»Natürlich« bedeutet natürlich nichts.
»Bedeutender« bedeutet natürlich auch nichts.
»Lettau« bedeutet natürlich gar nichts.
»Bedeutet« bedeutet natürlich bedeutet.

Einzig »ich«, das bedeutet was.
Unter »ich« kann ich mir etwas vorstellen.
Unter »mir« kann ich mir allerdings schon weniger vorstellen,
außer, natürlich, Reinhard Lettau.

Bescheidener Dichter

Älter ist das Wort
und gewitzter als ich.
Dauernder der Satz:
Wozu braucht der mich?

Satz verlangt nach Satz:
So entsteht Gedicht.
Und das macht dann Sinn.
Aber ich doch nicht.

Schamerfüllter Dichter

Daß der Wolf
Daß der Wolf Biermann
Daß der wortgewaltige Wolf Biermann
All sein Lebtag nichts zu Papier gebracht hat
Was sich dem vergleichen ließe, was dieser Spitzel
Was dieser gottverlassne Stasi-Spitzel in jener Nacht notierte:

»Wolf Biermann führte mit einer Dame
Geschlechtsverkehr durch.
Später erkundigte er sich,
ob sie Hunger hat.
Die Dame erklärt, daß sie gern
einen Konjak trinken würde.
Es ist Eva Hagen.
Danach ist Ruhe im Objekt.«

Daß das nicht schlecht sei
Daß das bei Gott ziemlich gut sei
Daß das verdammt noch mal besser sei als s.o. –:
Das denkt er, und er schämt sich.

Sechs berühmte Dichter

Der *Brecht* schrieb auf die Berlau
viele schöne Gedichte.
Sie machte sich daraufhin Hoffnungen.
Er machte Literaturgeschichte.

Der *Beckett* hielt die Welt nicht aus.
Da machte er ein Drama draus.
Das machte die Welt nicht besser:
Dichter sind unnütze Esser.

Der *Böll* war als Typ wirklich Klasse.
Da stimmten Gesinnung und Kasse.
Er wär' überhaupt erste Sahne,
wären da nicht die Romane.

Der Dichter *Jabès* preist das Schweigen.
Der Fernseh tut ihn dabei zeigen,
wie er spricht und spricht und spricht:
Schweigen ist das nicht.

Der eine liest die Iren.
Der andre liest die Briten.
Ein dritter liest die Russen.
Der *Grass* liest die Leviten.

Was *Müller* noch zu sagen hat,
das steht auf einem andern Blatt.
Das aber läßt der Dichter leer –
vielleicht ist Heiner keiner mehr.

Sieben Dichterportraits

Goethe

Vom Vater hat er die Statur,
Des Lebens ernstes Führen,
Von Mütterchen die Frohnatur
Und Lust zu fabulieren.

Heine

Denkt er an Deutschland in der Nacht,
Dann ist er um den Schlaf gebracht,
Er kann nicht mehr die Augen schließen,
Und seine heißen Tränen fließen.

Nietzsche

Er wohnt in seinem eigenen Haus,
Hat niemandem nie nichts nachgemacht
Und – lachte noch jeden Meister aus,
Der nicht sich selber ausgelacht.

Rilke

Er lebt sein Leben in wachsenden Ringen,
die sich über die Dinge ziehn.
Er wird den letzten vielleicht nicht vollbringen,
aber versuchen will er ihn.

Benn

In seinem Elternhaus hingen keine Gainsboroughs
wurde auch kein Chopin gespielt
ganz amusisches Gedankenleben
sein Vater war einmal im Theater gewesen
Anfang des Jahrhunderts
Wildenbruchs »Haubenlerche«
davon zehrten sie
das war alles.

Brecht

Er, Bertolt Brecht, ist aus den schwarzen Wäldern.
Seine Mutter trug ihn in die Städte hinein
Als er in ihrem Leibe lag. Und die Kälte der Wälder
wird in ihm bis zu seinem Absterben sein.

Ingeborg Bachmann

Abends fragt sie ihre Mutter
heimlich nach dem Glockenläuten,
wie sie sich die Tage deuten
und die Nacht bereiten soll.

GUTER RAT KRITIK BETREFFEND (NEBST EINER BEKRÄFTIGUNG)

Guter Rat

Laß nicht zu, daß sie dich loben.
Wer dich lobt, darf dich auch tadeln.
Und du mußt dann sein Geseires
auch noch durch Verständnis adeln.

(Bekräftigung

Hör nicht hin, wenn sie dich tadeln,
doch hör weg, wenn sie dich loben.
Tadler ziehen dich nur nieder,
doch die Lober s. o.)

GÜTERABWÄGUNG

Begabt sein: Immer!
Genie: Nein danke!
Talent: Der Gesunde.
Genie: Das Kranke.

Genie gerät
rasch an die Schranken:
Es muß gesunden.
Talent kann erkranken.

Natürlich könnte
Genie auch sterben.
Sein Werk lebte weiter:
Talent würde erben.

Dem, der zu früh geht,
bleibt nichts von den Resten.
Genie wird betrauert,
Talent lacht am besten.

NACH DER LEKTÜRE EINER ANTHOLOGIE

Der Pissefleck am Fuß der Rolltreppe der
U-Bahn-Station Miquel-Adickes-Allee

Ich behaupte nicht, daß er besser ist
als eines der vielen Gedichte
die ich heute gelesen habe
ich weiß nur, daß er mir mehr sagt

Dieser Pissefleck am Fuß der Rolltreppe der
U-Bahn-Station Miquel-Adickes-Allee

Redet davon, daß da wer unter Druck stand
Kündet davon, daß das unbedingt raus mußte
Zeugt davon, daß der, den es drängte
schnell was aus einem Guß hinlegte

Diesen Pissefleck am Fuß der Rolltreppe der
U-Bahn-Station Miquel-Adickes-Allee

Vor Augen gedenk ich der Stimmen
die heut zu mir sprachen, so
drucklos, so dranglos, so
schwunglos, so harmlos, so
bißlos, so zwanglos, so
harnlos, so hirnlos.

DER TAG, AN DEM ICH UNSELD ÜBERSAH

Am Tag, an dem ich Unseld übersah –
Es war in Frankfurt. Ich war auf der Messe,
die Bücher sehend, dacht ich: Meine Fresse,
das alles schrieb, nur ich habe geschwiegen,
das alles wurde, mein Projekt blieb liegen,
wie war das möglich, daß mir dies geschah?

Am Tag, an dem ich Unseld übersah –
Ich hatte nichts geschafft, nun war mir elend,
die andren trumpften auf, es war schlicht quälend,
dies Werk an Werk, das füllte die Regale
in voller Breite, und mit einem Male
begriff ich: Ich war gar nicht da!

Am Tag, an dem ich Unseld übersah –
Ich ging daran, mich langsam auszuklinken,
wer schon nichts tut, soll wenigstens gut trinken,
da tönt wer rum: Der Gernhardt übersieht mich!
Ich denke noch: Der Gernhardt? Ja, bezieht sich
das denn auf mich? Und: Wer macht so ’n Trara?

Am Tag, an dem ich Unseld übersah –
Ich schwieg verwirrt. Er winkte mir im Gehen.
Da spür ich Stolz: Ich hab ihn übersehen.
Er war nicht da, weil ich, der Überseher,
ihn übersah. So kamen wir uns näher.
Nur näher? Waren wir uns da nicht nah?

Im Namen der Barmherzigkeit: Sagt ja!

WORTSCHWALL

Erst tropft es Wort für Wort. Dann eint ein Fließen
Solch Tropfen in noch ziellos vagen Sätzen,
Die frei mäandernd durst'ge Ganglien netzen,
Aus welchen wuchernde Metaphern sprießen

Und wild erblühn. Und sich verwelkend schließen,
Nun Teil der Wortflut, wenn auch nur in Fetzen,
Das will vermengt zur Sprachbarriere hetzen,
Um sich von Satz zu Absatz zu ergießen,

Bis tief ins Tal. Dort füllen Wortkaskaden
Ganz ausgewaschne, sinnentleerte Becken,
In welchen doch seit alters Dichter baden.

Daß dies Bad sinnlos ist, kann die nicht schrecken:
Ein Wortschwall reicht, um die maladen Waden
Mit frischer Schreit- sprich Schreiblust zu begnaden.

IV IN TRAUER

TRAUER

Trauer ist schrecklich.
Jeder glaubt, dir nah zu sein:
Ich habe mal getrauert, du trauerst jetzt,
das gebietet mir, für dich da zu sein.

(Sieht der Mitfühlende einen Trauernden,
muß er ihn gleich umarmen.
In seinem Bestreben, barmherzig zu sein,
kennt er kein Erbarmen.)

Trauer ist wirklich.
Der Trauernde ist wirklich gebrochen.
Die Trauer drückt ihn wirklich zu Boden.
Er durchlebt wirklich harte Wochen.

(Aber da bleibt ein Stachel:
Wie, wenn meine Trauer nicht ausreicht?
Wenn ihre Tiefe nicht derart ist,
daß sie die Größe des Verlusts ausgleicht?)

Trauer ist endlich.
Und jeder Trauernde ein Verräter,
der sich fügt und Vernunft annimmt,
früher oder später.

(Irgendwann hat es sich
jedenfalls ausgetrauert.
Cosima glaubte, nach Richards Tod vergehen zu müssen.
Sie hat ihn dann siebenundvierzig Jahre überdauert.)

WETTLAUF

Da ist eine tot,
und da ist einer lebendig.
Je länger sie schweigt,
desto mehr gibt er sich geständig.

Die Tote wird nie wieder sprechen.
Eher verstummt er, der Lebendige.
Die eine ist die Unbewegte,
der andere daher der Wendige.

Dieser Wendige schlägt Haken um Haken.
Er läuft ganz einfach um sein Leben.
Solange da solch ein Igel ist,
muß es solche Hasen geben.

Wie er sich abmüht, der Hase!
Gehetzt blickt er in den Spiegel.
Doch wie hoffnungsvoll er auch hineinschaut,
heraus schaut immer der Igel.

Ihr, die ihr diese Zeilen lest,
ergreift Partei für den Hasen!
Wir Verlierer müssen zusammenhalten,
bis unter den Rasen.

TROTZ

Ich geh zu deinem Grabe nicht
Ich steh an deinem Grabe nicht
Ich knie vor deinem Grabe nicht
Ich flieh von deinem Grabe nicht –

Du kommst ja auch nicht
zu meinem
Am Ende liegt jeder
in seinem.

GEDULD

Du gehst nicht zum Grab,
du fühlst dich schuldig.
Wenn Tote eins nicht sind,
dann: ungeduldig.

Du stehst im Leben,
bestellst deinen Garten.
Wenn Tote eins können,
dann ist es: warten.

Gehn oder Nichtgehn
bleibt dir unbenommen.
Wenn Tote eins wissen,
dann dies: Du wirst kommen.

GEBURTSTAG

Billig so eine Tote, sie kostet
das Jahr über nichts, es sei denn, man gönnt ihr
nach eignem Ermessen ab und zu Blumen
sieht besser aus und zeugt von Gedenken.

Nun, da sie fünfzig geworden ist, hab ich
ihr Chrysanthemen aufs Grab gestellt, die ich
schon für sechs Mark bekommen hab. Als ich
selbst fünfzig wurde, war's wesentlich teurer.

Weißwein und Rotwein und Sekt und die Schwere
zahlloser Speisen bogen die Tische
an denen die Menge der tafelnden Gäste
sich's wohlsein ließ und die Helfenden schwitzten

sie immer vorneweg. Vor drei Jahren
ging das ins Geld. Nun geht sie selbst leer aus.
Nehmen tun nur die Lebenden, Tote
brauchen nichts, kaufen nichts, halten nichts, altern
nicht.

PROZESS

Ich war praktisch dauernd bei ihr
Ich bin für alles geradegestanden
Ich hielt ihre Hand, wenn die Anfälle kamen
Ich telefonierte mehr als einmal nach dem Notarzt
Sie hatte es schwer, doch ich hatte es auch nicht leicht –
»Du weißt, daß das nicht reicht.«
Ich weiß.

Ich hätte meine Hand für sie gegeben
Ich habe ihr meine Nächte geopfert
Ich kam selbst ganz runter in den Jahren
Ich bin noch heute ziemlich am Boden
Es klingt vielleicht blöd, wenn man das vergleicht –
»Du weißt, daß das nicht reicht.«
Ich weiß.

Ich werde ebenfalls mal sterben
Ich hoffe, dann kümmert sich auch wer um mich
Ich jedenfalls habe mich gekümmert
Ich habe mir nicht das Geringste vorzuwerfen
Schulden tilgt man dadurch, daß man sie begleicht –
»Du weißt, daß das nicht reicht.«
Ich weiß.

Ich war häufig nicht bei ihr
Ich habe mein eigenes Leben gelebt
Ich hielt mich anderswo auf, wenn die Anfälle kamen
Ich telefonierte, um sie auf mein Ausbleiben vorzubereiten
Sie hatte es schwer, und ich machte es mir leicht –
»Du weißt, daß das nicht reicht.«
Ich weiß.

Ich habe meine Hand immer noch
Ich verbringe wieder ungestörte Nächte
Ich habe mich wieder einigermaßen gerappelt
Ich fühle mich wieder ziemlich obenauf
Sterben ist nun mal tief, und leben ist nun mal seicht –
»Du weißt, daß das nicht reicht.«
Ich weiß. Ich weiß. Ich weiß.

JAHRESTAG

Als du starbst, weißt du,
war so tolles Wetter,
Sonne von Schweden bis Sizilien.
Auf halber Strecke du, der die Luft wegblieb
und der das Herz brach,
unter dem wolkenlosen Himmel,
der Europa überspannte.

Zwei Jahre später:
Es schüttet und schüttet.
Kein Wetter fürn Friedhof, du mußt schon
entschuldigen.
Auf halber Strecke ich, der es aufgab,
mich vor dir zu verneigen,
heute, unter dem tiefgrauen Himmel,
der uns hier das Leben schwer macht.

HYÄNEN

Das unterscheidet den Menschen von den Tieren:
Er kann selbst den Tod instrumentalisieren.

Das Tier verreckt, der Mensch geht dahin
Das Tier stirbt sinnlos, beim Mensch macht es Sinn.

Der Tod des Menschen ernährt Interpreten
In Form von Gedichten oder Gebeten:

Die Dichter, die Priester –
Sinngeile Biester

Die Priester, die Dichter –
Feiles Gelichter.

WIEDERHOLUNG

Das war ihr letzter Herbst. Wir gingen
den Fluß entlang. Der mündete im Meere.
Das Meer war blau und weit und öde.
Beim Anblick freuten wir uns auf den Rückweg.

Auf dunkles Laub vor blendend hellem Wasser.
Auf die zum Platzen pralle Frucht im Lichtfleck.
Auf den Geruch der Blätter in Verwesung.
Auf Wärme, Kühle und auf deren Wechsel.

Vier Jahre später. Wieder ein Fluß.
Wieder ein Herbst. Und beim Gang durch die Gärten
wieder die Früchte, das Licht und der Vorsatz,
so bald wie möglich wiederzukommen.

PRATOMAGNO

Seh ich den Berg,
seh ich auch sie,
die diesen Berg gemalt hat,
der taubensanft und pflaumenblau
dermaßen schön entrückt war,
daß sie den Pinsel sinken ließ:
»Wie soll man das da malen!«
So, aufgebracht und angeregt,
nahm sie die Arbeit wieder auf.

V ÜBERSETZUNGEN

GNADENLOS SCHÖN
(Freie Fassung)

Wenn schöne Frauen morgens sich erheben,
Nicht ahnend, worein abends sich verwandeln,
Doch wissend, daß nur selbstverliebtes Handeln
Aus Hiersein Dasein macht, aus Dasein Leben,

Da doch nur die befähigt ist, zu geben,
Die es gewagt hat, alles sich zu nehmen,
In tausend Masken, ohne sich zu schämen,
Aus tausend Herzen, ohne je zu beben –

So gehn sie in den Tag. Mit harten Schritten,
Daß unter ihrer starken Füße Tritten
Der Krumme grade wird, der Schiefe eben,

Der Weiche fest. Vergeblich alle Bitten
Um Gnade: Nur wer solchen Tag durchlitten
Darf nachts in ihren Armen steil entschweben.

SCHÖNE FRAUEN OHNE GNADE
(Wörtliche Fassung)

Schöne Fraun, die am Morgen nicht wissen:
In was werden wir uns am Abend verwandelt haben
betrachten sich verliebt im Spiegel:
Ich bin hier und dort zugleich, also lebe ich

Sie finden nichts dabei, sich hinzugeben
doch noch lieber nehmen sie
Dabei scheuen sie keine Täuschung
und nicht das Geräusch brechender Herzen

unter ihren festen Füßchen. Sie lieben dieses Knacken
das ihren Weg durch den Tag begleitet
wenn sie den Boden einebnen

und sie überhören das Gewimmer um Gnade:
Nur wer einen solchen Tag übersteht
wird nachts ihr Verlangen nach Freude stillen
können.

BESUCH

Nimm, dich zu wärmen, Liebste, dieses Gewand,
gewebt aus dem Flaum von Tieren, die man aus
ihren Müttern herausgeschnitten hat.

Trag es, Kühle, wenn du zu mir kommst am Abend,
damit dich nicht friert, wenn du
mein Herz verspeist.

FLEISCHGANG

Warum ist sie nicht geblieben, wo der Pfeffer
wächst? Den hätten ihre hohen Beine nicht
scharfmachen können, nicht ihr fester Hintern,
nicht ihre dunkle Taille.

Warum steht sie auf der Rolltreppe vor mir?
Mich machen sie scharf, ihre hohen Beine, ihr
fester Hintern, ihre dunkle Taille.

Warum verschwindet sie im Menschengewühl, auf
ihren hohen Beinen, mit ihrem festen Hintern
samt ihrer dunklen Taille?

Glasig blicke ich ihr nach, ein Pfefferstreuer,
der gerade mitbekommen hat, daß der Fleischgang
ausfällt.

STADTWINTER

Diese kalten Städte vor Weihnachten
– Geh nicht in die dunklen Straßen, halte dich
im Licht der Schaufenster auf.
Diese vielen eiligen Leute, bepackt mit Tüten und
Taschen
– Bleib unter ihnen, je mehr ihr seid, desto
weniger kann dir passieren.
Diese abschätzenden Blicke, diese Griffe, die
aus Tüten und Taschen ragen
– Jetzt haben wir dich endlich, wo wir dich haben
wollen:
gut sichtbar mitten unter uns Mördern.

KINDHEIT

An Wasserläufen gehen Kinder entlang, die Verwünschungen ausstoßen. Die Schatten noch fast unbelaubter Bäume werfen ein Netz über sie. Die Eltern folgen in gehörigem Abstand, erfüllt von einer wärmenden Gewißheit: Die entkommen uns nicht.

Selber im Netz, führen sie Gefangene spazieren. Selber gefangen, spielen sie sich als Wärter auf.

Am Teich schließlich fand man die Eltern in unguter Haltung. In ihren Mundwinkeln blühte ein Rot, das der Jahreszeit weit voraus war. Die Kinder hockten nicht weit von ihnen und gaben vor, Abzählverse zu murmeln:

Stripp, strapp, strull, wir haben die Brücken abgebrochen. Strull, strapp, stripp, von nun ab machen wir, was wir wollen.

EIN BRIEF

Ich habe es, liebe Mutter, hier gut getroffen. Ich bin, wie gewünscht, im »Bären« abgestiegen. Das Zimmer ist, wie angekündigt, geräumig und ruhig gelegen.
Die Wände hier sind zwar das reinste Papier, doch so kann ich die Stimmen meiner Feinde besser hören. Schamlos entwickeln sie im Nebenraum Pläne zu meiner Auslöschung, wobei sie allerdings über die Methode uneins sind: Soll mich Entbehrung verzehren oder Überfluß ersticken?
Die Nächte hier sind zwar vom ständigen Gegurgel der Rohrleitungen erfüllt, doch ersehe ich aus der Tatsache, wieviel sie selber belastendes Material meine Feinde hinunterspülen müssen, die ungemeine Wichtigkeit Deines mir anvertrauten Wissens. Wo nur soll ich es verstecken, wenn es meinem Kopf an den Kragen gehen sollte?
Die Bedienung hier ist zwar ungemein umständlich, doch wenn nach langem Läuten endlich jemand in der Tür steht, versehen mit dem obligaten verhängten Tablett, dann ist es auch zuverlässig mein Doppelgänger, welcher, da er meine Wünsche ja in- und auswendig kennt, mir lächelnd den Revolver offenbart, der unter dem Tuch gelegen hat, und mich zuvorkommend fragt: Mein Herr, soll ich veranlassen, daß Sie die Radieschen von unten betrachten können, oder wollen

Sie, was natürlich auf das gleiche hinausläuft, mir das Lebenslicht ausblasen?
Ich erwarte, wie abgemacht, jeden Moment das Eintreffen der von Dir avisierten Kontaktperson. Ich habe, wie gewünscht, jene Manschettenknöpfe angelegt, welche Vater an besagtem Mittwoch trug. Ich hoffe Dir, liebe Mutter, bald wieder unter die Augen treten zu können.
Dein

FALSCHER FREUND

Leg Hand an! Wir wollen
einen Damm gegen die Flut
errichten!

– Ich bin dabei

Geschafft! Nun können wir
unbehelligt von den Elementen
ein Leben in Sicherheit und
Würde führen!

– Ich bin dabei

Aber was ist das? Wieso
stehen wir bereits bis zu den Knöcheln
im unaufhörlich steigenden Naß?

– Ich bin dabei, auszulaufen.

HOHE SCHULE

Der Weg ist mit Bettlern gesäumt/die ihre Hirn-
schalen vor sich aufgestellt haben.
Sie bitten die Vorbeigehenden um milde Gaben/in
Form von Gedanken oder Eingebungen.
Doch so sehr sie auch flehen/die Behältnisse bleiben
leer/da die Flanierenden selber/nichts in den ihren
haben.

DIE MÄUSE

Schön, die Brandmaus.
Ihr fahles Braun läßt an Steppe denken,
ihr dunkler Rückenstreifen an Sommer,
nur ihr doch sehr nackter Schwanz stört.

Putzig, die Brandmäuse.
Wie kommen sie auf die Gardinenstange?
Schwer zu sagen, ob es zwei oder drei sind.
Na ja, solange die da oben bleiben.

So denkt, wer im Bett liegt, und will
bereits die Augen wieder schließen,
als der Wind die schwere Gardine bauscht.

Da sieht er, was sie so schwer macht:
Die ihm abgewandte Seite ist ein einziges Vlies
von Mäusen, die sich nur noch mit Mühe halten
können.

Und richtig! Sie fallen in Trauben ins Zimmer!
Das spritzt regelrecht und schießt übern Boden!
So ungestüm, daß sogar die Katze
klagend zurückweicht!

Da kann, wer im Bett liegt, nur noch
auf einen guten Ausgang des Abenteuers hoffen.
Er zieht die Decke über den Kopf
und achtet ansgespannt darauf,
ob sie nicht schwerer wird auf ihm
oder bewegter.

Was aber, wenn sie es würde?

DIE VÖGEL

Flugunfähige Ohreulen/zehn Stück gut und gern/
torkeln am hellichten Tag/den Bürgersteig entlang.
Kaum schaffen sie es/dank hilfloser Hupfsprünge/
den verendeten Raben auszuweichen/welche
die sonnenbeschienenen Platten bedecken.
Oder leben die noch?/Hin und wieder scheint es/
als hebe einer der Schwarzröcke/mit letzter Kraft
den Kopf.
Dazu erklingt unentwegt eine Stimme/ die eines
Radiosprechers/der sich um Sachlichkeit bemüht:
All diese Vorgänge haben eine natürliche Ursache/
All diesen Ursachen wird man auf den Grund gehen/
All diese Gründe werden erkannt und beseitigt
werden.
Doch so sehr der Betrachter sich müht, seinen
Augen nicht zu trauen/er sieht, was er sieht,
und er weiß/daß das, was er hört, nur Lügen sein
können.

VI IM GESPRÄCH

VERHÖR

– Hat Sie mal was ergriffen?
– Davon, Herr, wollte ich gerade berichten:

Ich lief ihr übern Weg
Sie gabelte mich auf
Ich fragte sie: Was nun?
Alles, was Menschen tun, hat doch Folgen
Sie sagte: Darauf ist schlicht gepfiffen!

– Das hat Sie ergriffen?
– Verzeiht, ich bin noch nicht fertig:

Wir gingen auf ihr Zimmer
Sie fragte mich: Was hast du?
Ich sagte ihr: Wenn ich so weitermache, werde ich noch
unter dem Beil enden
Sie lachte: Das ist doch schon längst geschliffen!

– Das hat Sie ergriffen?
– Mit Ihrer Erlaubnis fahre ich fort:

Sie griff beherzt zum Beil
Ich sagte ihr: Schlag zu
Sie fragte mich: Wofür hältst du mich eigentlich?
Glaubst du im Ernst, daß ich dir die Drecksarbeit abnehme?
Hast du noch immer nichts begriffen?

– Das hat Sie ergriffen?
– Ich beeile mich, zum Schluß zu kommen:

Sie reichte mir das Beil
Ich hob es in die Höh'
Man fiel mir in den Arm
Sie rief: Richtet ihn! Wer zum Beil greift, der
soll durch das Beil umkommen
Ich begriff: Sie hatte mich verpfiffen!

– Das hat Sie ergriffen?
– Da wurde ich ergriffen. Und jetzt, Herr, bin ich
hier.

SPIELENDE MÄDCHEN VOR DEM PANTHEON

A: Die kleinen Mädchen, sie wissen
vom schrecklichen Liebreiz, den sie
mit jeder Bewegung der dünnen
Glieder verschenken.

B: Die haben doch nichts zu verschenken,
die selbstvergessenen Dinger.
Was ist denn an diesen Gören
so schrecklich?

A: Dir, der das sagt, gratulier ich.
Was man nicht weiß, kann nicht schrecken.
Nur schließ nicht von dir auf die Mädchen:
Die wissen.

ER UND SIE

Er: Die Frau, der ich erlieg'
Muß jeden haben können
Wenn ich schon jemand will
Dann bitte nicht allein
Wer schön ist, wird begehrt
Wenn einzig ich begehre
Kann der Begierde Ziel
Nicht allzu lohnend sein.

Chor der Männer: Hohohohohohoho

Sie: Der Mann, dem ich verfall'
Muß ausschließlich mich wollen
Ich treffe meine Wahl
Damit er mich erwählt
Wen er begehrt, wird schön
Begehrt er mich alleine
Hab' ich mein Ziel erreicht
Und er hat seins verfehlt.

Chor der Frauen: Hihihihihihihi

DAS ALTE LIED

A: Gedichte sondert man ab.
Nur eine Frage der Drüsen.
Was raus muß, muß raus.
Kein Grund, deshalb groß zu gackern.

B: Gedichte sondern dich ab.
Ein Grund, das kurz zu bekakeln.
Du bedenkst, und die anderen schaun mal.
Du beschaust, und die anderen greifen.
Du begreifst, und die andern befingern.
Du besingst, und die andern beschlafen.
Du beschließt, und die anderen kommen.

A: Du nervst. Und die anderen können mich mal.

ZURÜCK AUS DEM ODENWALD

Dieses viele Grün, dieses hohe Blau
und in der Ferne Worms

– Warum sagen Sie das?

Da war so viel Grün, und das Blau war so hoch
und in der Ferne Worms

– Wem sagen Sie das?

Dem, dem das Grün etwas sagt und das Blau
und in der Ferne Worms

– Das sagen Sie mir?

Jawohl, falls Ihnen Grün etwas sagt
und in der Ferne Worms

– Nun haben Sie aber das Blau vergessen!

Ach – sagen Grün und Blau Ihnen was
und in der Ferne Worms?

– Nicht daß ich wüßte. Können die denn reden?

REISE IN DEN SCHMERZ

Wir starten die Reise
ins Zentrum des Schmerzes:
Alles einsteigen!

Ab geht die Post
in das Zentrum des Schmerzes:
Alles festhalten!

Und schon sind wir da
im Zentrum des Schmerzes:
Alles aussteigen!

– Und? Bist du da ausgestiegen?
– Und ob ich da ausgestiegen bin!
– Und? War es da schmerzhaft?
– Und ob es da geschmerzt hat!
– Und? Wie bist du zurückgekehrt?
– Als ein Anderer.

Du bist nie gestartet
ins Zentrum des Schmerzes:
Alles Einbildung!

Du bist nie gelandet
im Zentrum des Schmerzes:
Alles Vortäuschung!

Du bist nie zurückgekehrt
schon gar nicht als
ein Anderer!

Das stimmt,
es hat nur kurz mal etwas weh getan.
Da hat sich nur mal was mit meinem Zeh getan.
Und wenn ich humpelnd an ein lahmes Reh gemahn,
dann schau nicht mich, schau lieber diese Säge an:
Die war's!

Mein Freund,
daraus, daß du auch mal die Wahrheit wagst
und daraus, daß du sie in aller Klarheit sagst
und uns nicht weiterhin mit deiner Narrheit plagst,
schließ ich ganz locker, daß du keine Starrheit magst –
Stimmt das?

Bitte erspar mir eine Antwort.
Sich derart durchschaut
zu wissen, das
tut echt
weh.

GROSSE FRAGE

Solang die Welt
noch zu mir spricht,
mach' ich doch keine
Grätsche nicht.

Doch wenn sie einmal
zu mir schweigt –
bin ich auch dann noch
abgeneigt?

KLEINE ANTWORT

Mein Freund, du wirst nicht ewig leben,
versteh.
Doch Ratten wird es immer geben.
Nun geh.

DU

Du – deine Haut fühlt sich so glatt an.
– Ich habe dein Gesülze satt, Mann!

Du – deine Hand fühlt sich so warm an.
– Nimm eine andre auf den Arm, Mann!

Du – deine Haut fühlt sich so zart an.
– Der Spruch hat einen Riesenbart, Mann!

Du – deine Haut fühlt sich so heiß an.
– Red doch nicht dauernd sonen Scheiß, Mann!

Du – deine Haut fühlt sich so gut an.
– Gleich kriegst du aber einen auf den Hut, Mann!

Du – deine Haut fühlt sich so weich an.
– Du laberst wirklich wie der letzte Scheich, Mann!

Du – deine Haut fühlt sich so rauh an.
– Jetzt hört euch doch mal diese Machosau an!
Rauh meine Haut? Die fühlt sich glatt an!
Und wenn du das nicht tickst, mach' ich dich platt,
Mann!

BEGEGNUNG

Sie: Hallo!

Er: Verzeiht, ich kenn' Sie nicht!
Sie: Sie waren doch der Mann, der…
Er: Der was? Sie sind mir fremd!
Sie: Wir schliefen miteinander!

Er: Verzeiht! Jetzt fällt mir's ein!
Sie: Sagt, waren Sie der Mann, der…
Er: Bei Gott, ich war der Mann!
Sie: Wir schliefen miteinander?

Er: Verzeiht – was zweifeln Sie?
Sie: Sie waren nicht der Mann, der…
Er: Ach, wie beweis ich's nur?
Sie: Wir schlafen miteinander!

Er: Holla…

WENN DER VATER MIT DEM SOHNE

»Ja, mein Sohn?«

»Langsam, Vater, lerne ich,
das Fleisch zu verstehen.
Das Fleisch spricht eine
eigene Sprache.
Der Kopf sagt: So eine Frau
ist doch kein Objekt.
Das Fleisch sagt: Zur Sache!«

»Ach, mein Sohn!«
»Ja, Vater?«

»Langsam, mein Sohn, lerne ich,
dem Fleisch zu mißtrauen.
Das Fleisch denkt
nur an sich.
Der Kopf sagt: Na, versuch's doch
mit dieser Frau da.
Das Fleisch sagt: Ohne mich.«

»Ach, Vater!«

VII AM LEBEN

BEHINDERTES KIND AM STRAND

Dieses zarte Bein
und dann dieser Klumpfuß
Dieser schöne Arm
und dann dieser andre
Dieses feine Gesicht
und dann dieser Buckel
Dieses arme Geschöpf
und dann diese fröhliche Mutter.

ALS ER EINEN SCHÄDEL SCHÜTTELTE

Der lag so starr im Fach.
Ich griff zerstreut hinein
und fuhr ihn durch die Luft.
Da ward sie trüb.

So glatt auch das Gebein,
darin ist viel Zerfall.
Was da vergangen ist,
tritt aus als Staub.

Was war das für ein Tier?
Der Schädel sehr zerfurcht.
Warum hob ich den auf?
Er staubt und starrt.

Ich lege ihn zurück,
da klärt sich schon die Luft:
Nichts dauert, es vergeht
selbst der Zerfall.

FÜR PUMPER

Alles ist eitel?
Alles ist Dauer.
Schau diesen Rost an,
der macht dich klüger:

Hier, wo du jetzt stehst, stand einst die Katze.
Freilich rücklings, denn sie mußte zinkeln.
Eigentlich gehn Katzen auf ein Kästchen.
Diese Katze aber war ein wenig eigen.
Sie tat's gern im Stehn und dirigierte
zitternd ihre Pisse ruckweis höher,
worauf die mäandernd die Tapete
runterfloß und satt im Teppich aufging.
Jedenfalls fast immer, denn bisweilen
hielt die Katze voll auf den Metallschrank,
einst gekauft als dauerhafte Obhut
höchst fragiler Kunst, nun selbst verletzbar.
Denn das zarte Tier verspritzte Säure,
die, nicht weggewischt, kristallisierte,
durch die Farbe drang, bis sie am Ziel war,
dem Metall. Und das begann zu rosten.
Pünktchen waren's erst, dann waren's Flecken,
Flecken schlossen sich zu braunen Feldern,
flüchtig einst Benetztes fand Jahrzehnte

keine Ruh': Was dauert, ist der Wandel.
Elend lange her das Ganze. Heute
sind sie längst verschieden, Kunst wie Katze.
Leblos wie die Blätter in den Fächern
ruht die Katz, es hat sich ausgezinkelt.
Aber uns zwei beide, Rost und Robert,
gibt's noch immer, einer schon recht rostig.
Aber er! Da so ein Rost nicht rastet,
rostet er auch nicht. Das lebt und frißt sich
fort und fort und durch und durch, bis schließlich
mit dem Fraß sich auch der Fresser auflöst:
Wo nichts ist, kann nichts mehr rosten. Aber
noch ist er am Werk, das jede Stunde
weiterwächst, indem das weiterschwindet,
was es nährt: Schier ewig währt das Enden.
Schau nur hin! Es wird das Werk der Katze
dich und mich und unser beider Werke
locker überleben, ganz zu schweigen –

Ja, mein Freund, schweige!
Nie sprachst du wahrer.
Nach so viel Durchblick
hilft nur ein Kümmel.

FÜR ROSA

Immer weniger können
Immer mehr nicht mehr können:

Nicht mehr hinten hoch können
Nicht mehr vorne hoch können

Nicht mehr fressen können
Nicht mehr trinken können
Nicht mehr scheißen können
Nicht mehr pissen können
Nicht mehr lecken können
Nicht mehr strecken können
Noch zucken können
Noch schnaufen können
Nicht mehr zucken können
Nicht mehr schnaufen.

FREUND DER GESCHICHTE IN ROM

Geschichte ist kein Lehrbuch,
Geschichte ist ein Sumpf.
Wer immer den durchmessen wollt',
dem wurd' der Maßstab stumpf,
dem wurd' der Maßstab rostig
am ausgestreckten Arm,
die feuchten Finger frostig,
indes der Kopf noch warm.
Nicht lange! Und auch ihn verschlingt
ganz bodenlose Kühle:
Für den, der sich vertiefen will,
das höchste der Gefühle.

VERTANER TAG

Vertaner Tag! Ich war zu klug
Leer blieb der Hut der Bettlerin
Sie war so schlecht, ich nahm ihr nicht
Die Krücken, nicht das Zittern ab
Geschweige denn das wunde Bein:
So legte diese Frau mich rein.
Denn wer sich nicht erbarmt,
Verarmt.

Vertaner Tag! Ich war zu stark
Ich redete, der andre schwieg
Er war so schwach, ich drückte ihn
Wie 'ne Zitrone an die Wand
Hielt ihn dort nach Belieben fest:
So hat der Kerl mich ausgepreßt.
Denn der, der ständig spricht,
Lernt nicht.

Vertaner Tag! Ich war zu gut
Auf Schritt und Tritt fiel mir was ein
Fiel mir was auf. Fiel sich ins Wort
Das war des Guten schlicht zuviel
Zum Halten fehlte mir die Kraft:
So hat der Reichtum mich geschafft.
Denn was sich nur ergießt,
Zerfließt.

AM ABEND DER ERSTEN EXTRAKTION

Ich bin nicht mehr vollkommen,
ein Zahn ward mir genommen.

Ein Zahn, der über fünfzig Jahr
in meinem Munde heimisch war.

Ein Zahn, der stolz und selbstgewiß
noch härtestes Gebäck zerbiß.

Ein Zahn, der kaute, lebte, litt,
bis man ihn aus dem Zahnfleisch schnitt:

Heut morgen lag er nackt und klein
vor mir, ein Kind aus Elfenbein.

Ein Teil von mir, ein Stück, das fehlt,
obwohl es mich nun nicht mehr quält.

Die Zunge sucht an diesem Fleck.
Vergeblich. Denn der Zahn ist weg.

Statt dessen derart wunde Haut,
daß sie die kaum zu lecken traut.

Der Zahn ist fort, es ist soweit.
Mein Zahn verging vorm Zahn der Zeit.

Er ging voran, der Rest folgt nach:
Heut abend lag ich lange wach.

AM VORABEND DER VIERTEN

Immer weniger Zähne
stehn mir im Munde umher.
Einer geht nach dem andern,
die Lücken werden mehr.

Der Zahn geht unter Schmerzen.
Schmerzlos dauert die Lücke.
Wer so etwas einmal erlebt hat, geht
geradezu gerne in Stücke:

Hinfort mit allem, was da ist!
Was weg ist, kann nicht leiden.
Und man wird das, was übrigbleibt,
als blankes Nichts beneiden.

GLÜCKLICHE TRENNUNG

Ich möchte aus meiner Mundhöhle ausziehn
Ich will mich mit Zahnfleisch und Zähnen lagern
Längs eines Bächleins silbernem Rieseln
Und davon reden, wie schwer wir es hatten
Ihr immer im Dunkel
Ich immer in Ängsten
Wir immer fremd.

Ich möchte aus meiner Mundhöhle ausziehn
Ich will mit Zahnfleisch und Zähnen besprechen
Eingebettet in duftende Wiese
Wer denn da eigentlich wen ständig schmerzte
War ich der Täter?
Wart ihr das Opfer?
Waren die eins?

Ich möchte aus meiner Mundhöhle ausziehn
Ich will, daß wir uns in Frieden trennen
Geht ihr nach links? So will ich nach rechts gehn
Gründlich vergessend, wie sehr wir uns kränkten
Herzlich dem Zahnfleisch, den Zähnen nachwinkend
Ihr immer im Dunkel
Ich immer in Ängsten
Wir immer eins.

FOTOTERMIN

Der Gernhardt wird fotografiert!
Viele Fotos macht man vom Gernhardt!
Der Gernhardt zeigt sich von seiner besten Seite!
Dank sagt der Fotograf dem Gernhardt!

Abends aber in der Dunkelkammer
überkommt ihn nie gekannter Jammer.
Schluchzend schaltet er den Leuchttisch aus.
Was er sah? Man wird es nie erfahren.
Nicht vom Fotografen. Schon seit Jahren
hütet der die Zunge und das Haus.

Nächtens aber ist es ihm, als riefe
jemand: »Rette mich!«
Jemand in dem Schrank der Negative.
Und es schüttelt ihn.

PORTRAIT

Das Leben zeichnet mich:
Da hast du dein Gesicht!
Laß stecken, sage ich,
dein Werk gefällt mir nicht.

Die Haut ist mir zu fahl.
Das Haar ist mir zu dünn.
Auch säh' ich mich gern schmal,
mit ausgeprägtem Kinn.

Das Leben schreit: Es reicht!
Welch lachhafte Beschwerden!
Willst du ab jetzt vielleicht
vom Tod gezeichnet werden?

UNVERZEIHLICH

Das würde ich einer Frau nie verzeihen,
wenn die so aussehn würde, wie ich ausseh'.
Mehr Fett als Fleisch, wenn Sie verstehen, was ich meine,
und dann dieses Fett auch noch voller Dellen.

Woher dieser Langmut der Frauen mit mir?
Soll man den loben? Ihn tadeln? Sie schelten?
Nun komm' Sie mir bloß nicht mit inneren Werten!
Die kann man doch weder sehen noch anfassen!

Mich kann man sehen. Mich kann man anfassen.
Ich find' aber beides nicht so sehr lustig.
Gesegnet die Frauen, die anders denken,
sofern sie auch deutlich anders aussehn.

LESUNG

Menschen schauen mich an:
Da kommt der Gernhardt, Mann!

Menschen schauen mir zu:
Das ist der Gernhardt, du!

Menschen schauen mir nach:
Das war der Gernhardt, ach!

Menschen schauen sich an:
Der wird auch nicht jünger!

IMMER

Immer einer behender als du

Du kriechst
Er geht
Du gehst
Er läuft
Du läufst
Er fliegt:

Einer immer noch behender.

Immer einer begabter als du

Du liest
Er lernt
Du lernst
Er forscht
Du forschst
Er findet:

Einer immer noch begabter.

Immer einer berühmter als du

Du stehst in der Zeitung
Er steht im Lexikon
Du stehst im Lexikon
Er steht in den Annalen
Du stehst in den Annalen
Er steht auf dem Sockel:

Einer immer noch berühmter.

Immer einer betuchter als du

Du wirst besprochen
Er wird gelesen
Du wirst gelesen
Er wird verschlungen
Du wirst geschätzt
Er wird gekauft:

Einer immer noch betuchter.

Immer einer beliebter als du

Du wirst gelobt
Er wird geliebt
Du wirst geehrt
Er wird verehrt
Dir liegt man zu Füßen
Ihn trägt man auf Händen:

Einer immer noch beliebter.

Immer einer besser als du

Du kränkelst
Er liegt danieder
Du stirbst
Er verscheidet
Du bist gerichtet
Er ist gerettet:

Einer immer noch besser
Immer
Immer
Immer.

RONDO

So, voll Müdigkeit und Trauer,
endet jegliche Geschichte.
Alles macht die Zeit zunichte.
Mit der Zeit wird niemand schlauer,

da das kein Geschöpf auf Dauer
aushält, dieses stete Enden,
diese Leere in den Händen,
so voll Müdigkeit und Trauer.

WAS ES ALLES GIBT

Es gibt so etwas
wie eine Hand

Es gibt so etwas
wie eine Axt

Es gibt so etwas
wie einen Griff

Es gibt so etwas
wie einen Schlag

Gibt es so etwas
wie keinen Finger?

EIN HAUS

Das hast du stets gewußt,
daß es das gibt: ein Haus,
da tritt man warm hinein
und kommt erkaltet raus.

Die angelehnte Tür.
Der Lichtstrahl lockt und weist.
Der leichte Rauch besagt:
Du bist genug gereist.

»Dann geht ihr schon mal vor.
Ich komme nach, na klar.«
Noch hoffst du, daß du lügst.
Schon weißt du: Es wird wahr.

DIESE DOPPELGÄNGER

Lästig, sich selber zu begegnen.
Im Lauf des Lebens häufen sich Doppelgänger.
Sie treten dir in den Weg und sagen:
Da, wo ich herkomm', würd' ich nicht hingehn.

Versteh mich nicht falsch, Chef. Das ist nur ein Vorschlag.
Aber an deiner Stelle tät' ich –
Hier brechen sie ab, denn du schiebst sie beiseite.

Das Gute ist: Man kann sie locker links liegenlassen.
Das Dumme ist: Sie behalten so verdammt oft recht.

Eigentlich immer.

ZUFRIEDENHEIT

Ich sitze gern allein in vollen Zelten
wenn links ein Schluchzen
rechts ein Schelten
ein Weinen vorn
und hinten so ein Stöhnen
mich mit dem Zelt, der Welt
und meinem Einsamsein versöhnen.

AMOUR FOU IN DER METZGEREI ILLING

Da trat die schiere Schönheit in
den Metzgerladen.
Ein Blick auf schiere Schönheit
kann ja wohl nicht schaden:
Also hinsehn.

Da schlug der pure Wahnsinn
den Beschauer.
Er wünschte sich vom
Augenblicke Dauer:
Also hinsein.

Da frug die Chefin schneidend,
was er wolle.
Da bat er stammelnd, daß
sie das entscheiden solle:
Also Eisbein.

NICHTTRINKLIED

Das Schicksal hat es so gefügt,
daß mir am Alkohol nichts liegt.

Mich lockt nicht Bier, nicht Gin, nicht Wein –
Na ja, ein Wein, der darf schon sein.

Mich lockt nicht Korn, nicht Bier, nicht Gin –
Ist da ein Gin? Dann immer rin!

Mich lockt nicht Wein, nicht Korn, nicht Bier –
Da kommt ein Bier? Das nehmen wir!

Mich lockt nicht Gin, nicht Wein nicht Korn –
Her mit dem Korn! Und dann von vorn:

Das Schicksal hat es so gefügt,
daß mir am Alkohol nichts liegt etc.

UNGEDICHT

Was du nicht denkst
bleibt ungedacht
Was du nicht tust
bleibt ungetan
Steh auf und handle
denn sonst fängst
du ganz und gar mit
›unge‹ an:

Sieh deine Haare:
ungekämmt
Sieh deine Nase:
ungeputzt
Sieh deine Trägheit:
ungehemmt
Sieh deine Chancen:
ungenutzt
Sieh deine Treppe:
ungefegt
Sieh deine Kinder:
ungewollt
Sieh deine Eier:
ungelegt
Sieh deine Rubel:
ungerollt
Sieh deine Muskeln:
ungestählt
Sieh deine Fäuste:
ungeballt
Sieh deine Ängste:
ungezählt
Sieh deine Zukunft:
ungestalt

Sieh deine Tränen:
ungeweint
Sieh deine Glieder:
ungeschlacht
Sieh deine Worte:
ungereimt
Sieh deine Taten:
unbedacht.

DER INSISTIERENDE

Ja – nehmense nur mal die Linde.
Großes Blatt, kleine Blüte. Ich finde,
die blüht zwar nur kurz, doch besessen,
da könnse das Blatt glatt vergessen.

Na klar. Ohne Blatt keine Blüte.
Ich rede nur so in die Tüte.
Und weiß auch: Ein jegliches Glänzen
hält sich natürlich in Grenzen.

Und doch ist das Blühen das Wahre.
Das Blatt ist – na, noch nicht ganz Bahre,
doch schon hart am Rand jeder Reife,
auf die ich verdammt noch mal pfeife.

Ach kommse mir nicht mit der Nummer,
Leben sei Freude *und* Kummer.
Erzählense das Ihrem Kinde.
Nein – nehmense nur mal die Linde…

GUT DRAUF

Dinge gibt's, die verlernt man nicht
Zum Beispiel das Eieressen
So lange kein Ei mehr gegessen
Und dann lief's wie geschmiert:

Die Spitze eingeschlagen
Die Schale weggepellt
Das Salz aufs Ei getan
Das Ei verspeist.

»Nein, mein Freund, es ändert sich nichts
Ja, mein Freund, das solltest du feiern
Du, mein Freund, bleibst die Summe deiner
Fähigkeiten
Bis ans, mein Freund, Ende deiner Tage.

Aber bis das mal kommt
Aber bis das erst mal kommt
Aber bevor das erst mal kommt:
Hau drauf! Und immer:
Voll auf die Eier!«

GOLDENE WORTE

Drei bis vier Leben gelebt,
keines, das meins war,
und alle simultan –
heut ist mir eins klar:

Biographie meint nicht
›Bleibe du selber‹.
Ochswerden, Ochsesein
ist was für Kälber.

Ist dir dein Leben lieb,
leb aus dem vollen.
Wer dich nur einmal will,
hat nichts zu wollen:

Halte dich querfeldein.
Meide die Herden.
Pfeif auf ein eignes Ich,
und du wirst gleichzeitig
Dachs bleiben, Windhund sein
und Löwe werden.

AMNESIE

1

Viele schöne Dinge sah ich
Inseln aus dem Wasser ragen
Freunde, ihr könnt mich erschlagen
Wenn ich ihre Namen kenne.

Tiere sah ich auf den Klippen
Vögel durch die Lüfte schweben
Alles würde ich drum geben
Wüßte ich noch, wie sie hießen.

Jemand sah an meiner Seite
All die Tiere, all die Orte
»Worte, Worte, nichts als Worte«
seufzte sie, wenn ich benannte.

2

Vermutlich habe ich auch Seehunde gesehen.
Mit Sicherheit Gemsen.
Sie grasten im Tal. Seelenruhig. Wie Kühe.
Blöde Bande.

Vieles wird undeutlich mit den Jahren.
Manches ununterscheidbar.
Die habe ich geliebt? Den gehaßt?
Oder vice versa?

3

Ja, das war's wohl. Mehr ist nicht zu sagen.
Sonst noch Antworten?

SEPTEMBER AN DER NIDDA

Herrlich ist der Anblick heller Flüsse
Darin sich die dunklen Bäume spiegeln
Groß und schwankend, während fahle Blätter
Vielfach quer durch ihre Kronen schwimmen.

Welch ein klares Blau liegt dem zugrunde!
Unbeirrbar zieht ein fernes Flugzeug
Eine weiße Spur, bis bunte Menschen
Sie kopfüberradelnd löschen. Herrlich.

SCHÖN UND GUT UND KLAR UND WAHR

Da sind diese vier weißen Tauben,
die sich in das Blau des Himmels schrauben.

Sie leuchten sehr auf beim Steigen,
um sich kurz drauf dunkel zu zeigen.

Das machen sie immer gemeinsam,
nie flog auch nur eine je einsam.

Warum die das tun? Keine Ahnung.
Möglicherweise als Mahnung.

Es ist schön, sich im Aufwind zu wiegen
Es ist gut, nicht alleine zu fliegen
Es ist klar, daß Steigen schon viel ist
Es ist wahr, daß der Weg das Ziel ist.

MÄUSEGEDICHT

Und dräut die Katze noch so sehr,
sie kann uns nicht verschlingen,
solange wir nur unverzagt
von allem, was noch ungesagt,
von Lust und Frust
von Frist und List
und dem, was sonst noch sagbar ist,
nicht schweigen, sondern singen:
Das Singen wird es bringen!

KUNST UND NATUR

Da sitzt der berühmte Mann.
Er schaut der unbekannten Frau nach.
Der berühmte Mann muß seufzen,
als die unbekannte Frau lacht.

Die macht ja alles zunichte,
was er je geschrieben:
Sein Werk mag man schätzen, aber
ihr Lachen muß man lieben.

DA!

1
Vielleicht hätte man damals doch
diesem Nacken folgen sollen

Ein Nacken ist natürlich nichts
für immer und ewig

Solch steile Kurve
wird zwangsläufig flacher

Man hätte womöglich
tagtäglich gelauert

Da! Jetzt ermattet der
Schwung, der dich mitriß.

2
Ich rede vom Nacken
und meine den Halsansatz

Ich meine den Halsansatz
und denk an die Brüste

Ich denk an die Brüste
und erinnere Knie

Ich erinnere Knie
die so hinreißend klafften

Da! Jetzt sehe ich den
Riß wieder vor mir.

3
Die Köpfe der Liebenden
sind wie verwachsen

Die Arme lianengleich
klammernd verschlungen

Die Körper so eins, so
ununterscheidbar

Ein Glück, daß der Tisch
sie zur Hälfte beschneidet

Da! Dieses Ruckeln!
Was ist da im Gange?

4
Wenn man mich mit etwas
jagen kann,
dann ist es diese
Kunst-contra-Leben-Schote.

Wer nichts erlebt hat,
kann keine Kunst machen.
Wer keine Kunst gemacht hat,
wie will der fortleben?

Da! Die Liebenden fangen was an,
also sind sie.
Da: Ich ende,
also werde ich sein.

ANHANG

ANMERKUNGEN DES AUTORS

S. 7

VIER GEDICHTE AUS SCHUL- UND STUDIENZEIT – Alle Gedichte sind bisher unveröffentlicht, und sehr viel mehr Gedichte haben sich, zumal aus der Zeit vor dem Studium, auch nicht erhalten. Nicht, daß ich sehr viel mehr geschrieben hätte: Da ich mich schon früh als Maler verstand, betätigte ich mich in jungen Jahren lediglich als Gelegenheitsdichter, der Anlässe belieferte bzw. auf Anstöße reagierte.

»Auf den Lateinlehrer Otto Kampe« entstand neben weiteren Gedichten auf weitere Lehrer und Klassenkameraden anläßlich eines Bunten Abends im Schullandheim der Göttinger Felix-Klein-Oberschule zu Eddigehausen. Die Zeile »ein Wüstenfuchs gleich Scipio« bezieht sich auf Kampes Teilnahme am Afrika-Feldzug.

»Im Trakl-Ton« (Herbst) war so etwas wie ein veritabler Schülerstreich. Zum mündlichen Abitur hatte unser Deutschlehrer, der Oberstudienrat Adolf Kraus, uns, den Schülern der 13d, zur Aufgabe gemacht, ein Gedicht unserer Wahl auswendig zu lernen. Ich entschied mich für ein Gedicht des von mir sehr bewunderten Georg Trakl:

Winter

Der Acker leuchtet weiß und kalt.
Der Himmel ist einsam und ungeheuer.
Dohlen kreisen über dem Weiher,
und Jäger steigen nieder vom Wald.

Ein Schweigen in schwarzen Wipfeln wohnt.
Ein Feuerschein huscht an den Hütten.
Bisweilen schellt sehr fern ein Schlitten,
und langsam steigt der graue Mond.

Ein Wild verblutet sanft am Rain
und Raben plätschern in blutigen Gossen.
Das Rohr bebt gelb und aufgeschossen,
Frost, Rauch, ein Schritt am leeren Hain.

Mitten im Memorieren aber muß ich mich gefragt haben: Wer wird denn ein Gedicht auswendiglernen, wenn er selber eines zu dichten vermag? Daher beschloß ich, einen Trakl zu schreiben, mit allen Schikanen, dem trakl-typischen a-b-b-a ebenso wie mit einem ordentlichen Hauch von Verfall, und alles derart haarscharf an der Parodie entlangschrammend, daß der Schwindel nach menschlichem Ermessen nicht auffliegen konnte. Was er denn auch nicht tat: Meinem Vortrag schloß sich nicht nur eine einfühlsame, vielstimmige Interpretation an, sondern auch ein eindringlicher Vergleich dieses Gedichts mit einem zuvor gehörten Werk von Weinheber – ein kritisches Abwägen zweier Kunstwerke, das ganz und gar zu »Trakls« Gunsten endete.

»Retrospektakel« hätte natürlich auch »Im Benn-Ton« überschrieben werden können, ein Tonfall, der 1955 äußerst suggestiv gewirkt haben muß, da ich in meinen Kladden aus dem letzten Schuljahr gleich zwei Benn-Paraphrasen, um nicht zu sagen: Parodien, gefunden habe, deren eine ebenfalls ganz schön suggestiv schließt:

Erinnerung vibriert
Rudimentäres
Brunftruf der Urzeit
sonnend, sinkend
verläßt das Großhirn
rauschentblößt und schweigend.

Im gleichen Heft finden sich ein Ezra-Pound-Echo sowie eine Reaktion auf ein Gedicht von Albrecht Goes, die nicht ohne Witz ist. Von dem Goes-Gedicht weiß ich nur noch so viel, daß mich der hohe Ton belustigt hatte, in welchem der Pfarrer und Dichter Goes den Thomaskantor Johann Sebastian Bach nicht nur geniusmäßig über Land schreiten, sondern auch bedeutungsschwer seinen Namen in den Sand schreiben ließ: b-a-c-h. Solch reichlich raunend vorgetragener Geniekult animierte mich während des Deutschunterrichts zu dem Versuch, die etwas wohlfeile Methode der Bedeutungserschleichung durch Gesperrtschreibung des Namens auf einen anderen, längernamigen Künstler anzuwenden:

Das Jahr strebt flammend
nach dem Glanz der Reife.
Fanal und Bild
im silbergrauen Himmel,
aufsteht ein Mann
zyklopenhaft verschattet.
Aufsteht der Geist
vom Daseinsweh gefüllt. Und
sinnt. Und schweigt. Und
schaut. Und ragt. Und
starrt. Und schreibt.
Schreibt nieder: m-i-c-

h-e-l-a-n-g
o großes Dennoch
weltgestaltend Trotzdem,
geworfen in den Strom des Lebens,
ein stehend Mal im Sturm
des Gottesodems.

»U-Bahn Thielplatz – Hallesches Tor« entstand während einer Fahrt von der Freien Universität zur Amerika-Gedenkbibliothek; an der FU studierte ich, der staatlich geprüfte Kunsterzieher, fürs Beifach Deutsch Anfang der 60er Germanistik. Die Alexandriner lassen vermuten, daß gerade Barock-Lyrik auf dem Lehrplan stand; an weiteren Gedichten aus der Berliner Zeit, die teils bereits im *Hau* (»Frage«), teils in *Besternte Ernte* (»Viel schon ist getan«), teils erst in *Ich Ich Ich* (»Nur wenigen ist es bestimmt zu malen«) Aufnahme fanden, läßt sich ablesen, daß das Studium mich offenbar dazu animierte, auch andere Tonfälle und Gedichtformen auf Machart und Verwendbarkeit hin abzuklopfen.

S. 13
HAU-GEDICHTE – Sie wurden dem Buch *Die Wahrheit über Arnold Hau* entnommen. Ein heikler Eingriff, da dieses erstmals 1966 aufgelegte Buch ein Gemeinschaftswerk ist: Friedrich Karl Waechter und der Studienkollege Fritz Weigle alias F. W. Bernstein waren zeichnend und schreibend mit von der Partie. Zwar steht die Autorschaft meiner Person im Falle der hier versammelten Hau-Gedichte zweifelsfrei fest, doch kann von einem Personalstil kaum die Rede sein, da wir allesamt damals nicht darauf aus waren, dem je

unverwechselbaren Ich zum Ausdruck zu verhelfen, sondern darauf, selbstlos einem gemeinsam erahnten und herbeibeschworenen Hau-Geist zu dienen.

Allerdings war der Zeitgeist 1966 noch nicht reif für den Hau-Geist. *Die Wahrheit über Arnold Hau* wurde bald nach Erscheinen verramscht, erlebte in der Folgezeit jedoch mehrere Auferstehungen. Die erste, als der Zweitausendeins Versand 1974 einen Reprint wagte. Dann 1981, als er *Die Wahrheit über Arnold Hau* zusammen mit *Besternte Ernte* und *Die Blusen des Böhmen* unter dem Sammeltitel *Die Drei* anbot. Schließlich 1995, als der Haffmans Verlag eine Lizenzausgabe der *Drei* auflegte und den *Hau* nach fast dreißig Jahren wieder in die deutschen Buchhandlungen brachte.

S. 16

1982 fiel mir ein Buch in die Hände, das ich in der ›Titanic‹-Kolumne »Humorkritik« aus nicht ganz uneigennützigen Gründen vorstellte. Es nannte sich *Freiheit für Grönland – weg mit dem Packeis* und versprach in der Unterzeile »200 Sprüche von den Wänden der Frankfurter Universität«. Ausgewählt hatte sie Albert A. Schmude, erschienen war das Werklein im Rita G. Fischer Verlag, Frankfurt, und nach einigen einleitenden Überlegungen zum Wesen des Zeitgeists und zu der Authentizität von Sponti-Sprüchen kam ich zur Sache:

»Doch ich will mich nicht weiter auf Datierungen und Zuschreibungen einlassen, dieses heikle Geschäft übersteigt meine Kenntnisse und Kräfte, lediglich bei zwei der 200 Graffiti kann ich verbindlich Auskunft geben, sie sind nämlich von mir.

Nicht, daß ich selber gesprayt hätte. Es handelt sich vielmehr um einen Zwei- und einen Vierzeiler, die, in Büchern wie *Die Wahrheit über Arnold Hau* und *Besternte Ernte* gedruckt, nun ihren Weg gemacht haben, die durch Köpfe, Hände und Sprühdosen gegangen sind, um schließlich auf Frankfurter Uni-Wänden eine neue Heimstatt zu finden.

Mein erstes Gefühl: Stolz. War es nicht seit jeher der geheimste Wunsch der Künstler, eins zu werden mit dem Volk, dienendes Sprachrohr zu sein der Träume, Begierden und Forderungen ihrer Zeitgenossen? War es, war es. Mein zweites Gefühl: Ärger. Denn was hat das Volk aus meinen schönen Versen gemacht? Es hat sie zersprayt, so, wie das Volkslied vergangener Epochen die Reime der Hochkunst zersang. Nicht zum Vorteil der Reime: »Der Geier fraß die Wanderratte, nachdem er sie geschändet hatte«, lese ich da. Ich aber hatte geschrieben: »Der Habicht fraß … etc.« – die runde Fülle der Zeile wurde nicht zuletzt durch die vier As konstituiert, nun wird sie durch den ganz lautfremden Geist ganz unnötig geschändet.

Ein weiterer Wahlspruch, den bereits der ›stern‹ einem anonymen Autor zugesprochen und zum ›Gedicht der Woche‹ erklärt hatte:

»Es sprach der Herr zum Knecht:
Mir geht es schlecht.
Da sprach der Knecht zum Herrn:
Das hört man gern.«

Nicht so gut, wie? Rumpelt und pumpelt ein bißchen, von dem vierhebigen Vers in den dreihebigen, und das gleich zweimal hintereinander. Wie elegant und lesbar sich daneben das Original ausnimmt:

»Der Herr rief: ›Lieber Knecht,
Mir ist entsetzlich schlecht!‹
Da sprach der Knecht zum Herrn:
›Das hört man aber gern.‹«

Klingt schon anders – oder? Welch unterkühlte Raffinesse in den pseudoarchaischen Alliterationen! Wie geradezu erschreckend das umgangssprachliche »Das hört man *aber* gern« in dieses scheinbar zeitlose Sprechen einbricht! Von anderen Feinheiten ganz zu schweigen – schon deshalb, weil mir im Moment keine weiteren einfallen.«

S. 23
GEDICHTE AUS BESTERNTE ERNTE – Im Jahre 1976 brachte Zweitausendeins den Gedichtband *Besternte Ernte* als Originalausgabe heraus. Vorausgegangen war eine lange Manuskript-Odyssee durch die deutsche Verlagslandschaft, nachzulesen in meinem Lehrbuch *Wege zum Ruhm,* Haffmans Verlag 1995.

Im Vorwort der Erstausgabe von *Besternte Ernte* heißt es:

»Die folgenden Verse und Zeichnungen, Früchte gemeinsamen Dichtens und Zeichnens, entstanden während der letzten fünfzehn Jahre. Teils sind sie bisher unveröffentlicht, teils erschienen sie in der Beilage ›Welt im Spiegel‹, die wir, zusammen mit F. K. Waechter, 1964 ins Leben riefen und bis zum Januar 1976 allmonatlich gestalteten und betreuten.

Gemeinsames Dichten – das hat so weit geführt, daß sich der Irrglaube verbreiten konnte, F. W. Bernstein sei ein Pseudonym für Robert Gernhardt, oder umgekehrt, oder wir beide seien ein Dritter. Nichts davon stimmt. Um späteren Zeiten die Arbeit zu erleichtern, haben wir die Gedichte daher, so gut es ging, nach Verfassern geordnet.

So gut es ging – denn in einigen Fällen hat ein und dasselbe Gedicht uns beide zum Verfasser, und bei den Rotbart-Liedern gesellt sich ein leibhaftiger Dritter, eben F. K. Waechter, hinzu. Daß jedoch auch die anderen einverfassrigen Gedichte den gleichen Geist atmen, unabhängig vom jeweiligen Autor, erklärt sich aus zwei Umständen; erstens dichten wir meistens zusammen, abends, wenn die Geräusche der Straße leiser und die Stimmen der Wirte lauter werden, und zweitens hat uns dasselbe Vorbild geprägt, ein Gedicht, das, in Schönschrift auf ein großes Schild gemalt, Anfang der sechziger Jahre Rummelplatzbesucher zum Schiffsschaukeln verleiten sollte:

Wie ein Pfeil fliegt
man daher,
als ob man selber
einer wär.«

Die Gedichte nach Verfassern zu sortieren, ist jedoch nur die eine Hälfte des Problems, dem sich gegenübersieht, wer einen Sammelband wie den vorliegenden zusammenstellt. Die andere besteht in der Notwendigkeit, den Schreiber-Dichter vom Zeichner-Dichter zu scheiden: Auf viele meiner *Besternte-Ernte*-Gedichte mußte ich deshalb verzichten, weil sie nur im Zusammenhang mit Zeichnung oder Foto funktionieren. In vier Fällen schien es mir vertretbar, die Fotos wegzulassen, bei »Kurzes Wiedersehen auf dem Flughafen«, »Die Wetterwendische«, »Römische Elegie« und »Anno 24«. Der gezeichnet seitenfüllende »Kragenbär« hingegen outet sich, aufs schiere Wort reduziert, als schlichter Zweizeiler. Bei dieser Gelegenheit möchte ich noch einen Hinweis auf eine besondere Spielart des Bildgedichts einfügen, die mich in den 70er Jahren beschäftigte und die in dieser reinen Text-Sammlung ebenfalls fehlt. Ich meine jene Gedichte, die ich zu den zwar stillen, aber ungemein sprechenden Bildern meiner Frau, der 1989 verstorbenen Malerin Almut Gernhardt, geschrieben habe. Im Kinderbuchprogramm des Insel Verlages veröffentlichten wir mehrere Bücher mit Bildern und Gedichten: *Ich höre was, was du nicht siehst* (1975), *Mit dir sind wir vier* (1976), *Was für ein Tag* (1978), *Ein gutes Schwein bleibt nicht allein* (1980). Unser letztes gemeinsames Bild-Gedichtbuch erschien 1983 im Haffmans Verlag und nannte sich *Katzenpost.* Bei all diesen Büchern habe ich jene Erfahrung machen müssen, von der alle verantwortungsbewußten Kinderbuchautoren berichten: daß es keineswegs einfacher ist, für Kinder zu dichten. Im Gegenteil: Gegenüber Erwachsenen habe ich mir hin und wieder Albernheiten herausgenommen, die ich Kindern nie zugemutet hätte.

S. 37
Das »Gebet« erschien erstmals im März 1972 ohne Verfasserangabe in der ›Welt im Spiegel‹. Das war der Beginn einer für einen Sechszeiler nicht ganz alltäglichen Karriere: Ein Jahr drauf war er auf der ersten Platte eines damals noch unbekannten Entertainers zu hören, als vorgeblichen Verfasser des 18 Sekunden langen Werks las ich erstmals den Namen »Otto«. Rückfragen ergaben, daß meine Zeilen in Hamburg offenbar als herrenloses Witzgut galten, und im Verlauf klärender Gespräche kamen wir uns derart näher,

daß Otto Waalkes es seither stets vermerkt, wenn er Texte von mir oder vom Autorentrio Eilert, Gernhardt, Knorr auf Platte bannt. Das »Gebet« aber ging seinen Weg. Als tiefgesunkenes Kulturgut, jedoch nur leicht zersungen, fand ich es Anfang der Achtziger in Uli Kutters Untersuchung *Ich kündige!!!,* Jonas Verlag 1981, in welcher der Volkskundler das weite Feld der Bürofolklore erkundet, jene in Ablichtungen kursierenden gezeichneten oder gereimten Frotzeleien und Schweinigelein, die offenbar den Druck von Job, Chef und Kollegen lindern sollen bzw. in der Tat mildern.

Zehn Jahre drauf, am 2. 9. 1991, brachte die ›Frankfurter Neue Presse‹ ein Portrait des neuen Stadtschreibers von Bergen und druckte eine Kostprobe seines Schaffens ab, das »Gebet«.

Das veranlaßte einige Christen, mir zu schreiben, teils weil sie sich durch mich verletzt fühlten, meist, weil sie um mich besorgt waren, stets unter Hinweis auf einschlägige Bibelstellen, die allesamt belegen, daß sich Gott nicht auf Spott reimt:

»Weh denen, die bei sich selbst weise sind, und halten sich selber für klug.« Jesaja 5 Vers 21.

»Irret euch nicht! Gott läßt sich nicht spotten. Denn was der Mensch sät, das wird er ernten.« Galater 6 Vers 7.

»Demütige deinen Stolz ganz tief, denn was den Menschen erwartet, ist die Verwesung.« Sirach 7 Vers 17.

Und immer wieder: »Du sollst den Namen des Herrn deines Gottes nicht mißbrauchen; denn der Herr wird den nicht ungestraft lassen, der seinen Namen mißbraucht.« 2. Buch Moses 20 Vers 7.

Anfang des Jahres 1992 bedankte ich mich bei den Briefschreiberinnen und -schreibern und stellte die

Frage: »Lästert das Gedicht wirklich Gott, reagiert es nicht vielmehr auf eine bestimmte Gottesvorstellung?« Sodann lud ich zu einem öffentlichen Gespräch ein: »Als Thema dieses Gesprächs schlage ich vor ›Wo hört der Spaß auf?‹, und als Ort bietet sich das Stadtschreiberhaus an.«

Dieser Vorschlag wurde Ende Mai in die Tat umgesetzt: Unter der Leitung von Uwe Wittstock und assistiert von der Alt-Stadtschreiberin Eva Demski redeten unter freiem Himmel bei Ebbelwei und Bretzeln Christen, Bürger sowie der Stein des Anstoßes niveauvoll und aufs toleranteste aneinander vorbei.

S. 48
Bei den »Steiner«-Gedichten haben Bernd Eilert und Peter Knorr mitgewirkt.

S. 56
Die ersten drei Vierzeiler stammen von F. W. Bernstein. Ich griff seine sehr einleuchtende Anregung auf und erhöhte auf fünf. Zu »Herr und Knecht« siehe auch die Anmerkung zu Seite 16.

S. 57
Der kleine »O du, der du«-Zyklus entstand in Zusammenarbeit mit F. W. Bernstein.

S. 59
GEDICHTE AUS DER ›WELT IM SPIEGEL‹ (›WimS‹) – Diese Beilage der satirischen Zeitschrift ›pardon‹ – sie

wurde bereits im Vorwort zur *Besternten Ernte* erwähnt – diente uns, F. K. Waechter, F. W. Bernstein und mir, elf Jahre lang als Spielwiese und Experimentierfeld für alle möglichen Spielarten und Formen des Komischen, für Text und Cartoon, Gedicht und Comic. Die in dieser Abteilung versammelten Gedichte habe ich seinerzeit nicht für würdig befunden, in den Gedichtband *Besternte Ernte* aufgenommen zu werden. Was ich damals an ihnen auszusetzen hatte, kann ich heute nicht mehr nachvollziehen: Mit der Zeit wird alles heil – nehmt getrost am Œuvre teil!

S. 69

GEDICHTE AUS WÖRTERSEE – Der umfangreiche Gedichtband (320 Seiten) erschien 1981 bei Zweitausendeins. Noch einmal, das letztemal, stellt sich das Problem der Auswahl. Zwar steht bei dieser Sammlung der Verfasser eindeutig fest, doch wie die *Besternte Ernte* enthält auch der *Wörtersee* neben den hier versammelten Wortgedichten eine ganze Reihe von Bild- und Fotogedichten. Als Experimentierfeld hatte das ›ZEITmagazin‹ gedient, in welchem mir über Jahre die wöchentliche Rubrik »Hier spricht der Dichter« eingeräumt worden war. Aus diesem Fundus speiste sich auch der gleichnamige Bild-Gedichtband, der 1985 die Ära der sauber nach Bild und Wort geschiedenen Ausgaben einleitete: *Körper in Cafés* (1987) und *Weiche Ziele* (1994) enthielten im Gegenzug ausschließlich Wortgedichte.

Als der *Wörtersee* 1989 als Haffmans-Taschenbuch in den Buchhandel kam, konnte ich es mir nicht verkneifen, in einem Nachwort von den Nichtfolgen der Literatur zu berichten:

KEIN WÖRTCHEN FÜR DEN WÖRTERSEE

Im Oktober 1982 veröffentlichte der ›Buchreport‹ einen Beitrag von Franz Josef Görtz, in welchem er einen ernüchternden Blick auf die Buchproduktion des zurückliegenden Jahres wirft: »Nicht weniger als 8885 Novitäten aus dem Bereich der ›Schönen Literatur‹ verzeichnet die Statistik des Börsenvereins für 1981... Mag sein, daß in allen Zeitungen und Zeitschriften zusammen, im Funk und in den wenigen Augenblicken, die im Fernsehen für Literatur übrigbleiben, übers Jahr gerechnet 800 oder 900 davon vorgestellt und rezensiert werden, 10% also, großzügig geschätzt.

Aber was ist, was geschieht mit den übrigen? Nichts. Weil es in den meisten Fällen nicht lohnt, ein Wörtchen daran zu verschwenden.«

Deutliche Worte, und zugleich ein Wort in eigener Sache: Görtz ist Rezensent, er weiß, wovon er spricht. Ich bin ein Autor. Was habe ich darauf zu erwidern?

Ein Buch, das 1981 veröffentlicht und von so gut wie keinem Medium und von fast gar keiner Kritik wahrgenommen wurde, ist das vorliegende. Ich jedenfalls habe nur eine einzige Rezension zu Gesicht bekommen, in der ›Süddeutschen Zeitung‹. Sie war kurz, freundlich und vom Jazzkritiker Werner Burckhardt. Kaum an die Öffentlichkeit gelangt, war der *Wörtersee* für die Medien bereits wieder gestorben und begraben. Kein Literaturkritiker hat ihn begleitet...

Wieso eigentlich nicht? 1981 war ich kein ganz Unbekannter mehr. Seit 1962 hatte ich regelmäßig in nicht allzu abseitigen Blättern veröffentlicht, in ›pardon‹, im ›ZEITmagazin‹, in ›Titanic‹. Ich hatte allein, mit Freunden und zusammen mit Almut Gernhardt bereits zehn Bücher in die Welt gesetzt, im Bärmeier und Nikel Verlag, im Insel Verlag und bei Zweitausendeins. Als ich das erstemal ein Exemplar des *Wörtersees* in Händen hielt, durchblätterte ich es hochgemut, ja fast hochmütig: Ein Gedichtband von 320 Seiten! In fünf Abteilungen! Mit drei Motti! Keine Wörterpfütze, wie die anämischen, kartonierten 80 Seiten, die sich normalerweise bereits Gedichtband nennen dürfen, auch kein Wörterteich vom Schlage poetischer Zwischenbilanzen und Sammelwerke, nein: ein veritabler Wörtersee, der dem Titel alle Ehre machte. Und zugleich eine Bilderflut! Mit Gedichten zu Postkarten, zu Fotos, zu eigenen Zeichnungen, ja sogar mit Grafiken, die als »Lied ohne Worte« dem Text entsagten und ganz auf die Musikalität der Linie setzten –: Welch eine Vielfalt der Tonfälle, der Einfälle, der Erzählweisen! Fast bedauerte ich den Rezensenten, der diesen Reichtum im notgedrungen begrenzten Raum eines Feuilletons würde ausbreiten müssen – wie einen See in Zeitungsspalten kanalisieren, wie diese medienübergreifende Flut im Literaturteil eindämmen? Fragen und Sorgen, mit welchen ich je länger desto mehr gänzlich allein dastand, da sich niemand vom Fach ihrer annehmen mochte. Nochmals: Wieso nicht?

Ich habe offengestanden keine Antwort. Obwohl ich den Literaturbetrieb zu kennen glaube, obwohl ich hin und wieder weiß und häufiger ahne, welchen Weg die Dinge gehen, wieso X gut über Y schreibt und warum das Werk Z auf die Bestenliste gekommen ist – die Regeln, nach denen etwas *nicht* zur Kenntnis genommen wird, sind mir immer noch fremd und rätselhaft. Eine Verschwörung des Hochjubelns kann ich mir ohne Schwierigkeiten vorstellen. Doch eine Verschwörung des Verschweigens? Eigentlich zuviel der Ehre für ein Buch und im Falle des *Wörtersee* natürlich ganz und gar abwegig: Wer sollte denn ein Interesse daran haben, den nicht zu erwähnen? So wären also menschliche Uninteressiertheit, ja blankes Desinteresse der Grund dafür gewesen, daß nirgendwo vom *Wörtersee* die Rede war: »Weil es sich in den meisten Fällen nicht lohnt, ein Wörtchen daran zu verschwenden« –?

Der so schrieb, Görtz, hat es dann in Sachen *Wörtersee* anders gehalten. Zwar wies er nicht in seiner Zeitung, der ›FAZ‹, auf den Gedichtband hin, doch er machte den weiland Literaturchef der Zeitung, Marcel Reich-Ranicki, auf ihn aufmerksam. Und auch der schrieb nach der Lektüre keine Rezension, jedoch einen Brief mit Datum des 27. Juli 1984:

»Herr Gernhardt, ich wollte Ihnen schon vor längerer Zeit schreiben, und nie bin ich dazu gekommen. Dabei handelt es sich um eine überaus simple Angelegenheit, an der mir freilich sehr gelegen ist. Nämlich: Hätten Sie nicht Lust, mal ein Gedicht in der F.A.Z. zu publizieren? Sie mögen dieser bescheidenen und devoten Anfrage entnehmen« – woraufhin ich in den folgenden drei Jahren hin und wieder ausgesuchte Gedichte z. Hd. Reich-Ranicki schickte, welcher sie entweder einrückte oder, was sehr viel häufiger geschah, zurückschickte, stets jedoch vorbildlich rasch und nie ohne Begründung: Mal störten Namenswortspiele, mal fehlte in einer Zeile eine Hebung, mal hatte ich Worte in Klammern gesetzt, was nur ganz schlechte Humoristen tun würden. Worauf ich mich wortreich um den Nachweis bemühte, ebendies sei meine Absicht gewesen: guter schlechter Humor, was Reich-Ranicki jedoch nicht gelten lassen wollte – Humor sei entweder gut oder schlecht, guter schlechter Humor aber sei eine pure Schutzbehauptung jener, die nicht imstande seien, guten Humor zu produzieren – eine von beiden Seiten hart geführte Diskussion, die mich dennoch nicht davor bewahrte, daß ein offenbar arg abgefüllter Peter Hamm mir anläßlich eines Buchmesseempfangs im Orfeo die Worte »FAZ-Dichter« hinterherrief, mit einer Stimme, darin sich Abscheu und Neid die Waage zu halten schienen...

Ende gut, alles gut: Auch der *Wörtersee* bekam schließlich doch noch seine Kritik, da jemand die Zeit fand, nicht nur ein Wörtchen, sondern ganze Sätze an ihn zu verschwenden. Sätze, die zu den schönsten gehören, die ich jemals über eines meiner Bücher gelesen habe und die sich, bei Licht betrachtet, meiner Zerstreutheit, ja Schußligkeit verdanken: 1982 hatte der ›Spiegel‹ einen Aufsatz von mir veröffentlicht, einen längeren Hinweis auf Robert Crumb, und in dem hatte ich erwähnt, Gordian Troeller habe ein Crumb-Portrait für das deutsche Fernsehen angefertigt. Hatte der aber gar nicht, der wahre Autor hieß Georg Stefan Troller, und der rückte den Irrtum in wenigen freundlichen Zeilen zurecht, um dann fortzufahren: »Aber eigentlich wollte ich Ihnen schon lange zum ›Wörtersee‹ schreiben... Weil Sie mir nämlich den Glauben an die deutsche Sprache als Spielsprache wiedergeben, und ihr eine Art vorhitlerische Unschuld.«

S. 92

»Weils so schön war« – drei Zweizeiler, die die Behauptung belegen, daß es die Dichtung ist, die Dichtung zeugt – manchmal auch gegen den Willen des Dichters.

Als Kind, in weit zurückliegenden 50er Jahren, erfreuten mich Scherzgedichte, die so gingen:

Jesus sprach zu seinen Jüngern:
Wer keine Gabel hat, ißt mit den Fingern.

Oder so:

Paulus schrieb an die Korinther:
Was nicht davor ist, ist dahinter.

Als vermeintlich reifer Mensch unternahm ich in den späten 70ern den Versuch, diese wie mir schien mittlerweile doch recht rostige Witzschiene durch drei gezielte Zweizeiler in ein Abstellgleis zu verwandeln:

Paulus schrieb an die Apatschen:
Ihr sollt nicht nach der Predigt klatschen.

Paulus schrieb an die Komantschen:
Erst kommt die Taufe, dann das Plantschen.

Paulus schrieb den Irokesen:
Euch schreib ich nichts, lernt erstmal lesen.

Nichts geht mehr, dachte ich, doch ich hatte meine Rechnung ohne den deutschen Studienrat und – vor allem – ohne den deutschen Schüler gemacht: Andreas Weber hieß der wackere Schulmann, der seine Klasse in den frühen 90ern zum Weiterdichten anhielt und die Ergebnisse 1994 in der Nummer 125 der Zeitschrift »Praxis Deutsch« festhielt, darunter auch den folgenden Zweizeiler eines leider nicht genannten Schülers:

Paulus schrieb an die Navajo:
Man ißt Oblate nicht mit Majo.

Ja – da hatte ein junger Mensch unbekümmert die von mir bereits fortgeworfene und erloschen geglaubte Fackel aufgenommen und weitergetragen, und solange das noch geschieht, wird in der Nacht heutiger Unkultur weiterhin das Flämmchen der Hoffnung auf bessere Zeiten für Dichter und Leser leuchten.

S. 116

»Materialien zu einer Kritik der bekanntesten Gedichtform italienischen Ursprungs« – Dieses Gedicht wurde erstmals 1979 im ›ZEITmagazin‹ veröffentlicht. Ermöglicht wurde sein Abdruck durch die Gunst der Umstände – der Chefredakteur war im Urlaub und die Redakteurin Anna Mikula beherzt genug, den Krach zu riskieren; möglicherweise war aber auch eine List der Geistesgeschichte mit im Spiel, vielleicht diente mein Gedicht lediglich als Köder, um Walter Hedinger vom Hamburger Hafen aus der Reserve zu locken.

Der nämlich war einer der über zwanzig Empörten, die sich schriftlich bei der ›Zeit‹ über mein Sonett beschwerten, und bereits seine erste Beschwerde ragte in Ton und Inhalt über das eifernde Normalmaß hinaus:

»Goethe ist tot! Schiller ist tot! Klopstock ist tot! Robert Gernhardt lebt! Wozu?

Was soll das ›Gedicht‹? Wem dient dies? Glauben Sie mir, ich bin nicht prüde, ich bin mein Leben lang im Hafen tätig gwesen. Aber von meinen Hafenarbeitern habe ich so eine Sammlung von zotigen Worten noch nicht gehört.«

Die Vielzahl der Leserbeschwerden bewog mich, einen klärenden Brief aufzusetzen – nicht Verscheißerung des Sonetts, Verarschung der kurrenten Szenesprache sei das Anliegen meines Sonetts gewesen –, und selbstredend gehörte Walter Hedinger zu den Adressaten. Er war der einzige, der ein zweites Mal zur Feder griff und dabei jene Erkenntnis zu Papier brachte, die genügen würde, noch ganz andere Sonette zu rechtfertigen. Er könne meine Entschuldigung nicht gelten lassen, schreibt er, denn: »Der Leser der ›Zeit‹ ist machtlos dem Sonett ausgeliefert und merkt erst beim Lesen, was er liest« – womit Walter Hedinger an das Geheimnis aller Literatur gerührt haben dürfte: Solange das so bleibt, sollte einem um die Zukunft dieser Kunst nicht bange sein.

Die ganze Geschichte des Entrüstungssturms von 1979 ist im Nachwort meiner Satiresammlung *Letzte Ölung* nachzulesen. Die weitere Geschichte des Sonetts aber buchstabiert noch einmal in nuce die vertrauten Legenden der großen Werke der Modernen Kunst nach: Was einst den größten Skandal erregte (Strawinskis *Sacre du Printemps,* Picassos *Demoiselles d'Avignon,* Benns »Morgue«), genießt Jahrzehnte später die höchsten Weihen. Ohne den Vergleich allzusehr strapazieren zu wollen, sei doch festgehalten, daß keines meiner Gedichte bisher derart häufig in Anthologien aufgenommen worden ist wie die »Materialien«: 1991 in *Das große Gedichtbuch von 1500 bis zur Gegenwart,* hrsg. von Karl Otto Conrady, Artemis Verlag, 1992 in *Deutsche Dichtung unseres Jahrhunderts,* hrsg. von Rudolf Helmut Reschke, Bertelsmann Buchclub, im gleichen Jahr in *100 Jahre Lyrik! Deutsche Gedichte aus zehn Jahrzehnten,* hrsg. von Axel Marquardt, Haffmans Verlag und 1995 in *Das bleibt, Deutsche Gedichte 1945–1995,* hrsg. von Jörg Drews, Reclam Leipzig.

S. 152
»Media in Vita« und »Geschichte einer Beziehung« waren ursprünglich Bildgedichte.

S. 183
Das Gedicht »Vater, mein Vater« ist auch in der 1984 bei Haffmans erschienenen Satirensammlung *Letzte Ölung* zu finden.

S. 185
VIER GEDICHTE AUS *ICH ICH ICH* – In dem Roman *Ich Ich Ich* versuchte ich meinen Dank an all jene Dichter, die mein Italien-Bild geprägt und meine Italiensehnsucht befördert hatten, dadurch abzutragen, daß ich ihre Erzählungen und Tonfälle aufgriff und sie in das Buch einverleibte. *Ich Ich Ich* zerfällt in fünf Kapitel, »Ich, Du, Er, Sie, Es«, und viele Stimmen, darunter auch die von Gottfried Benn und Giorgio Vasari. Für das zweite Kapitel nutzte ich die Form der Dante-Terzinen, und die in »Er« eingebettete Episode »Er kommt einer Einladung nach« erzählte ich in der Weise des Eichendorffschen *Taugenichts*. Da durften Liedeinlagen nicht fehlen, und folglich singen der einladende ältere Künstler, der eingeladene junge Künstler sowie der rätselhafte Doppelgänger des Erzählers in der italienischen Sommernacht mehr oder weniger wohltönend von Lust und Leid des Maler- und Künstlerseins.

S. 281
Zu »Schön, schöner, am schönsten« habe ich für den Bayerischen Rundfunk einen Erfahrungsbericht auf-

gezeichnet, der am 13. 3. 1990 gesendet wurde; gedruckt lag er erstmals in meiner Aufsatzsammlung *Gedanken zum Gedicht*, 1990, vor:

ENTSTEHUNGSGESCHICHTE EINES GEDICHTS

»Dieses Gedicht habe ich in Rom geschrieben, im Verlauf eines Tages, des 22. April 1986, und seine Entstehung ist ein schönes Beispiel für die ebenso alte wie hartnäckige Behauptung, daß die erste Zeile eines Gedichts ein Geschenk der Götter sei, der Rest aber vom Dichter erarbeitet werden müsse.

Ich bekam sogar gleich einen ganzen Vers geschenkt, den ersten: Er überkam mich, als ich des Morgens Frühsport machte, allein auf einer harten Matte; weit und breit kein Champagner, kein süßes Mädel und schon gar kein Grund, irgend jemandem zuzuwinken. Die Zeilen gingen mir beim Liegestütz durch den Kopf, ich mußte lachen und schrieb sie sogleich in ein Notizheft, das ich immer bei mir trug oder nahe genug aufbewahrte, um unverzüglich etwas notieren zu können. In diesen römischen Tagen nämlich dichtete ich ziemlich viel – am Ende waren es sechzig Gedichte in drei Monaten, also eine durchschnittliche Herstellungszeit von 1½ Tagen pro Gedicht –, und außerdem hatte mich die Erfahrung gelehrt, daß der Mensch nichts rascher vergißt als seine Träume und ersten Gedichtzeilen.

Als ich sie niederschrieb, wußte ich lediglich, daß nun Arbeit auf mich wartete. Was ich noch nicht so recht wußte, war, in welche Richtung sich das Gedicht weiterentwickeln würde. Wenn ich es heute vor Publikum vortrage, gibt es am Ende regelmäßig Gelächter – daraus schließe ich, daß das Gedicht mit einer Pointe endet. Damals ahnte ich dieses mögliche Ende nur sehr nebelhaft, ich nahm nach dem ersten Vers lediglich Witterung auf und setzte meinen Kunstverstand und meinen Pointeninstinkt in Bewegung.

Wenn ich heute in das Notizheft schaue, stelle ich fest, daß ich mich an diesem Tag schön zielstrebig weiterbewegt habe: Da gibt es kaum Korrekturen und schon gar keine Abschweifungen.

Ich lief tagsüber durch die Stadt wie ein gewöhnlicher Tourist; wie ein richtiger Dichter aber bewegte ich die ersten Worte so lange in meinem Kopf, bis ich irgendwo auf hellichter Straße einen zweiten Vers notieren konnte, sodann den dritten und schließlich, abends auf einer Tiberbrücke, den vierten.

Der wichtigste Schritt war zweifellos der vom ersten zum zweiten Vers. Mit der Steigerung ›Schön, schöner‹ waren die Weichen gestellt zu: ›noch schöner‹ und ›am schönsten‹. Eine keineswegs zwangsläufige Weichenstellung! Das Gedicht hätte ja auch anders, flusiger weitergehen können, zum Beispiel mit einer Reihe von Versen zu weiteren positiven Eigenschaftswörtern wie klug oder gut oder stark –: ›Klug ist es, wertvolle Bücher zu lesen / und nicht dauernd auf dem Moped rumzupesen – das ist klug.‹ Noch klüger freilich war es von mir, solche Möglichkeiten gar nicht erst zu erwägen.

Es gibt Gelächter am Ende des Gedichts, sagte ich, den ersten drei Versen aber lauscht das Publikum in der Regel mit einer gewissen Gespanntheit. Völlig zu Recht – die gleiche Spannung hatte ja auch mich zum Weiterschreiben veranlaßt: Worauf läuft das alles hinaus? Freilich: Deswegen allein hätte ich wahrscheinlich nicht so hartnäckig weitergesucht. Was mich bereits bei dem ersten Vers hatte lachen lassen, versuchte ich fortzuführen und zu steigern: Die Mischung von Hoch- und Niedersprache und die Vermischung von hehren Inhalten und schnödem Jargon.

Wer weltliche Werte gefährlich und geistige Güter erstrebenswert findet, wird im wirklichen Leben nicht Worte in den Mund nehmen wie ›abfahren‹ oder ›eine Ahnung zukommen lassen‹ – tut er es dennoch, gerät der Anlaß dieses hohen Sprechens ziemlich ins Wakkeln. Wo was wackelt, kann natürlich auch was fallen, und wo was fällt, gibt es häufig was zu lachen. Fallhöhe lautet denn auch ein Begriff aus der Komiktheorie, und Witzforschungen legen nahe, daß ein Witz um so stärker wirkt, je tiefer da jemand plumpst.

Und fallen tut er ja auch, der Sprecher, der da in meinem Gedicht das große Wort führt, die hohen Werte bemüht und am Ende unverfroren zu erkennen gibt, daß es ihm im Grunde seines schwarzen Herzens lediglich darum geht, seine finsteren Ziele derart zu bemänteln, daß er beides haben kann: ein gutes Gewissen *und* das süße Leben.

So etwas aber nennt man Heuchelei, und die ist vorzugsweise da zu finden, wo die Zeigefinger gereckt werden. Sei es von Berufs wegen, von Politikern, Geistlichen, Vorgesetzten oder Lehrern; oder weil sich da einer berufen fühlt: zum Guru, zum Führer, zum Propheten oder zum weisen Erzieher der Menschen und uneigennützigen Freund der Jugend.«

PS: Beim Wiederlesen dieses Berichts verwunderte mich ein wenig, weshalb ich nicht zumindest einen möglichen Weichensteller in Richtung Steigerung genannt habe, Gottfried Benn und sein mir seit langem bekanntes und liebes Gedicht »Was schlimm ist«:

Wenn man kein Englisch kann,
von einem guten Kriminalroman zu hören,
der nicht ins Deutsche übersetzt ist (...)

Sehr schlimm: eingeladen sein,
wenn zu Hause die Räume stiller,
der Café besser
und keine Unterhaltung nötig ist.

Am schlimmsten:
nicht im Sommer sterben,
wenn alles hell ist
und die Erde für den Spaten leicht.

S. 283
Was mich dazu bewog, »Nachdem er durch Metzingen gegangen war« zu schreiben, habe ich 1994 für den von Almut Gehebe-Gernhardt herausgegebenen ›Architektur-Raben‹ rekapituliert:

WINTERREISE

In der ersten Dezemberwoche des Jahres 1984 führte mich eine Lesereise durch schwäbische Volkshochschulen und in mir bis dahin unbekannte Orte, schwäbische wie fränkische. Am letzten Tag dieser Fahrt entstand ein Gedicht, das so etwas wie die poetische Summe meiner Stadtrundgänge darstellt, obgleich doch der unmittelbare Anlaß der prosaischste war, der sich denken läßt. Zum zehnten Jahrestag dieses Vorgangs mag es erlaubt sein, eine Auswahl jener Materialien und Notizen auszubreiten, welche schließlich zu acht Zeilen gerinnen sollten: Das Gedicht verdichtet.

3. 12. Schwäbisch Gmünd. Die romanische Kirche, die ich anfangs für unecht hielt, derart putzig, dutzig wirkte sie. War aber echt, und ich fragte mich wieder mal, ob die Bildhauer der Romanik nicht ungeheuer fröhliche Burschen gewesen sind, die ihre Pflichtaufgaben zwar mit allem Ernst, die Kleinigkeiten und das Drumherum aber mit viel Spaß und auch zum Spaß gemacht haben. Immer wieder kauern Ungeheuer auf den Fensterbänken, deutlich kann man zwei Hände unterscheiden, eine, deren Muster formelhaft und reliefartig geraten sind, und eine, die sie vollplastisch, schrecklich schreckerregend und äußerst lebensecht aus dem Stein geholt hat. Gut vorstellbar, wie dieser Steinmetz da an seinen Bestien gemeißelt hat, wie das vorbeikommende Volk ihn fragte: Was wird denn des no wieder? wie er antwortete: Abwarte! und wie er das Untier dann auch noch die Zunge rausstrecken ließ, und wie die Marktweiber kreischten.

4. 12. Fahrt über Aalen (ä bäh!) nach Dinkelsbühl. Irgendwie nicht ganz wahr und doch sehr zeitgenössisch. Das intakte Ensemble gediegener mittelalterlicher Häuser ist in den letzten Jahren mit wechselnden Creme-Farben gestrichen worden, das Ergebnis: eine herbe Bonbonniere. Kopfsteinpflaster, kein modernes Werbeschild, alle Ladenbezeichnungen mit gotischen Lettern und in einheitlicher Manier auf die Wände gemalt, was bei »Records – Video« einen besonders ansprechenden Effekt machte. Ein sehr leerer Ort, meine Schritte hallten, als ich auf die große Kirche im Zentrum zuging und die Übersichtlichkeit der mittel-

alterlichen Stadt bewunderte: Die Großen hatten große Häuser, die sie mitten in die Stadt und rund um die Kirche stellten, die Kleineren hatten kleinere, und die Kleinen hatten ganz kleine, die sie längs der Stadtmauer in den verbleibenden Raum zwängen mußten.

Dann Crailsheim, drei Kreuze, danach das überraschend schöne Schwäbisch Hall. Schön, weil die Stadt einmal reich gewesen ist und ihre Lage genutzt hat: Da ist der Fluß, der sich verzweigt und den Ort gliedert, da ist die Hanglage, die der Stadt etwas geradezu Italienisches verleiht, und da ist die große Kirche, die diesen Hang durch eine wunderschöne Treppe thematisiert. Bereits als ich den Umriß der Stadt das erstemal gesehen hatte, flüchtig, von der Umgehungsstraße Richtung Schwäbisch Gmünd aus, war ich von der Gewißheit erfüllt gewesen, da erwarte mich etwas Schönes. Doch woher rührte dieses Gefühl? War es erlernt? Eingeboren?

Heute morgen, beim Frühstück im Hotel Hohenlohe, stellte sich angesichts der breitgelagerten Stadt wieder tiefe Zufriedenheit ein über die sinnfälligen Formen der Gebäude und das schöne Miteinander von Fluß und Architektur; als ich genauer hinschaute, war einer dieser befriedigenden Gebäudekomplexe, direkt am rauschenden Kocher gelegen, die Strafvollzugsanstalt.

6. 12. Letzte Station: Metzingen, ein trauriges Kapitel. Wenn da außer einigen Kelterhäusern je etwas Erfreuliches gewesen sein sollte, dann haben interessierte Kreise das mit Erfolg plattgemacht. Die Innenstadt ist ein Konsum-, Schaff- und Raff-Zentrum der schlimmsten, weil vollkommen auf blanke Notwendigkeit be-

schränkten Sorte: Warum sich verrückt machen, die Käufer kommen ja auch so.

Nach einem ausgedehnten Stadtrundgang, der auch am Friedhof und der ihm benachbarten Firma Hugo Boss vorbeiführte, stellt sich mal wieder die leidige Frage: Was stört mich eigentlich an solch unverstellter Häßlichkeit? Warum nehme ich sie geradezu persönlich? Ich bin doch nur auf der Durchreise hier und werde nach menschlichem Ermessen nicht wieder herkommen. Weshalb meine Anteilnahme?

Vielleicht deswegen: Weil Menschen einander so etwas nicht antun sollten. Das wäre dann eine Stellvertreter-Empörung, geradezu ein Mitleiden. Aber habe ich denn Mitleid mit den Metzingern? Haben sie es überhaupt verdient? Sehen sie nicht allesamt so aus, als litten sie selber kein bißchen? Haben sie ihr Metzingen nicht selbst so gewollt und vorangetrieben – oder das, was dazu geführt hat, daß ihre Stadt so aussieht, wie sie aussieht, zumindest billigend in Kauf genommen? Richtiger ist wohl die Erklärung, daß ich in dem, was Menschen aus Metzingen gemacht haben, eine gegen mich gerichtete Bedrohung sehe und daß diese Tatsache mich empört: Wenn die das mit sich und anderen machen zu können glauben – was sollte sie davon abhalten, mir das ebenfalls anzutun? (Tun sie natürlich auch dauernd.) Und selbst wenn sie lediglich ihre eigenen Städte häßlich und ihre eigene Umwelt kaputtmachen, verringern sie an einem Tag wie diesem meine Genußmöglichkeiten, trüben sie einen kostbaren Nachmittag lang meine Lebensfreude – würde ich sonst diese Zeilen zu Papier bringen? Und wahr bleibt natürlich auch, daß der, der es besser weiß, die verdammte Pflicht hat, die Unwissenden zu bilden und zu belehren und für sie stellvertretend zu räsonnieren.

Weshalb er Kitsch, Konsumschrecken und Zerstörung nicht hinnehmen darf, selbst dann, wenn die, für deren Interessen er eintritt, gar nicht merken, mit welchem Schwindel sie abgespeist werden, ja, den sogar goutieren. Dann erst recht ist der Besserwisser aufgefordert, anderen den Kopf zurechtzurücken, wenn es sein muß, mit Gewalt: Wer sich im Besitz der Wahrheit weiß, ist auch dazu verpflichtet, ihr gegen jeden Widerstand zum Sieg zu verhelfen.

Gegeben im Schwanen zu Metzingen, an der Umgehungsstraße Ulm (?)–Stuttgart, auf welcher der Verkehr pausenlos dahinbraust (und mich den Schlaf kosten wird), in einer Gaststube, die exemplarisch den Rustikalkitsch der 70er vorführt: viel dunkelgebeiztes Holz und viel schlimm Schmiedeeisernes: Auch das haben Menschen Menschen angetan.

Ende des räsonnierenden Teils, denn unmittelbar auf diese so zornigen wie mahnenden Zeilen folgt der dialektische und qualitative Umschlag: Ohne weiteres Nachdenken und ohne nennenswerte Korrekturen verfaßte ich auf den beiden anschließenden Seiten des Notizheftes den vorerst unbetitelten Achtzeiler.

Im Jahr darauf, 1985, wurde das Gedicht erstmals veröffentlicht. Unter der Überschrift »Nachdem er durch Metzingen gegangen war« konnte man es am 12. Januar auf der Feuilletonseite der ›FAZ‹ lesen, und es wurde gelesen. Viel Post aus Metzingen erreichte mich in den folgenden Wochen, es schrieben mir u. a. der Oberbürgermeister, der Präsident der Handwerkskammer, der Leiter des Verschönerungsvereins, es schrieben Bürger der Stadt und Schüler der Hindenburgschule, und alle fragten als erstes: Ist wirklich unser Metzingen gemeint? Und als zweites: Warum gerade wir?

Ich antwortete mit gebotener Ehrlichkeit, und da weitere Anfragen ausblieben, glaubte ich den ganzen Vorgang als weiteren Beleg für die Folgenlosigkeit von Literatur abbuchen zu können, da, im Jahre 1991, schickte mir der aufmerksame Helmut Schenkel eine Anzeige zu, die er in der Septembernummer des »Deutschen Architektenblatts« gefunden hatte:

Sie haben gute Ideen?

fragte da die Stadt Metzingen und gab an, sie suche

eine(n) Diplom-Ingenieur(in) (FH)

der Fachrichtung Hochbau und Städtebau u. a. für die Aufgabe

Mitarbeit bei der Stadtsanierung

»Spätfolgen der Dichtung« hatte der Einsender an den Rand der Anzeige geschrieben – schön wär's. Noch schöner freilich wäre ein nicht nur saniertes, sondern geradezu gesundetes Metzingen, eines, auf dessen Anblick ein heutiger Flaneur mit den Zeilen reagieren könnte:

Dich will ich loben: Städtisches,
du hast so was Ästhetisches …

S. 297

DIE FLORIAN-FREYER-GEDICHTE – Diese elf Gedichte sollten nur ein Anfang sein: der eines Gedichtbandes, der meines Reichtums und der des Ruhms meines alter ego Florian Freyer. Nach der Lektüre von reichlich Allert-Wiebranitz und zuviel Fried entstanden die Verse während eines Wien-Aufenthalts, wacker gefördert von österreichischen Weinen und tapfer sekundiert von meiner Begleiterin und Lebensgefährtin Fräulein Gehebe. All meine Pläne scheiterten am »Nein« des Lucie Körner Verlages, dem ich die

Proben zugeschickt hatte; nicht einmal das Umweltpapier, auf das ich die Verse getippt, nicht einmal das herzlich »Hallo!«, das meinen Brief eingeleitet hatte, vermochten es, die Herzen der VerlegerInnen zu gewinnen: Mit der Bitte, das nächste Mal Rückporto beizulegen, erhielt ich meine Werke zurück und verzichtete erleichtert auf eine Fortsetzung.

1990 war mein erster Versuch mißglückt, durch Gedichte reich und berühmt zu werden, doch am 16. Dezember 1994 erhob die Versuchung abermals ihr Haupt. Am Vormittag dieses Tages erreichte mich ein Anruf von Dana Horokova, verantwortlich für den Kulturteil der ›Bild‹-Zeitung. Ja, den gibt es, und Frau Horokova rief nicht aufs Geratewohl an, sie wollte den Dichter Gernhardt sprechen: Sie habe sich unlängst in einem ›Bild‹-Beitrag zur Tatsache geäußert, daß die deutschen Dichter der Gegenwart den Reim verschmähten – wenn sie ihn denn überhaupt beherrschten –, worauf die ›Bild‹-Leserschaft in einen wahren Reim-Rausch versetzt worden sei. In den letzten ›Bild‹-Ausgaben seien fortlaufend Leser-Gedichte abgedruckt worden, nun habe sie von Lutz Hagestedt, dem Pressechef des Suhrkamp Verlages, erfahren, daß es im heutigen deutschen Sprachraum zumindest einen des Reimens mächtigen Dichter gebe, mich: ob ich nicht für ›Bild‹ zum Abschluß der Reim-Abdrucke ein selbstredend gereimtes Gedicht über den ganzen Vorgang verfassen könne?

»Tja ... Im Moment bin ich sehr im Druck«, druckste ich.

»Wir werden auch auf Ihren neuen Gedichtband hinweisen«, lockte Frau Horokova.

»Auf die Schnelle werde ich nichts liefern können«, bremste ich.

»Aber Sie haben doch viel Zeit«, beschwichtigte Frau Horokova.

»Wieviel?«

»Jetzt ist es Elf... bis 16 Uhr!«

»Das schaffe ich nie!«

»Dann bis 17 Uhr – abgemacht?«

Ich reagierte ausweichend, doch als ich dann zur Mittagszeit eine halbe Stunde lang in der Bank warten mußte, verfaßte ich jene Strophen, die am darauffolgenden Tage, dem 17. Dezember 1994, im Rahmen von »Danas Kulturstück« folgendermaßen annonciert wurden:

Liebe BILD-Dichterinnen, liebe BILD-Dichter
Heute eine Überraschung: Robert Gernhardt (57) ist einer der bedeutendsten deutschen Dichter, der Meister des Wort-Witzes; seine Verse druckt die FAZ, für Otto erfindet er Pointen. Nun hat er für BILD gereimt! Wenn das kein Kompliment für alle Hobby-Dichter ist!

Von Robert Gernhardt für BILD-Leser:

Der deutsche Dichter reimt nicht mehr –
so stand es jüngst in BILD.
Da griff das Volk zur Schreibfeder
und dichtete wie wild.

Schier 23tausendmal
kam Post in diesen Tagen
Durchweg gereimt: Was will die Zahl
dem Freund der Dichtkunst sagen?

Was immer deutsche Dichter schreim,
davon stürzt das Gedicht nicht eim.
Lieb Vaterland magst ruhig bleim –
fest steht und treu die Wacht am Reim.

Dem folgten der versprochene Hinweis auf den letzten Gedichtband, »Gedichte aus zehn Jahren, wunderschön!«, sowie weitere Reim-Proben der ›Bild‹-Leser:

Meine Seele ist in Not,
wenn ich an Deutschland denke.
Für alle gibt's zwar reichlich Brot,
doch neues Unrecht füllet Bände

Fehlte nur noch das telefonisch leider nicht gestreifte Honorar. Worin würde es bestehen? Aus einer demantenen Schale, aus einer güldenen Kette oder lediglich aus einer silbernen Petschaft?

Aus einem Blumenstrauß, der noch am Abend dieses denkwürdigen Dezembertages eintraf; ganz im Sinne des Ministers und Meisterreimers Goethe, der in seinem Gedicht »Der Sänger« den alten Dichter materiellen Gewinn ausschlagen läßt – »Die goldne Kette gib mir nicht« –, um sich sodann seinem Zuhörer, Bewunderer und König als bereits reich Belohnten zu offenbaren:

Ich singe wie der Vogel singt,
Der in den Zweigen wohnet;
Das Lied, das aus der Kehle dringt,
Ist Lohn, der reichlich lohnet –

Eine Auffassung, die offenbar Schule gemacht hat und auch von Horst Gutwasser aus 04157 Leipzig geteilt wird, der am gleichen Tage wie ich in ›Bild‹ zu Wort kam:

Der Drang nach Reichtum lohnt mitnichten,
das Glück verweht oft wie der Wind,
Zufriedenheit kommt durch Verzichten
auf Dinge, die nicht nötig sind.

Dafür wurde mir immaterieller Lohn durch die ›Bild‹-Lektüre zuteil. In einem »Erklärung« überschriebenen Text, direkt neben »Danas Kulturstück« plaziert, stieß ich auf ein hochdramatisches Dichtwerk, reimlos zwar, doch von großer Verdichtung und Suggestivität.

»Die Ausgabe der ›BILD‹-Zeitung vom 14. Februar 1994 enthielt auf der letzten Seite einen Artikel mit der Überschrift ›Mathieu Carrière: Ratten sind mir lieber als Menschen‹, in dem folgende Behauptungen aufgestellt wurden, bzw. Mathieu Carrière in folgender Weise zitiert wurde.« Derart prosaisch beginnt, was dann überaus poetisch fortfährt (ich habe den Text nicht angetastet, lediglich den Zeilenfall ein wenig den Regeln der Kunst unterworfen):

Mathieu Carrière läßt sich
scheiden. Er raucht
80 Zigaretten täglich, hat meist
zwei Stunden Schlaf
pro Nacht.

Vor drei Jahren hatte
Mathieu Carrière eine Schlange
als Haustier. Heute lebt er
allein. Nur mit drei
Ratten.

Diese Behauptungen
erhalten wir nicht
aufrecht.

S. 305

DAS STADTSCHREIBERGEDICHT – 1991 wurde mir der Stadtschreiberpreis von Bergen zugesprochen: Heinz Czechowski, mein Vorgänger, überreichte mir im Rahmen einer Feierstunde im Festzelt den Schlüssel zum Stadtschreiberhaus. 1992 war es an mir, diesen Akt zu vollziehen; der Empfänger des Schlüssels war mein Nachfolger Ralph Rothmann. Da die Bergener Bürger vom Dichter zum Abschied zu Recht ein Dichterwort erwarteten, revanchierte ich mich bei ihnen, den Stiftern und Financiers des Preises, mit einer Ballade, die wie jede rechte Ballade einen historisch faßbaren Kern hat: Der »Berger Fratzenstein« ist noch heute im Heimatmuseum, früher Rathaus des einst selbständigen Städtchens, zu sehen, eine Replik wurde in die Außenwand des Gebäudes eingelassen.

Die »Unterpforte« ist verschwunden. Sie wies Richtung Frankfurt, so, wie sich der Fratzenstein gegen jenes fragwürdige Volk richtete, das Messen und Kaiserkrönungen in die benachbarte Großstadt gelockt hatte und das nun spielend oder gaukelnd auch im Städtchen Bergen sein Glück versuchen wollte: Far, du Gauch!

Im zweiten Teil der Ballade habe ich den Versuch unternommen, sämtliche – mit Rothmann – neunzehn Stadtschreiber in einem halbwegs sinnvollen Zusammenhang unterzubringen. Natürlich mußte ich auf jedwede Chronologie verzichten, sie sei hier zum besseren Verständnis mitgeteilt. Erster Stadtschreiber war im Jahre 1974/75 Wolfgang Koeppen. Ihm folgten: Karl Krolow, Peter Rühmkorf, Peter Härtling, Nikolas Born, Helga M. Novak, Dieter Kühn, Peter Bichsel, Jurek Becker, Günter Kunert, Friederike Roth, Ludwig Fels, Gerhard Köpf, Ulla Hahn, Eva Demski, Katja Lange Müller, Heinz Czechowski und der Auflistende. Der zur Zeit der Abfassung der Ballade noch geheimnisumwobene zwanzigste Stadtschreiber von Bergen wurde übrigens der Schweizer Paul Nizon.

S. 326
»Gedichte sind gemalte Fensterscheiben«, sagt Goethe und spricht vom schönen Schein, den sie verbreiten. Mir kommen sie eher wie blinkende Köder vor, die der Dichter ins Wasser der Zeit wirft. Meist ohne unmittelbaren Erfolg: Der stellt sich oft erst nach Jahren ein, wenn denn überhaupt eine Leserin oder ein Leser am Haken einer Zeile, einer Strophe, gar des ganzen Gedichts hängenbleibt. Oder sollte es heißen: Wenn denn bei der Leserin oder dem Leser eine Zeile, eine Strophe, ein ganzes Gedicht gar hängenbleiben? Gleichviel: Selbst wer wie ich seine Gedichte nicht in esoterischen Literaturzeitschriften, sondern, jedenfalls hin und wieder, in Publikumsorganen unters Volk bringt, bekommt selten eine direkte Reaktion zu spüren und horcht dementsprechend interessiert auf, wenn sich gleich vier Leser über ein und dasselbe Gedicht empören. Das ereignete sich nach dem Abdruck von »In Mantua«, das am 2. 7. 1994 in der ›FAZ‹ erschienen war. Ein bemerkenswert repräsentativer Querschnitt gehobener Berufe hatte da zur Feder gegriffen: »Berthold Daut, Oberstudienrat i. R.«, »Eduard Mirow, Botschafter a. D.«, »Dr. phil. Werner S. Nicklis, em. Uni-

versitätsprofessor« sowie »Adolf Schuster sen.« Soweit die Briefköpfe der Standpaukisten, und soviel zu ihrer Einschätzung meines Werks: »Schlicht katastrophal«, »Moderner Schwachsinn oder psychische Krankheiten sind zu bedauern«, »Pseudolyrische Totgeburt« – doch bevor ich auch aus der etwas anderen Einlassung von Adolf Schuster sen. zitiere, rasch ein Wort der Verwunderung über das erstaunliche Altherren-Quartett, welches eine aparte Laune des Schicksals da aus Anlaß einer einzigen, allerdings elfmal so apostrophierten »scharfen Frau« zusammengeführt hatte: i. R., a. D., em. und sen. – mehr Ausmusterungskürzel sind mir nicht geläufig, und ich bezweifle, daß unser Kulturraum noch weitere anzubieten hat.

Wobei Adolf Schuster sen. zwar alt sein mag, sich jedoch einen derart jugendlich süffisanten, ja genuin satirischen Blick auf die Medienwelt bewahrt hat, daß ich ihm seine Erregung nicht ganz abnehme:

»Betrifft: Moderne ›Lyrik‹ in der FAZ vom 2. 7. 94

Die FAZ kommt einem hier vor wie die ältliche Leiterin einer Jungfrauenkongregation, mit Dutt und Nickelbrille und langem Rock bis zu den Knöcheln, die plötzlich in einer seltsamen Anwandlung den Eindruck von Verruchtheit erwecken will, indem sie auch noch den zweiten der 6 Knöpfe ihrer, die flache Brust bedeckenden grauen Bluse öffnet.«

S. 342
Als das Gedicht »Mühlheim/Main – Blues« am 2. 2. 1994 im Feuilleton der ›FAZ‹ veröffentlicht wurde, schwante mir, daß jemand an seiner Botschaft Anstoß würde nehmen können. Aber wer? Ein Vertreter

der großen Religion? Ein Bewohner des kleinen Städtchens am Main? Der Brief, der wenige Tage später in der Redaktion eintraf, lehrte mich einmal mehr, daß das Leben noch immer die besten Geschichten schreibt oder doch zumindest solche, die jedwede Dichterphantasie in den Schatten stellen:

KLING & KOLLEGEN
Rechtsanwälte

EINSCHREIBEN/RÜCKSCHEIN
08. 02. 94

Sehr geehrte Damen und Herren,

die Firma
Kühlhaus-Center Mühlheim-Main

hat uns mit der Wahrnehmung ihrer Rechte Ihrem Haus gegenüber beauftragt.

Am 02. 02. 94 haben Sie ein Gedicht eines Herrn Robert Gernhardt mit dem Titel »Mühlheim/Main – Blues« veröffentlicht. Dieses Gedicht befaßt sich in eindeutig negativer bis böswilliger Absicht mit den Tiefkühl-Lebensmitteln und stellt sie auf die Stufe eines Formaldehyd-verseuchten Hauses.

Juristisch ist meine Mandantin betroffen, weil sie in Mühlheim/Main ein modernes Tiefkühl-Lebensmittellager für eben die von Ihrem Gedichtsverfasser verteufelten Tiefkühl-Lebensmittel unterhält.
Der Bezug zur Stadt Mühlheim/Main wird in dem Gedicht mehrfach und im Titel an herausgehobener

Stelle hergestellt. Die Verteufelung des Produkts »Tiefkühl-Kost« durch Ihren Gedichtsverfasser wird damit räumlich auf eine Quelle in Mühlheim/Main und damit auf das Kühlhaus unserer Mandantin ausgedehnt. Es hat bereits mehrere Anfragen von Dritten gegeben.

Unsere Mandantin möchte weiterhin ihren Gewerbebetrieb in ungestörter Weise ausüben. Deswegen fordern wir Sie und Herrn Robert Gernhardt auf, Veröffentlichungen zu unterlassen, in denen ein zwingender Zusammenhang zu dem Gewerbebetrieb unserer Mandantin hergestellt wird und dieser als Quelle des vom Gedichtsverfasser vermeintlich erkannten Übels identifizierbar gemacht wird. Über die entsprechende Information des Herrn Robert Gernhardt erbitten wir eine Bestätigung Ihres Hauses.

Mit freundlichen Grüßen

Kling und Kollegen
Rechtsanwälte

Alphabetisches Verzeichnis der Gedichtanfänge und *-überschriften*

ROBERT GERNHARDT IM HAFFMANS VERLAG

Ich Ich Ich
Roman

Glück Glanz Ruhm
Erzählung Betrachtung Bericht

Katzenpost
Kinderbuch mit Bildern von Almut Gernhardt

Gernhardts Erzählungen
Bildergeschichten

Letzte Ölung
Ausgesuchte Satiren

Was bleibt
Gedanken zur deutschsprachigen Literatur

Hier spricht der Dichter
Bildgedichte

Schnuffis sämtliche Abenteuer
Bildergeschichten

Die Toscana-Therapie
Schauspiel

Kippfigur
Erzählungen

Es gibt kein richtiges Leben im valschen
Humoresken aus unseren Kreisen

Körper in Cafés
Gedichte

Was gibt's denn da zu lachen
Kritik der Komiker, Kritik der Kritiker, Kritik der Komik

Innen und Außen
Bilder, Zeichnungen, Über Malerei

Wörtersee
Gedichte

Hört, hört!
Das WimS-Vorlesebuch (zusammen mit F. W. Bernstein)

Gedanken zum Gedicht
Thesen zum Thema

Otto – Der Film/Der neue Film/Der Heimatfilm
Die vollständigen Drehbücher der Autoren (zusammen mit Bernd Eilert, Peter Knorr & Otto Waalkes)

Lug und Trug
Drei exemplarische Erzählungen

Die Falle
Eine Weihnachtsgeschichte

Über Alles
Ein Lese- und Bilderbuch

Weiche Ziele
Gedichte 1984 – 1994

Die Drei
Die Wahrheit über Arnold Hau/Besternte Ernte/Die Blusen des Böhmen (zusammen mit F. W. Bernstein und Friedrich Karl Waechter)

Ostergeschichte

Wege zum Ruhm
13 Hilfestellungen für junge Künstler und 1 Warnung

Was deine Katze wirklich denkt
13 Lektionen in Catical Correctness

Gedichte
Alle Gedichte von 1954 bis 1994